Ariana Godoy

# ALMAS PERDIDAS

## EL NUEVO MUNDO

LIBRO 2

wattpad
by Montena

El papel utilizado para la impresión de este libro ha sido fabricado a partir de madera procedente de bosques y plantaciones gestionadas con los más altos estándares ambientales, garantizando una explotación de los recursos sostenible con el medio ambiente y beneficiosa para las personas.

Penguin Random House Grupo Editorial

**Almas perdidas**
*El nuevo mundo*

Primera edición en España: junio de 2023
Primera edición en México: junio de 2023



ISBN: 978-607-383-240-3

Impreso en México – *Printed in Mexico*

*A mis lectores, porque*
*se han convertido en mis* Braktars,
*T*anri tya ferpe.

TERRITORIO
BOSQUE MUERTO
VILLAS NORTEÑAS
MORTEN
BERMOUTH
BOSQUE OSCURO
VILLAS COSTEÑAS
RUINAS DE GRANIA
ESCUDOS GULCH
GRANJAS PRODUCTORAS
TERRITOR

BRENATURAL
THE BLACKNESS
WOOD
ESCUDO INVISIBLE
Mar Eterno
PUERTO DE PIEDRAS BLANCAS
CIUDAD MILITAR
MARA
ETOS
RAYA
LARAS
HUMANO

# PRÓLOGO

*Un rey caído, una Reina Creciente y un bando que tomar.*
*Sin palabras, sin miradas, ellos se enfrentan en la oscuridad.*
*Sin miedos, sin dolor, el vacío en sus corazones se ha de llenar.*
*Sin violencia, sin decencia, su batalla va más allá de lo terrenal.*
*Destruyendo, creando, un nuevo mundo al azar,*
*un nuevo mundo para las criaturas que su hogar lo quieran llamar.*
*Así que pon tu mano en el pecho y prepárate para jurar,*
*porque has de escoger un bando sin tan siquiera parpadear.*
*Si al Rey Insurgente o la Reina Creciente decides apoyar,*
*tu alma perdida o pura por ellos sacrificarás,*
*y no dudes ni un segundo que, por ellos, la pena valdrá.*
*Así que, con una reverencia, te sonrío al señalar*
*el camino de la entrada a este lugar tan profundo,*
*conocido ahora como el increíble nuevo mundo.*

# I

## MORGAN VON BUZTEN

*Después de la Purificación del mundo*

*Mentira.*

*¡Es una mentira!*

Esa voz…

Una sonrisa retorcida se expande en mi mente, mostrando un par de colmillos afilados, de los que gotea sangre.

Dolor…

«¿Por qué duele? ¿Qué duele? ¿Qué está pasando?».

Estoy tan cansada, tan débil… ¿Adónde se ha ido mi energía? Mi mente sigue ahogada en oscuridad; algo importante pasó, algo… que no puedo pensar ahora. Dedos helados se enroscan alrededor de mi cuello, cortando mi respiración. No.

*Morgan…*

No puedo respirar. ¿Por qué no puedo moverme? La mano aprieta mi cuello con aún más fuerza, los huesos crujen, quebrándose, ahogándome en mi propia sangre. Intento luchar, pero solo puedo toser sangre, su sabor metálico invade mi boca.

Con gran esfuerzo, abro los ojos de golpe, tosiendo con desesperación, aspirando para atraer el aire a mis contraídos pulmones, expandiéndolos, mi pecho subiendo y bajando. Algo caliente me gotea del mentón y me limpio con el dorso de la mano; no necesito mirar para saber que es sangre.

Siento un coágulo en mi garganta, toso y lo escupo, completamente asqueada.

¿Por qué estoy sangrando? ¿No ha sido un sueño?

Estoy empapada, mi larga melena pegada a las mejillas. Estoy sentada en el suelo… Hay agua debajo de mí, poco profunda; si me levanto, lo más probable es que apenas me llegue a los talones. Alzo la mirada y soy consciente de que no tengo ni idea de dónde estoy. Lo último que recuerdo es la Purificación, el caos, y luego el vacío oscuro y absoluto.

Frío…

Una ligera brisa de aire helado me roza los brazos y me provoca escalofríos. Me pongo de pie y echo un vistazo a lo que me rodea: solo oscuridad, a excepción de unas pequeñas luces verdosas alineadas y agrupadas de dos en dos que iluminan un camino, como si me guiaran. Ando entre ellas, mis pasos creando ondas en el agua que brillan con el reflejo de la luz. Al desplazarme, me doy cuenta de lo mucho que este lugar me está debilitando, es como si absorbiera mi energía.

—Finalmente has llegado. —Una voz femenina emerge de algún sitio próximo a mí y me detengo de inmediato.

—¿Quién está ahí? —susurro, un reflejo de mi debilitado estado—. Muéstrate.

—Morgan Von Buzten, la segunda de nuestra especie que llegó a realizar la Purificación.

«¿Nuestra especie?».

Frunzo las cejas, volviéndome constantemente, tratando de ver dónde está la criatura. Abro la boca para preguntarle, pero ella habla de nuevo:

—Pronto ya no podrás despertar, te quedarás aquí.

—¿Despertar? ¿Esto es un sueño?

—No, es el hogar de los Durmientes.

—¿Los Durmientes?

Ella suspira.

—¿Por qué explicártelo cuando puedo mostrártelo?

Una figura aparece al final del camino iluminado por las luces. Lleva un vestido largo de color blanco cuyo borde roza el agua y que se agita como si estuviera debajo de esta; su cabello es, asimismo, completamente blanco y también flota alrededor de su joven rostro. Lo que más me llama la atención de este son las marcas negras que luce: dos líneas suben desde su pecho por las mejillas, cruzan sus ojos y se encuentran en su frente. Sus brazos también están cubiertos de esas líneas. Son muy parecidas a las que vi sobre Milosh en la batalla de la playa.

—¿Quién eres tú?

Ella me sonríe, pero no es una sonrisa franca. Sus ojos están apagados, como si estuviera muy cansada. Alza las manos y yo me pongo en posición defensiva. Susurra algo en un idioma que no entiendo y comienzan a encenderse más luces verdes a cada lado de donde me hallo; mis ojos las siguen y lo que iluminan me deja sin aliento.

Cápsulas transparentes a derecha e izquierda, llenas de agua, conectadas por unos largos puentes de energía, visibles. Sin embargo, lo que me paraliza es lo que hay dentro de ellas: son personas, o no sé qué especie de criaturas, pero semejantes a nosotros. Unas parecen tan jóvenes como yo y otras, un poco más maduras. Cada una de ellas está flotando inconsciente en medio de su cápsula, las cuales están colocadas horizontalmente, una al lado de la otra. Un puente de energía sale de sus pechos y se conecta a un punto oscuro que va más allá de la sustancia acuosa. Todos tienen el cabello blanco, con independencia de la juventud que reflejen en sus rostros, surcados por líneas negras y alrededor de los cuales se agita.

¿Qué significa esto? Esas líneas… ¿No son algo solo de Purificadores y Protectores? No, eso no tiene sentido. Kain y yo somos los únicos Purificadores vivos en el mundo. Mi mirada recae de nuevo sobre la figura femenina a unos cuantos pasos de mí. ¿Esto es real? ¿O estoy soñando? Porque nada parece tener sentido.

—¿Estos son los Durmientes?

Ella asiente.

—¿Qué son?

—Purificadores.

«¿Qué?». Vuelvo a observarlos, eso es imposible.

—Mientes.

—No puedo mentir, no en este lugar.

—Kain y yo… somos los únicos Purificadores.

Recuerdo las palabras de Vincent.

—Todos los demás Purificadores están muertos —digo, confundida.

—Ningún Purificador ha muerto desde la creación de nuestra especie.

¿Vincent me engañó? No, eso no tiene sentido, eso significaría que Shadow también me mintió, y él jamás lo haría. ¿He caído en alguna especie de sueño vívido?

—Estás mintiendo.

—Siéntelo por ti misma, siente su energía, cómo este lugar la absorbe.

Extiendo las manos a los lados; unas líneas azuladas salen de mis dedos y viajan hasta hacer contacto con algunas cápsulas. Su energía conecta y se acopla con la mía perfectamente.

Purificadores…

Algunos nombres de ellos llegan a mi mente al tocar sus cápsulas.

Kace…

Jericho…

Prisca…

Anthea…

Rangahar…

No, esto no tiene sentido. Bajo las manos y van desapareciendo mis líneas de energía. De nuevo, la posibilidad de que esto sea sueño hace que me lo cuestione todo.

—Pareces confundida.

—Esto no tiene sentido, yo… —Mi cabeza palpita dolorosamente—. No puede haber… Eso no fue lo que…

—Veo que hay muchas cosas que no sabes, Purificadora —dice con un semblante cansado—, pero no soy la indicada para responder a tus preguntas.

De repente, de mi nariz brota sangre. Ella señala una cápsula vacía al final del camino.

—Tu lugar está listo. No luches… Este sitio te desangrará y debilitará hasta dejarte inconsciente para poder encapsularte como a ellos.

Aprieto los puños, el corazón latiéndome con fuerza. Aunque no tengo idea de qué pasa, está claro que las intenciones de la criatura para conmigo no son buenas. Intento ganar tiempo mientras evalúo mi entorno, en busca de alguna posible salida.

—¿Qué clase de lugar es este? ¿Y por qué ellos están dormidos?

—Soy la guardiana —responde—. Solo debo mantener todo en orden y asegurarme de que cada Purificador duerma como es debido.

—¿Por qué están dormidos? ¿Por qué…? —Toso de nuevo, me caigo de rodillas sobre el agua y vomito más sangre.

—No te resistas, es inútil.

Quiero moverme y luchar, pero, cada vez que lo intento, de mi boca brota sangre. Puedo ver mi reflejo: estoy pálida y débil, y me sorprende comprobar que un mechón de mi melena se ha vuelto completamente blanco. Lo tomo entre mis dedos, examinándolo.

Mis ojos viajan a los Durmientes y sus cabellos blancos. Así que este lugar drena su energía hasta tal punto que todo pierde su color. Ellos parecen dormir profundamente. ¿Están aquí en contra de su voluntad? Por la forma en la que este lugar absorbe mi energía sin que pueda evitarlo, creo que así es, pero ¿cómo terminaron aquí? No tiene sentido, ¿por qué tener a los Purificadores inconscientes? ¿Para qué? ¿Para evitar la Purificación? Entonces ¿por qué me dejó hacerla a mí? Acaso… Me tenso al ver que mis manos se vuelven transparentes durante unos segundos antes de recuperar de nuevo su opacidad, el proceso se repite como si… no estuviera en este lugar realmente. Me concentro en sentir mi cuerpo y noto que no está aquí, ¿quizá ella planea encapsular mi mente? ¿Dejar mi cuerpo tirado, inútil e indefenso en el mundo real?

—¡Vaya cara de susto! Tranquila: el color de tu cabello volverá cuando despiertes; bueno, si es que algún día mi señor decide despertarte —murmura.

—¿Tu señor?

—El Rey Insurgente.

—El Rey Insurgente… ¿Kain? —La observo con cautela, esperando una respuesta.

—Un Protector jamás sería rey —afirma contundente.

—¿Protector? Kain es el primer Purificador.

Ella ladea la cabeza, confundida.

—Kain es el Protector del primer Purificador, el Protector de mi rey.

—¿Qué?

—Veo que se han metido con tu mente, Purificadora. Limítate a ir a donde has de ir. No hagas esto más difícil, yo… —Una daga le atraviesa el pecho desde la espalda y la mujer escupe sangre y cae de rodillas. La figura que se halla tras ella retira el arma. Entonces la guardiana se echa las manos a la herida, intentando parar la sangre que surge a chorros del agujero—. ¡Maldita seas, Prisca! —Una niña de cabello blanco que ondea a su alrededor se revela detrás de ella. Los hombros de la mujer suben y bajan con cada intento por respirar, por sanar. La niña enrosca su mano en el pelo de la guardiana, se inclina y le corta la garganta con rapidez antes de empujarla hacia delante, hacia el agua, que de inmediato se tiñe de sangre. La niña me mira:

—Hola, Morgan. —Observo que tiene un ojo azul y otro rojo—. Soy la quinta Purificadora, Prisca. —Hace una reverencia—. Mucho gusto.

No sé qué decir, pero, al ver el cuerpo de la guardiana en el suelo, me dispongo a buscar una salida. Camino veloz hacia un lado, explorando, tocando las paredes, intentando encontrar un punto débil o alguna vía de escape. La niña me sigue mientras continúa hablando:

—Quisiera presentarme en mi cuerpo actual, pero estoy corta de energía —me dice, señalando la cápsula donde un cuerpo maduro permanece inconsciente—, así que esta proyección infantil de mí es todo lo que puedo hacer.

—¿Tienes idea de cómo salir de aquí? —pregunto mientras sigo con mi búsqueda.

—Es imposible, no pierdas el tiempo. —Se hace el silencio y me vuelvo para verla: mantiene una expresión demasiado tranquila para alguien que está encerrada—. Te he estado observando... Me gusta observar el mundo de vez en cuando, aunque requiere un gran esfuerzo. De hecho, soy la única Purificadora que puede proyectarse fuera de su estado inconsciente. —Suspira—. No lo hago muy a menudo porque aquí no hay nadie más que pueda hacerlo, así que no tengo con quién hablar. Aburrido, ¿no? Lo sé, la única con la que podría hablar es con la guardiana y ella es tan sosa...

La niña habla tan rápido, tan informalmente, que me cuesta procesar sus palabras. Acaba de apuñalar a alguien. Ella parece seguir mi mirada hacia la guardiana.

—Ah, no te preocupes, no está muerta. Se necesita mucho más que una puñalada para acabar con ella, solo está inmóvil durante unos segundos. —Sus ojos vuelven a mí—. No tenemos mucho tiempo, Morgan Von Buzten.

—¿De qué estás hablando?

—Solo quiero mostrarte la realidad de quién es Shadow. —Me tenso ante la mención de ese nombre—. Me incomoda que no sepas la verdad de todo este circo; nadie más recordará nada después de la Purificación y los que sí lo hagan dudo que tengan un ataque de honestidad contigo. Así que tu única opción soy yo. —Se señala a sí misma, orgullosa. La guardiana gruñe de dolor, moviéndose un poco. Prisca se apresura.

»No tengo tiempo para contártelo todo, así que —abre la mano, en cuya palma se forma al instante una pequeña esfera de luz— solo puedo darte la verdad para que puedas verla durante todo el tiempo que estés inconsciente. —Estira la mano, la pequeña esfera de luz viene hacia mí, llega a mi frente y mi piel la absorbe con facilidad. ¿Qué ha hecho?

—¿Qué me has dado?

—La verdad. Solo actívala cuando quieras saberla, así no te aburrirás.

—No voy a quedarme aquí.

—Puedo enseñarte a proyectarte para que charlemos cuando podamos.

—No —niego con la cabeza—, no voy a quedarme —repito, segura. Y aprovecho para preguntar—: Mi cuerpo no está en este lugar…, puedo sentirlo. Entonces ¿qué es lo que planean realmente?

—Drenarte mentalmente —responde Prisca—. En el momento que domine tu mente, tu cuerpo será traído del mundo real para colocarlo en la cápsula.

Lo sabía, aún hay esperanza. Por ahora, solo mi mente está aquí; necesito despertar antes de que sea demasiado tarde. Y, aunque no sé cuánto tiempo llevan los Purificadores encapsulados, no debe ser fácil despertar por nuestra cuenta. Tengo que resistir. Me pongo de pie, pero vuelvo a caer sobre mis rodillas. Noto los músculos de mis brazos y piernas pesados, difíciles de levantar.

Prisca abre la boca para decir algo cuando una espada la traspasa de lado, su cuerpo se desvanece en miles de luces. La guardiana está detrás de ella, furiosa.

—Mocosa malcriada… —murmura, mirando a Prisca antes de dirigir sus ojos hacia a mí—. Y tú, ya deberías estar inconsciente.

«No».

—Bien, al parecer tendré que usar mis poderes. —Se agacha y mete ambas manos en el suelo acuoso, que se ilumina de repente hasta llegar hasta mí.

El tirón de energía me hace caer hacia delante, mi cara aterriza en el agua, que cubre la mitad de mi rostro. Los ojos me pesan una barbaridad.

—Duerme, Morgan Von Buzten, acepta tu destino.

Lucho con todas mis fuerzas, pero aun así mis ojos tiemblan antes de cerrarse.

# II

## LYLA

La naturaleza me da tanta paz…

Me dedico a observar el cielo nocturno, las estrellas brillando allá arriba, acompañando a una luna creciente. El viento mueve mi cabello a un lado en ondas suaves y lo siento contra mi piel, disfruto cada sensación mientras camino por un campo arenoso sin rastros de árboles o hierba. Las Ruinas de Grania ahora están llenas de arena que arrastran los vientos entre los restos rocosos y áridos.

«Estás olvidando algo importante, Lyla».

Sacudo la cabeza, alejando esos pensamientos. Mi mente se ha sentido tan nublada, tan confusa en los últimos días… Se calma cuando estoy cerca de Morgan, quien sigue inconsciente en esa burbuja de agua, todavía en la cueva oculta en medio de unas rocas, de la cual he salido para tomar aire fresco. No recuerdo cómo terminamos aquí, solo sé que, cuando abrí los ojos, Morgan y yo estábamos fuera de los Escudos Gulch, de nuevo en el territorio sobrenatural.

Aunque desperté con la cabeza hecha un lío, en el momento en el que toqué a Morgan, recordé la mayoría de las cosas, entre ellas, a los miembros de mi clan: Ian, Luke, Drake, Aidan… ¿Dónde están? Por alguna razón, no puedo recordar la última vez que los vi.

Me detengo frente a un muro de tierra que me llega a las rodillas; no importa cuánto o desde dónde camine, siempre termino en este mismo punto, como si algo me llamara, me atrajera. ¿Qué hay aquí? La brisa nocturna arrastra levemente la arena y deja al descubierto un dedo que sobresale en la superficie. Me tenso.

«¿Qué? ¿Un cadáver?».

Me acerco al muro y comienzo a escarbar, lanzando tierra a cada lado, descubriendo la mano dueña de ese dedo, luego el brazo y finalmente el cuerpo vestido con ropas negras: es un chico. Su pálido rostro, enmarcado por unos cabellos negros, está cubierto de rastros de arena; está inconsciente, pero no muerto: puedo sentir su energía ligeramente. Aunque no sé quién es, su parecido con Morgan es increíble.

«¿Quién eres tú? ¿Por qué siento que te he visto antes? ¿Por qué estás bajo la arena, inconsciente?».

Sacudo las preguntas de mi cabeza, no es el momento para eso. Intento transferirle algo de mi energía poniéndole las manos sobre el pecho, aunque no funciona. Trato de despertarlo, sacudirlo, incluso lo abofeteo dos veces, pero nada lo despierta. Su estado me recuerda al de Morgan. ¿También está atrapado en ese sueño profundo? ¿Por qué?

Cada vez que me esfuerzo en entender eso, en recordar algo más, me duele la cabeza. Me pongo de pie, observándolo, escarbando en mi mente en busca de ideas. No sé qué más hacer. Justo entonces, el chico hace una mueca de dolor y tose sangre, y siento un cambio de energía proveniente de la cueva donde permanece Morgan. Es como si estuvieran conectados.

«¿Qué está pasando?».

De nuevo, intento despertarlo, pero en vano: solo hace muecas de dolor y tose sangre. Algo lo está debilitando y lo mismo parece estar pasando con Morgan, así que me quito la chaqueta y cubro al chico con la promesa de que volveré después de ayudarla.

Corro a la cueva tan rápido como puedo y me adentro en el oscuro túnel que me lleva a ella. Al llegar, noto que está temblando y tose sangre, aún con los ojos cerrados. Puedo sentir cómo su energía está siendo drenada; miro a mi alrededor, pero no hay nadie. ¿Quién o qué la está debilitando de esta forma? Morgan tose de nuevo, líneas de sangre flotan en el agua a su alrededor.

¿Qué hago? Cada vez que he intentado meter mi mano en la burbuja, me ha repelido, quemado e incluso inmovilizado durante horas.

—¡Morgan! —llamo, aunque sé que es inútil—. ¡Morgan!

Solo puedo observar con horror cómo también comienza a brotar sangre de su nariz y cómo un mechón de su cabello comienza a volverse blanco desde la raíz a la punta, lo que hace que resalte entre el color negro de su melena, ahora flotando en torno a su rostro.

Más sangre, menos energía. Si esto sigue así, no estoy segura de que pueda despertar de nuevo. Su cuerpo comienza a verse algo transparente, como si fuera a desaparecer. Esto no puede ser bueno.

«¿Qué puedo hacer? Piensa, Lyla, piensa».

Me concentro en sentir la energía de Morgan y la encuentro extremadamente débil. La fuerza de su escudo, de esa burbuja a su alrededor, parece depender de ella, y lo que sea que le está quitando la energía no es el escudo, es algo más. Por consiguiente, la barrera está en su punto más débil. Incluso si no logro atravesar ese escudo, podría…

Modificarlo.

Me cuesta mucho cerrar los ojos porque sé que Morgan está sufriendo y, a pesar de que no tengo ni idea de si mi plan funcionará a tiempo, es todo lo que puedo hacer. Me concentro por completo, acumulando mi poder en ambas manos. No controlo ningún elemento, pero controlo la energía natural para sanar, para modificar algunos de ellos.

Nunca busqué unirme a un clan porque me creía débil en comparación con los otros vampiros convertidos que controlaban un elemento. Yo solo era la sanadora, con ningún aporte o valor en la batalla, o eso pensaba hasta que me encontré con el clan Almas Silenciosas.

Yo estaba huyendo de unos cazadores de convertidos, vampiros traicioneros que cazaban a los de su misma especie para ofrecerlos a Purasangres a cambio de dinero, poder o promesas falsas de protección. Aidan me salvó, me ofreció quedarme en su clan mientras sanaban mis heridas. Cuando llegó el día de irme, estaban entrenando en las afueras del escondite: Ian, Drake y Luke. Morgan aún no era parte del clan. Me quedé observándolos y los vi tan felices, atacándose y bromeando los unos con los otros… En esas estaba cuando Aidan apareció a mi lado.

—¿Por qué no te quedas con nosotros? —me preguntó.

—Yo… —Observé la pelea de puños entre Ian y Luke. Drake se les unió, catalogándolos de infantiles—. No domino ningún elemento, solo puedo sanar, sería una carga.

—Ninguno de ellos domina ningún elemento aún, ¿los ves preocupados? ¿Angustiados? ¿Qué te hace pensar que eso es de lo que va un clan?

—Pero dominarán un elemento en el futuro; en cambio, yo… —No terminé la frase.

—Yo diría que tú dominas el quinto elemento, el más importante —me aseguró—. El único con el poder suficiente para cruzar la línea entre la vida y la muerte y traer de vuelta a los allegados a exhalar su último aliento con nosotros; ¿por qué subestimas una habilidad que casi alcanza la divinidad?

Volví el rostro para mirarlo, sorprendida por sus palabras. Aidan mantuvo sus ojos sobre los miembros del clan en todo momento y suspiró.

—¿Te sientes débil? Entrena, investiga, descubre qué más puedes hacer con tu habilidad, practica, no te aísles y pases tu vida lamentándote, lamiéndote las heridas. Incluso si no te quedas con nosotros, haz algo, Lyla. —Él me miró, el azul de sus ojos brillando con honestidad.

Ese día me hice parte del clan, entrené con los demás, descubrí muchas cosas sobre mí misma, sobre mis habilidades, y me di cuenta del verdadero significado de ser parte de un clan; no tenía nada que ver con poder, sino con la capacidad de complementarnos, de ser ese hogar al final del día, de saber que ellos siempre estarían ahí para mí y que haríamos lo que fuera necesario los unos por los otros.

Como yo estoy a punto de hacerlo por Morgan en este momento.

Con la energía suficiente, pongo mis manos contra la burbuja; me quema y arde, haciéndome gritar el dolor, pero no me detengo.

No soy débil.

Grito agónicamente. Mi energía se extiende por todo el escudo, congelando el agua a su paso hasta que toda queda completamente helada, incluyendo a la desvanecida Morgan. Ya no me quema, ni me arde, pero sé que no se mantendrá congelada por mucho tiempo. Mi modificación de elementos no suele ser duradera.

Esta es mi oportunidad.

Me subo encima de la burbuja y comienzo a golpearla con todo lo que tengo.

—¡Ah! —grito para motivarme. El hielo rompe mis nudillos con cada golpe, el dolor es increíble, pero no pararé por ninguna razón.

Porque un clan no estriba en el poder, sino en estar dispuestos a darlo todo por los demás.

Eso es mucho más valioso que cualquier elemento.

La primera capa de hielo se quiebra bajo mis puños ensangrentados, puedo ver la figura congelada de Morgan. «Solo un poco más, resiste, Morgan». Acelero mis golpes, uno tras otro, el hielo crujiendo debajo de mí, manchado de sangre.

—Eres mi modelo que seguir —me había dicho Morgan unas semanas después de unirse a nuestro clan mientras estábamos acostadas en la hierba al lado de uno de nuestros escondites, contemplando las estrellas.

—¿Yo? —bufé, girando mi cara para verla. Ella hizo lo mismo y me sonrió.

—Siempre pensé que no podía igualarme a los demás vampiros, que ellos serían más fuertes que yo, hasta que llegué al clan y te vi. Eres fuerte, independiente y entrenas con los chicos, incluso derrotándolos de vez en cuando. Y pensé: «Quiero ser como ella».

Me quedé sin palabras y ella habló de nuevo:

—Así que te prometo que nunca seré la damisela en apuros, patearé traseros y seré fuerte como tú: así somos las mujeres de este clan. —Hizo esta declaración con la mano sobre el pecho.

—¡Vamos, Morgan! —le grito—. ¡Resiste! —Continúo golpeando con tanta fuerza que los músculos de mis brazos crujen de dolor y las lágrimas escapan de mis ojos. Sé que no me queda mucho tiempo hasta que el hielo vuelva a su forma líquida, esa barrera elemental que no podré cruzar. Necesito quebrarlo ahora.

Concentro mi energía en las manos y las entrelazo encima de la cabeza para golpearlo con todas mis fuerzas. Tal es el impacto que abre una grieta inmensa en el hielo que lo hace colapsar y lo rompe en miles de pedazos. Morgan y yo caemos juntas sobre ellos y uno puntiagudo se clava en mi brazo al aterrizar a su lado, mi espalda contra el suelo.

Mi compañera abre los ojos y tose desesperadamente; yo puedo respirar de nuevo.

Lo logré.

Pero, mierda, cómo duele.

Morgan respira agitada y gira su cara hacia mí, probablemente mi expresión ahora refleje todo menos fortaleza, aunque su sonrisa me dice que eso es lo de menos. Su mano busca la mía y la aprieta.

—Gracias.

Le devuelvo la sonrisa.

—Ni lo digas. —Levanto su mano con la mía y la pongo sobre mi pecho como ella lo hizo aquella noche—. Así somos las mujeres de este clan.

# III

# REA

Le doy un mordisco a la manzana que tengo en la mano, mastico despreocupadamente durante unos segundos y luego la escupo porque, al no ser humana, consumir frutas me pone enferma; aun así, disfruto de su textura crujiente. Suspiro al llegar a esas inmensas puertas de metal que conozco tan bien.

Me detengo para encarar a dos guardias con sus uniformes negros, ese símbolo de una rosa marchita en la parte superior de sus ropas. Sendas máscaras negras cubren sus rostros, de los cuales solo sus ojos son visibles. Ellos me echan un vistazo con desinterés y se hacen a un lado. Las puertas se abren, produciendo un sonido de metal chirriante que no ha sido usado en años, cien para ser específicos.

—Gracias —susurro al pasar por su lado cuando me adentro en el gigantesco lugar.

Este sitio, que en el pasado solía ser un castillo con altos techos y pilares, se ha convertido en la sede del trono de nuestro rey, Shadow. Atravieso los pilares siguiendo el camino cubierto por una alfombra negra llena de polvo que me llevará a ese trono rocoso. La nostalgia me invade porque ha pasado mucho tiempo desde que puse un pie en este lugar, desde que se planeó todo y nuestro altivo rey salió de estas puertas inconsciente para ser transportado a donde debía comenzar su nueva vida como un Purasangre. Esa vida a la que yo me uniría unos años más tarde como una alimentadora dócil, ese fue mi papel.

El olor a madera y aceite quemado emana de las antorchas colocadas cerca de las ventanas, que iluminan el lugar dándole un tono sombrío y anaranjado; el aire es una mezcla de polvo y años atrapados.

Al acercarme, veo que el trono está vacío. Kain está a un lado, charlando con Vincent; es extraño ver a Kain con el rostro —ese tan parecido al de su hermano— al descubierto, sin esa máscara que llevaba continuamente. Se gira hacia mí cuando siente mi presencia.

—Rea.

—Kain. —Asiento como saludo antes de mirar a Vincent—. Vincent.

Kain me examina con cautela antes de hablar:

—¿Has venido a felicitar a nuestro rey?

—No, lamer las botas del rey es tu especialidad, no la mía.

Se tensa y Vincent sonríe.

—Deberías cuidar tus palabras, Rea —agrega este último—. Ahora que nuestro rey está aquí, se acabaron esos cien años de tu insolencia.

—Ah, qué detalle, Vincent, siempre tratando de infundir temor en los demás… Un clásico.

—Escucha a Vincent, Rea —aconseja Kain—. El rey no ha regresado de buen humor.

—¿Y cuándo ha estado de buen humor?

Kain abre la boca para decir algo, pero decide callarse porque sabe que tengo razón.

—¿Dónde está? —Muerdo la manzana, mastico y luego escupo el trozo a un lado. Vincent y Kain me observan con desagrado. Vejestorios anticuados.

—Debe de estar a punto de venir, pronto será hora de juicio —me informa Kain.

—¿Juicio? Es que el rey ha vuelto con todo, ¿eh?

—Tiene que mostrar quién está a cargo desde el principio.

No puedo evitar los nervios que me recorren al esperarlo: Shadow. Siento el inmenso poder de nuestro rey antes de verlo aparecer frente a su trono, con sus ropas negras y expresión vacía. De inmediato, me hinco sobre una rodilla.

—Mi señor. —Bajo la cabeza antes de ponerme de pie de nuevo.

Shadow no dice nada, solo se sienta en su trono y apoya el codo en uno de sus brazos sobre el que, a su vez, descansa la cabeza. Da la sensación de que todo esto le aburre y probablemente sea así; es difícil no aburrirse cuando has vivido miles de años.

La nostalgia me ataca de nuevo, pero de forma diferente. Pasé cien años a su lado, cumpliendo mi deber, alimentando al Purificador que dormía en Shadow.

—Me debes una. —Había bromeado al ver al Shadow Purasangre entrar al escondite de Vincent. Él había hecho caso omiso de mí cuando pasó por mi lado—. Ey, espera, Morgan se ha puesto celosa gracias a mí, me debes una.

—No sé de qué hablas. —Shadow se aclaró la garganta.

Le sonreí y golpeé su hombro.

—Sí que lo sabes.

Shadow se lamió los labios, evitando una sonrisa que amenazaba con curvarlos. Se veía feliz; de hecho, ella siempre lo ponía tan feliz… Desde que empezaron a estar juntos, verlo sonreír se había vuelto algo habitual y era una vista agradable porque nunca lo había visto sonreír antes.

Porque el rey nunca sonreía.

Y el Shadow Purasangre había aprendido a sonreír gracias a ella.

Y en esos años se ganó mi cariño, mi confianza. Antes de eso, como rey y Purificador, Shadow solo me asustaba, me daba miedo. Como Purasangre, llegué a quererlo como a un hermano.

«¿Queda algo de ese Purasangre en ti, Shadow?».

Busco su mirada, en un intento inútil de encontrar algún rastro de agradecimiento, de esa amistad que mantuvimos con el pasar de tantos años, pero, por supuesto, que no hay nada. El Shadow Purasangre era tan distinto al rey que tengo ahora frente a mí… En sus ojos solo veo vacío, no hay señales de esa calidez que llegué a sentir emanando de él durante ese tiempo. Supongo que me dejé llevar por la mentira que fue ese siglo.

Decido ir al grano porque a él no le interesa nada más.

—La Purificación ha dejado una desestabilización profunda —explico—. Pero he confirmado que la pérdida de memoria en los sobrevivientes ha sido efectiva.

Shadow me hace un gesto para que continúe con mi informe.

—En cuanto a los habitantes de The Blackness, sus servidores no fueron afectados por la Purificación, como usted predijo, en modo alguno. Todos aquellos que estaban dentro del escudo que usted forjó con la energía de los Durmientes resultaron ilesos. Así que eso solo confirma sus teorías, señor. La energía que emanan todos los Purificadores es la misma, por consiguiente, no se hieren o causan daño entre sí. Un escudo hecho de energía de Purificadores es efectivo contra la Purificación porque comparten la misma energía.

—No estás diciendo nada nuevo —reprocha Kain, pero lo ignoro.

—Todo marchará como usted lo planea si no hay cambios.

El rey alza una ceja ante esa palabra.

—¿Cambios? —La frialdad de su voz me coge desprevenida, porque hasta eso es diferente en él.

—La última Purificadora, señor.

—Ella está con los Durmientes, no despertará hasta que yo lo decida así, no representa ningún problema.

—¿Y el bebé?

Shadow baja la mano de su mejilla y se endereza en el trono.

—Habla de una vez, Rea —ordena Kain, así que lo digo:

—Será el primero. No sabemos lo que será, pero se trata de la primera criatura nacida de dos Purificadores.

—Ya hemos hablado de esto: ella puede dar a luz inconsciente y el bebé dormirá junto a ella —apunta Vincent.

—Si es un Purificador.

Shadow frunce las cejas, pero es Kain el que habla:

—¿Adónde quieres llegar con esto, Rea?

—El hogar de los Durmientes está diseñado para debilitar y mantener inconscientes a los Purificadores, ¿y si esta criatura no lo es? No le afectaría en nada.

Kain bufa.

—¿Y qué otra especie sería?

—Los Purificadores nacen cada trescientos años y la naturaleza escoge a la madre; es un proceso natural, solo han pasado poco más de cien años desde que ella nació. —Él sabe que me refiero a Morgan—. No es el momento para que nazca otro Purificador.

—Quizá sea un Purificador incapaz de realizar la Purificación —agrega Vincent.

—Entonces ¿seguiría siendo un Purificador?

Kain da un paso hacia mí.

—Estás hablando cosas sin sentido... Madre Purificadora, padre Purificador, resultado: hijo Purificador.

—No es tan simple, Kain —le explico al idiota—. No sabemos lo que será o cómo será de poderoso, si superará a sus padres. ¿Cómo podemos saberlo cuando nunca antes ha pasado?

—Si el hogar de los Durmientes no le afecta —dice Shadow, sin rastro de preocupación en su voz—, igual será solo un bebé, podemos criarlo a nuestra manera.

Y hablo sin pensar, como le hablaba cuando éramos amigos, cuando bromeábamos y él era un Purasangre.

—¿Ahora quieres ser padre?

La expresión de Shadow se endurece, sus ojos rojos brillan, y mi garganta se aprieta dolorosamente, cortando mi respiración y flujo sanguíneo. Mis venas arden, caigo de rodillas, arañando mi cuello con desesperación.

—Cuida tus palabras frente a tu rey. —Su voz está cargada de amenaza y mi mente aún no puede creer que él me esté haciendo daño.

Toso, lágrimas de asfixia llenan mis ojos cuando él me libera. Kain y Vincent me echan una mirada de «te lo advertimos».

«Él ya no es el Purasangre con el que te encariñaste, Rea. Él es el primer Purificador, frío y vacío».

—Mis disculpas, señor —digo con voz ronca y toso otro poco al levantarme—. Creo que debemos tener cuidado con todo esto.

De la nada, luces verdosas aparecen a mi lado, como luciérnagas grandes, formando una figura que acaba por materializarse. Su cabello blanco le enmarca el rostro y lleva puesto un largo vestido también blanco; su altura siempre me ha intimidado. Ella ni siquiera me mira.

La guardiana de los Durmientes: Harsha.

—Tenemos un problema.

Ella no lo llama «señor» ni le hace una reverencia porque ambos son Purificadores; entre ellos no hay jerarquía, solo el respeto del más antiguo hacia el más joven, pero nada más.

—¿Qué pasa? —pregunta Shadow.

Todos nos tensamos porque Harsha, como guardiana, nunca deja el hogar de los Durmientes a menos que sea por algo muy grave. Ella duda, sus ojos viajan a Kain y a Vincent antes de volver a Shadow.

—Todo iba como se suponía con Morgan, ella ya había caído inconsciente, pero, de pronto..., se esfumó.

Todos la miramos con confusión.

—¿De qué estás hablando? —interviene Vincent—. Es imposible escapar de ese lugar.

—Lo sé —Harsha menea la cabeza—, pero ella simplemente se esfumó. Despertó y no puedo rastrearla ni sentirla por ninguna parte. Si de algo estoy segura es de que ella no está en el hogar de los Durmientes.

—Eso es imposible —murmuro.

—Ningún Purificador ha podido despertar o salir por sí solo una vez que ha entrado ahí. —Vincent sacude la cabeza como si todo lo que Harsha ha dicho fuera mentira.

«Morgan es diferente…».

Quiero decirlo, pero sé que mis palabras no serán bien recibidas. Esa Purificadora tiene algo, una fortaleza, algo que la hace resaltar entre los demás Purificadores que llegué a conocer. Y un detalle muy importante: no está sola. Shadow ha fallado al menospreciar ese clan, solo porque son convertidos. Tengo el presentimiento de que ellos han tenido algo que ver con la huida de Morgan.

¿Y por qué me alegra que así sea? Sacudo la cabeza; soy leal a mi rey, a nadie más.

Harsha aprieta la mandíbula mirando a Vincent.

—¿Insinúas que miento? ¿Crees que perdería mi tiempo viniendo hasta aquí para informar a Shadow de algo falso?

Él se tensa y sonríe con nerviosismo.

«Nunca ofendas a un Purificador. Son volátiles. Tienen mil maneras de herirte y dejarte cicatrices de por vida».

—No, por supuesto que no, mi señora. —Vincent baja la cabeza—. Solo estoy muy sorprendido por esta información, eso es todo.

«No puedes llamar a un Purificador por su nombre a menos que te lo haya permitido específicamente».

Todas esas reglas me las repitió mi madre tantas veces que las memoricé por completo y supongo que es lo que me ha permitido estar tan cerca del rey y ser de su confianza. Nunca he roto ninguna y tengo muchas redes de comunicación por todo el mundo, es mi especialidad; soy la mensajera, después de todo. Suspiro para intervenir y acabar con la tensión entre Vincent y Harsha.

—Con todo respeto, creo que esto es algo fácil de resolver: podemos rastrearla y traerla, o enviarla a los Durmientes de nuevo, ¿no? —digo, sacudiendo las manos para enfatizar que es un asunto resuelto, pero nadie se alegra; en cambio, me miran con condescendencia y Kain sonríe de forma burlona.

—Siempre tan ilusa, ¿no, Rea?

—¿Crees que si fuera tan simple estaría aquí? —Harsha se gira hacia mí, cruzando los brazos sobre el pecho—. ¿Crees que no la habría arrastrado de nuevo a los Durmientes yo misma si se pudiera?

—¿Por qué no puedes? —pregunto sorprendida, no es algo que parezca difícil de hacer para un Purificador. Vincent se apiada de mi desconocimiento y me explica:

—Ella acaba de hacer la Purificación —afirma, como si eso lo aclarara todo—. Los Purificadores se vuelven imposibles de rastrear o percibir durante un tiempo después de realizarla; supongo que es la manera en la que la naturaleza los protege en caso de represalias por purificar al mundo.

Abro la boca sorprendida; aunque no tenía ni idea de que eso pasaba, me ha dado una idea para ser útil.

—Puedo usar mis redes para intentar buscar información sobre ella, si alguien la ha visto…, o no sé.

Vincent mueve la cabeza en un gesto de negación.

—Te llevaría años, incluso si alguien la tiene frente a él no podrá percibirla como lo que en realidad es; ella podrá decidir como qué especie quiere ser percibida: desde vampiro convertido, Purasangre… hasta humana.

—Pero conocemos su aspecto —replico—, solo debemos mostrar un retrato de ella o una proyección mental.

Por primera vez en un buen rato Shadow habla, su tono rezuma molestia, como si explicarme esto fuera una pérdida de tiempo.

—Ella puede cambiar su apariencia cuantas veces quiera, es una habilidad temporal que adquirimos después de la Purificación.

«Oh».

Ahora comprendo el problema. Básicamente tendríamos que sondear a cada criatura en este mundo para encontrarla y, aun teniéndola frente a nosotros, quizá fallaríamos al identificarla. Mierda, que la naturaleza es inteligente.

—Ahora entiendo la gravedad del caso —admito.

—Podríamos intentar rastrear a su clan —propone Kain.

—Es probable que su clan no esté con ella; además, si lo están, Morgan también puede bloquear sus presencias ante los demás al mantenerlos cerca —refuta Vincent—. Bueno, si es que sabe usar esa habilidad.

—Han mencionado que esto es algo temporal, ¿cuánto tiempo pasará hasta que ella pueda ser rastreada?

—Hasta que algo la debilite de manera extrema o nazca otro Purificador —responde Kain—, en unos trescientos años.

—Su definición de «temporal» es inexacta. —Las palabras dejan mis labios antes de que pueda pararlas. Sin embargo, a nadie parece molestarle, están demasiado preocupados pensando una solución. El silencio reina entre nosotros, todos buscamos ideas, algún remedio aun cuando parece imposible.

El área de rastreo, de encontrar información o a alguien en concreto, es la mía, así que mi cerebro maquina y se apresura a buscar una solución, sopesando cada posibilidad, recordando cada uno de los detalles. Mamá decía que era una habilidad que heredé de mi padre.

«Vamos, Rea, tiene que haber algo».

Algo.

Algo.

—El vínculo —digo de golpe, captando la atención de todos. Shadow alza las cejas—. El vínculo —repito, la idea fluctúa en mi cerebro con tanta rapidez que me lleva tiempo verbalizarla—. Nuestro rey o, bueno, el Shadow Purasangre tenía un vínculo con ella.

—¿Te refieres al Purasangre que ya no existe? —me cuestiona Kain.

Doy un paso al frente y me explico:

—Lo sé, pero los vínculos echan sus raíces en lo más profundo de ambas criaturas, creo que el rey podría ser capaz de…

Shadow termina por mí.

—Restaurarlo.

—¿Puede hacer eso, señor? —Vincent parece tan sorprendido como todos los demás.

—Podría intentarlo. —Shadow se pone de pie, coloca las manos detrás de su espalda y permanece frente a nosotros, analizando.

Kain hace una mueca en desacuerdo.

—Las restauraciones de vínculos son dolorosas y… —No sigue, pero él sabe lo que se siente mejor que nadie porque ya ha pasado por eso—. Recordarás todo, sentirás todo al momento de la restauración, pasarás por cada recuerdo, cada sensación hasta que el vínculo sea restablecido.

Shadow sonríe con cinismo.

—¿Crees que no podré soportarlo?

«No subestimes los sentimientos que tuvo el Purasangre Shadow. Yo presencié su fuerza».

Harsha asiente como si admitiera que es una buena idea antes de decir:

—Shadow solo tendrá que mantener el vínculo restaurado hasta que la pueda sentir y localizar; después de eso, lo puede romper. Además, esos sentimientos no le pertenecen a él, creo que puede gestionarlos.

La expresión de Kain se opaca en tristeza.

—Shadow… —El tono de su voz se ha tornado bajo, como si quisiera hacerle entender a su hermano—. No es algo que…

—¿Tenemos otra opción, Kain? —La voz de Shadow se endurece como si le molestara que este pensara que es algo que él no puede manejar—. No puedo sentir nada, lo sabes, esto es solo una medida para llegar a un fin.

Nadie habla mientras el rey nos da la espalda y desaparece. Nunca admitiría que una parte de mí espera que el restablecer el vínculo traiga un poco de ese Shadow Purasangre que fue mi amigo todos esos años.

Porque, Purificador o Purasangre, los sentimientos poseen un poder inexplicable y nunca deben ser subestimados.

# IV

# MORGAN

Después de darle las gracias a Lyla, comienzo a toser y no puedo parar.

Ella me ayuda a sentarme; aún tosiendo, me inclino hacia delante y vomito un montón de agua mezclada con sangre; los pulmones me arden. Es como si todo el tiempo que he permanecido en el hogar de los Durmientes me hubiese estado ahogando, y quizá eso fue lo que ocurrió.

—Va a pasar —me asegura Lyla y me da palmadas en la espalda.

Y afortunadamente tiene razón, pasa y me deja hecha un desastre; la sangre, además, mancha mi ropa, mi mentón y mi garganta. Jamás he sentido una debilidad como la que ahora recorre mi cuerpo, ni siquiera cuando pasaba días sin alimentarme. Noto los brazos pesados, al igual que mis piernas, apenas puedo mantenerme sentada. Estoy a punto de hablar cuando observamos movimiento en la tierra donde mi sangre ha ido a parar: pequeñas raíces verdes emergen y crecen hasta que flores de diferentes colores brotan de ellas.

Lyla está sorprendida a mi lado, la confusión se deja ver claramente en su expresión, pero no dice nada. Entonces lo recuerdo: ella es una sobreviviente de la Purificación, así que es posible que no recuerde la verdad sobre mí, que no recuerde lo que soy en realidad.

—¿Estás bien? —pregunta, poniéndose de pie y ofreciendo su mano para ayudarme a levantar. La cojo, tambaleándome un poco al estar de pie.

—Aún no lo sé, me siento… muy débil.

«Y diferente». No sé cómo explicarlo, pero noto mi cuerpo distinto, como si la Purificación le hubiera afectado de una forma profunda que no puedo entender.

—Necesitas alimentarte —dice Lyla—. Estoy segura de que podemos encontrar algún humano cerca, no estamos lejos de los Escudos Gulch.

«No soy un vampiro convertido, Lyla, soy una Purificadora, la especie más poderosa en el mundo. Necesito un Purasangre».

«Necesito…».

Mi pecho palpita de golpe, haciéndome cerrar las manos por la presión. «¿Qué pasa?». Como si mi cuerpo supiera exactamente dónde ir, comienzo a moverme hacia la salida de esa cueva.

—¿Morgan? ¿Adónde vas? —Aunque ella me sigue, no me detengo—. Estás muy débil, yo buscaré el humano y lo traeré a ti.

La brisa nocturna me recibe, echando ligeramente mi cabello mojado hacia atrás. Estamos en la zona árida de las Ruinas de Grania; sin importar dónde mire, solo puedo ver arena cubriendo el suelo rocoso. El cielo está despejado, exponiendo una hermosa luna llena que me recuerda aquella noche que me atacó un *cruentus*. Siento que fue hace tanto tiempo… Tantas cosas han pasado desde esa noche…

Tantas cosas han cambiado…

Mi vida era mucho más simple en ese entonces, solo era una convertida en un clan muy unido cuya experiencia máxima en el amor era un enamoramiento no correspondido por el líder: Aidan. Ahora, soy una Purificadora con una relación que restaurar con su hermano, con el miedo de que los miembros de dicho clan no hayan sobrevivido a la Purificación que yo hice, sobrellevando un amor doloroso, complicado y profundo porque yo misma he acabado con el Purasangre que amé, que aún amo.

Shadow.

Ni siquiera me atrevo a pensar en él porque mi pecho quema, arde y me falta el aire. Sé que él ya no está aquí, nuestro vínculo se ha roto, lo que solo puede significar que ha muerto. Bloqueo esa dolorosa realidad, no puedo pensarlo siquiera, ya llegará el momento de lidiar con eso, ahora necesito alimentarme.

A pesar de las protestas de Lyla, doy unos cuantos pasos fuera de la cueva, alejándome de la entrada, pero me detengo de golpe al ver una figura frente a mí. Mi pecho se calienta, mis ojos se llenan de lágrimas de alivio porque él está bien, porque es real y está ahí, a unos metros de mí.

Su ropa negra parece desgastada, su cabello negro está despeinado y esos ojos jade tan iguales a los míos brillan con el mismo sentimiento de alivio; sus labios forman una sonrisa y yo se la devuelvo, aunque los míos tiemblan por las ganas de llorar.

—Hola, hermanita. —Su voz me tranquiliza, me hace sentir segura justo como lo hacía cuando éramos niños.

Sin importar lo débil que me siento, corro hacia él, descalza, la arena metiéndose entre los dedos de mis pies.

—¡Milosh! —grito antes de saltar hacia él y abrazarlo, enterrando mi cara en su cuello—. Estás bien, estás bien —repito como si necesitara decirlo varias veces para creerlo. Él me envuelve con sus brazos y acaricia la parte de atrás de mi cabeza.

No dice nada y entonces pasa, mi hambre despierta al estar tan cerca de su cuello. Puedo escuchar, sentir la deliciosa sangre corriendo por sus venas. Sus palabras vuelven a mi mente.

«Ninguna otra sangre en este mundo será tan deliciosa como la mía para ti, fui hecho para ese propósito».

No, Milosh no es una bolsa de sangre para mí. Él es mucho más que eso, es mi hermano, tengo que controlarme. Mi cuerpo pide a gritos su sangre, mis colmillos se extienden ansiosos. Necesito separarme de él, y estoy a punto de hacerlo cuando me aprieta contra sí, impidiendo que me aleje.

—Está bien —me susurra al oído—. He ido a alimentarme antes de volver aquí por esta razón, sabía que me necesitarías.

—Milosh…

—Apenas logras mantenerte en pie, puedo sentir lo débil que estás, solo hazlo.

—Puedo encontrar otro Purasangre.

—Morgan. —La dureza de su voz me recuerda su carácter, no aceptará un «no» como respuesta.

Mi boca se abre por sí sola y no puedo controlarme más: mis colmillos perforan su piel y la sangre fluye en mi boca con una rapidez maravillosa. Mi cuerpo entero palpita, se electrifica, recargando cada célula de energía, de poder. Milosh acaricia mi cabeza mientras lo hago, como si esa fuera su forma de decirme que está bien, que él está bien con esto.

Dejo de abrazarlo para aferrarme a su ropa a la altura de su pecho mientras me alimento, succionando su sangre con una desesperación vergonzosa. Cada músculo, cada parte de mí se recarga, y, cuando ya es suficiente, alejo mi boca de su cuello, pero aún me agarro de su pecho, respirando agitadamente.

Levanto la mirada para ver su expresión. Quiero saber si él de verdad estaba de acuerdo con esto, ver si encuentro algún tipo de molestia en sus ojos; sin embargo, no hay nada de eso, solo tranquilidad, se muestra complacido de poder ayudarme. Aun así, siento que debo preguntarle.

—¿Me odias?

Milosh aprieta sus labios, curvados en una sonrisa.

—Eres mi hermanita, por supuesto que no te odio.

Vuelvo a abrazarlo.

—Me alegra tanto que estés bien… —digo. A pesar de que él no es de muchas palabras, nunca lo ha sido, sé lo aliviado que está, aunque no lo diga, puedo sentirlo, supongo que es nuestra conexión Purificador/Protector.

Lyla se aclara la garganta y yo me separo de Milosh y me vuelvo para mirarla. Ella alza una ceja esperando una explicación. El rostro de él se estrecha, curioso al verla, pero tampoco dice nada.

—Lyla, él es mi hermano, Milosh.

—¿Por qué siento que te he visto antes? —Su ceño se frunce en confusión.

Él se encoge de hombros.

—Tal vez lo has hecho.

—Morgan, no entiendo, nunca nos dijiste que tenías un hermano y que era… —ella duda al decir la palabra— un Purasangre.

Así es como ella siente a Milosh, como un Purasangre; me pregunto cómo me siente a mí, ¿una convertida?

—Tenemos muchas cosas que contarte, Lyla, de verdad, muchas.

—¿Tiene algo que ver con lo nublada que está mi mente? Mis recuerdos son un desastre.

«Sí, y yo fui la causante de eso». Quiero decirlo, pero no sé por dónde empezar.

Recuerdos…

Lyla es la clave para saber si los demás miembros del clan están bien, si ella los recuerda quiere decir que sobrevivieron la Purificación; si no, que ya no están con nosotros, porque las almas perdidas son eliminadas sin dejar rastro de que existieron en este mundo. El simple hecho de considerar que ya no estén con vida es tan doloroso que no sé si me atrevo a preguntarle.

Tengo que hacerlo, necesito saberlo.

—Lyla. —Me acerco a ella—. ¿Quiénes son los miembros de nuestro clan?

—¿De qué estás hablando? ¿No los recuerdas? ¿Tus recuerdos también son borrosos?

—Un poco —miento.

—Nuestros compañeros de siempre, sin contar los que van y vienen, son Ian —el primer suspiro de alivio deja mis labios—, Luke, Drake y Aidan.

Caigo sentada en la arena y me río a carcajadas, mi cuerpo se estremece de alivio. Lyla me mira extrañada.

—¿Estás bien?

—Por supuesto que están bien esos idiotas. —Me río abiertamente, inclinándome hacia atrás. Mis ojos encuentran esa luna llena en el cielo y mi risa termina de inmediato al recordar una de esas noches en la que la luna fue testigo de mi amor por Shadow, sus besos, sus caricias, sus suspiros, sus palabras llenas de deseo y lujuria.

Lo amo tanto…

¿O debería decir «lo amé tanto…»? Aún no puedo aceptarlo, no quiero. Aunque todo indique que él ya no está, me niego a admitirlo porque eso sería asumir el hecho de que fui yo la que terminó con su existencia. Perder a alguien que amamos es lo suficientemente devastador como para agregarle haber sido la razón de su final. Y él estuvo tan tranquilo en sus últimos momentos… Recuerdo sus palabras. A pesar de las lágrimas en sus ojos, él hizo todo lo posible para trasmitirme paz hasta el final. ¿Soy ilusa por esperar un milagro? ¿Por querer creer que él aún vive? Quizá, culpo a mis sentimientos por darme esperanza.

Milosh parece entender lo que significa que Lyla pueda recordar a los miembros de clan y sus hombros se relajan.

—Morgan, hay algo que debes saber —comienza Lyla, y mira a Milosh, como si no supiera si decírmelo o no en su presencia—. Necesitamos hablar a solas.

—Puedes hablar delante de él, confío…

—A solas —repite, y la seriedad de su voz me asusta un poco.

—Iré a explorar los alrededores, a asegurarme de que sea seguro —nos dice Milosh antes de irse.

Al quedarnos solas, observo a Lyla: se pone un mechón de pelo tras la oreja y se lame los labios para luego abrir la boca para hablar, pero la cierra de nuevo.

—¿Qué pasa, Lyla?

—¿No sabes… de tu estado?

Eso me hace fruncir el ceño.

—¿Mi estado? ¿De qué estás hablando?

—Ah, mierda, no lo sabes.

—¿Qué es lo que no sé, Lyla?

Ella duda de nuevo, y yo espero.

—Solo habla, Lyla.

—Estás embarazada.

Mi boca se abre en señal de sorpresa, mi mente procesa esa afirmación de manera lenta e incrédula.

—¿Qué?

—Estás embarazada, Morgan —vuelve a decir.

Las palabras me fallan y mis rodillas se debilitan al dar un paso atrás, como si esa noticia me hubiera empujado con mucha fuerza. Eso no es posible, los embarazos entre especies diferentes no existen, nunca lo han hecho, no tiene sentido. Shadow es un Purasangre, yo una Purificadora.

—Estás equivocada, Lyla, eso no es posible.

—Es la verdad, puedo sentirlo con claridad dentro de ti.

—¿Qué?

—El bebé.

No, no puede ser, ¿cómo le explico que mi único amor fue un Purasangre? Porque ella sabe mejor que nadie que entre especies diferentes eso no puede pasar.

—De hecho, su presencia es bastante imponente, me sorprende que no puedas sentirlo tú misma —agrega.

E, instintivamente, mi mano sostiene mi vientre como si quisiera encontrar la respuesta de ese modo. Mi mano se ilumina al usar mi poder para intentar sentirlo, aunque sé que Lyla está equivocada. No siento nada, no hay nada, Lyla está…

De repente, dejo de respirar y las lágrimas nublan mi vista porque puedo sentir algo dentro de mí claramente, regocijándose en la sangre fresca que acabo de consumir de Milosh, absorbiendo energía.

Me tapo la boca con la mano libre y un jadeo de sorpresa, de llanto, deja mis labios. ¿Cómo es posible? ¿Cómo puedo estar embarazada?

Esto es…

Mi sorpresa es reemplazada por una alegría pura porque tendré un hijo de Shadow; de alguna forma, habrá una parte de él siempre conmigo, una prueba andante de que un amor como el nuestro existió, aunque él ya haya partido.

«Voy a ser madre».

¿Será un niño o una niña? ¿Se parecerá a Shadow? ¿A mí? ¿Una combinación de los dos?

Por segunda vez esta noche, caigo sobre mis rodillas, las emociones desbordando mi interior, dejándome sin aliento. Mi clan está a salvo, y, aunque Shadow ya no esté conmigo, me ha dejado un regalo, un bebé para recordarlo siempre, para ayudarme a sobrellevar su partida.

Lyla parece notar mi felicidad y me sonríe.

—Felicidades, Morgan.

No sé qué decir, inspiro profundamente y una punzada en mi cabeza corta mi alegría y me hace recordar el dolor que sentí cuando Prisca incrustó ese recuerdo en mi mente y sus palabras:

«Solo quiero mostrarte la realidad de quién es Shadow».

No tenía idea de qué estaba hablando esa Purificadora, pero quiero lidiar con lo que sea que ella me dio lo antes posible para centrarme en mi hijo o hija. La emoción calienta mi pecho solo con pensar en la criatura creciendo dentro de mí y, tal vez, hay algo en lo que Prisca me ha dado que me dé esperanza de que Shadow sobrevivió contra todas las probabilidades. La inesperada noticia de este bebé me ha vuelto a llenar de esperanza, después de todo; si es posible concebir entre especies distintas, ¿puede ser que Shadow haya sobrevivido?

Mi Shadow.

Mi Purasangre de semblante frío y cálido corazón.

—Lyla, necesito estar a solas un momento.

Ella asiente, se da la vuelta y vuelve a la cueva. Así que me preparo para ver el recuerdo que Prisca ha dejado en mi mente, lista para tratar de encontrar alguna esperanza de que Shadow haya sobrevivido…

De que mi único amor esté con vida.

# V

# MORGAN

Inspiro hondo, cierro los ojos y, por instinto, susurro las palabras que quebrantan y liberan esa cápsula en mi mente. La presión en mi cabeza es incómoda, pero no dolorosa.

Al abrir los ojos, ya no estoy en el terreno árido, sino de pie en un inmenso lugar semioscuro y cerrado, lleno de polvo, con un techo muy alto y paredes rocosas. «¿Dónde estoy?». Mis ojos examinan el lugar y a mi derecha puedo ver un trono rocoso elevado y escalones para llegar a él. Frunzo el ceño al evaluarlo; parece tan antiguo…, como si hubiera estado ahí desde siempre. Me sorprende poder sentir lo frío que es el aire en este lugar a pesar de que esto es solo un recuerdo.

El ruido de pasos a mi izquierda llama mi atención y una versión borrosa y transparente de Vincent me pasa por un lado, dirigiéndose al trono. Me paralizo al notar el uniforme que lleva puesto: Nhyme. Eso no tiene sentido, ¿Por qué Vincent vestiría el uniforme de Nhyme? Él es el líder de la organización opuesta, él…

Más pasos.

Mis ojos siguen el ruido de nuevo y alguien que no reconozco pasa frente a mí. Su parecido con Shadow es increíble, ¿quién es él? Viene seguido de Kaya, quien le sonríe al decirle algo, y, cuando el desconocido le responde, reconozco esa voz: Kain. Así que por fin puedo ver su rostro. Pero esto no tiene sentido, ¿por qué Kain es tan parecido a Shadow? Ellos no pueden estar relacionados.

Detrás de Kain y Kaya viene esa convertida que recuerdo muy bien, la alimentadora de Shadow… Su nombre… ¿Rea? Todos llevan puesto el uniforme de Nhyme. ¿Qué está pasando? Mi cabeza palpita por la confusión, mi estómago se hace nudos. Rea y Vincent están relacionados con Shadow, ¿acaso lo han engañado y ellos en realidad son de Nhyme? Eso no puede ser. Shadow lo sabría.

Como si el recuerdo quisiera responderme, escucho pasos nuevamente y mi mundo se detiene al verlo: Shadow.

Sus pasos son decididos, las manos a los costados. Su expresión es una que nunca he visto en él, es como si… fuera alguien completamente diferente. Sostengo mi pecho porque duele verlo, y me aferro a este segundo porque tal vez nunca lo vuelva a tener frente a mí de esta forma. Sin embargo, esas sensaciones de anhelo se esfuman al notar la insignia de una rosa marchita, característica de Nhyme, en el pecho de sus ropas oscuras.

No.

Él…

No.

Shadow nunca se uniría Nhyme, él siempre me protegió. ¿Qué es esto? ¿Qué demonios es esto? Mi pecho sube y baja con mi acelerada respiración al tratar de procesarlo todo. Prisca debe de querer jugar con mi mente. No, esto no es verdad.

«Negación».

—Shadow… —susurro, poniéndome en su camino, estirando mi mano hacia él como si eso le fuera a hacer verme, hablarme y darme una explicación—. ¡Shadow! —le grito a la cara cuando está frente a mí.

Él me traspasa, su figura es solo un borroso recuerdo y yo no formo parte. Me giro, siguiéndolo; no obstante, me detengo de golpe cuando veo a todos inclinarse ante él.

—Mi señor —murmura Kain, y miles de preguntas llenan mi cabeza.

Shadow sube los escalones hacia el trono, y, con cada paso que da, un recuerdo golpea mi mente: una reunión, planes, voces, decisiones. Doy un paso atrás, sosteniendo mi cabeza. La voz de Shadow al explicar con frialdad sus planes.

«Vincent se encargará de eso, no como líder de Nhyme, sino de la falsa organización a favor de la Purificadora. Y, si en algún momento hago algo que pueda perjudicar nuestros planes, romped el sello».

«Una vez que ella este embarazada, necesitaré que crees un puente de energía con ella, Kain. Asegúrate de que todo salga bien en caso de que el embarazo no la debilite lo suficiente».

Debilitarme… Me embarazó con ese fin.

Mi corazón cae al suelo, estrujado, las lágrimas llenan mis ojos al entenderlo todo. Esto no puede estar pasando. No, mi Shadow no es… él… No puedo respirar.

La burlona voz de Kaya llega a mi mente:

«Kain, nuestro señor fue el que tuvo que hacer el trabajo más sucio. Todos estos años cuidando de la Purificadora mientras crecía y, luego, hacerle creer que era su amor eterno para poder embarazarla justo antes de la Purificación. Tengo curiosidad, mi señor, ¿cómo fue la despedida? ¿Dramática?».

¿Todo fue un plan? ¿Una mentira? ¿Incluso nuestro hijo?

El dolor se extiende por mi pecho como llamas, quemando, destruyendo todo a su paso. Por eso pudimos procrear, porque ambos somos Purificadores. Mi corazón se rompe, ahogándome. De pronto no puedo respirar, no puedo ni siquiera mantenerme de pie. De rodillas frente a su trono y sus seguidores, me desmorono. El recuerdo cambia ligeramente y puedo escucharlos a todos recitar esas palabras:

«Mi lealtad yace ahora y siempre
con nuestro señor el Rey Insurgente,
protector de las almas que han sido teñidas,
almas que han sido marcadas como perdidas».

Shadow ya está sentado en su trono: él es el Rey Insurgente que la guardiana mencionó en el hogar de los Durmientes, él es quien los tiene inconscientes, el que intentó lo mismo conmigo aun sabiendo que llevaba a su hijo en mi vientre. Me siento enferma, usada, como un objeto de juego, una parte de un plan enfermo orquestado por la criatura que más amé. Me inclino hacia delante y vomito, una sensación desagradable cubriendo mi cuerpo.

«¿Quién eres, Shadow? ¿Es Shadow incluso tu verdadero nombre?». Lo veo ahí, en su trono, y rompo en llanto, sosteniendo mi rostro con ambas manos porque duele demasiado. Toda la alegría y esperanza que tenía al entrar a este recuerdo se ha desvanecido ante mis ojos gracias a esta cruel verdad. La rabia invade cada parte de mí y me pongo de pie, aún sollozando.

«Ira».

—¡Shadow! —le grito, mis manos cerradas en puños mis costados—. ¡Shadow! —Pese a que sé que no puede verme ni escucharme, igualmente camino hacia él, subo los escalones que llevan a su trono a toda velocidad e intento golpear su rostro, pero mi mano lo atraviesa y golpeo el aire—. ¡Maldito! ¡Eres escoria! ¡Te detesto! ¿Cómo pudiste…? —Mi voz se rompe y golpeo su borroso recuerdo con la otra mano—. ¡¿Cómo pudiste hacerme esto?! Yo… te amé tanto. Yo…

Con el puño aún en el aire a un lado del rostro, inclinada sobre él, lo veo ahí sentado, tan tranquilo, y el dolor que me cruza no tiene precedentes. Bajo la mano y doy un paso atrás, llorando desconsoladamente. Me giro porque ya no puedo ver más. Al bajar los escalones, veo a la figura infantil de Prisca ahí de pie.

—Lo has visto todo por ti misma, así que no tengo mucho que decir —se despide, su figura parpadea y es aún más transparente que los recuerdos.

No puedo hablar, mi dolor es tan puro que no me importa que ella sea testigo de mi devastación, mi rostro surcado por lágrimas de sangre, mis sollozos.

—Solo hay una última cosa que debes saber —añade, y en un susurro me explica los cambios de mis poderes como Purificadora, cómo puedo ocultarme y lo imposible que es rastrearme. La forma en la que lo dice me hace pensar que estoy en peligro, es como si me advirtiera. Sin embargo, otra pregunta deja mis labios, aunque ya sé la respuesta; a pesar de que después de ver todos los planes de Shadow lo sé, necesito que alguien más lo diga.

—¿Él… —no puedo decir su nombre— está vivo?

—Sí.

Lo sabía, y odio que mi corazón sienta una pizca de alegría al confirmarlo. Sé que no puedo hacer desaparecer mis sentimientos de la noche a la mañana, no cuando lo amé tan intensamente, de forma tan profunda. Una parte de mí que odio le busca explicación, excusas, alguna razón válida para que hiciera lo que hizo, pero no encuentra ninguna.

«Negación».

No existe razón válida para semejante atrocidad. Bajo la mano a mi vientre, sintiendo en él la energía. La idea de contarle cuando creciera el increíble amor que su padre y yo tuvimos se agrieta y se fragmenta en mi mente, sus pedazos caen junto a la imagen rota de Shadow. Sonrío con tristeza… ¡Vaya mierda de circunstancias en las que traeré un hijo a este mundo!

«Depresión».

Puedo sentir cómo el recuerdo se tuerce, como si fuera a desaparecer en cualquier momento, así que doy un paso hacia Prisca.

—¿Por qué me estás ayudando?

Ella sonríe.

—Porque creo en ti.

—No entiendo.

Suspira, sus ojos van de mí a la figura de Shadow sentado en el trono.

—Porque no todo es lo que parece, Morgan.

Le echo un vistazo a Shadow por encima de mi hombro.

—¿Qué quieres decir con eso?

—Lo sabrás cuando llegue el momento.

—Si tiene que ver con él —de nuevo, ni siquiera puedo decir su nombre—, no me interesa, tengo otras prioridades ahora.

—Ya se ha agotado la energía que he dejado en tu mente, se ha acabado nuestra conexión —me dice. Su voz suave como una melodía lejana, sus ojos vuelven a caer sobre Shadow—. Él no siempre fue así, Morgan —añade, como si eso disminuyera el dolor que todo eso me ha causado.

—Como él haya sido no me importa.

Prisca me brinda una sonrisa de boca cerrada, la tristeza es evidente en su expresión.

—A veces cometemos errores con las mejores intenciones.

Y, con eso, se desvanece, y el recuerdo con ella, dejándome de nuevo en las Ruinas de Grania, el viento soplando la arena y haciéndola volar en pequeños hilos a mi alrededor. No me muevo, mi cara aún carga mis lágrimas, mi pecho todavía está contraído de dolor, mi corazón agrietado y roto. Toda esta información me ha dejado en un proceso de asimilación, casi de... «aceptación».

Mi mente me atormenta con recuerdos de él: sus ojos encontrando los míos, su sonrisa torcida, su apoyo y consuelo a lo largo de mi existencia, el amor que nos declaramos en las noches más oscuras, nuestro vínculo...Todo... fue... una mentira, orquestada por él de una manera cruel y despiadada. Y me cuesta respirar, me agarro el pecho, jadeando, asimilando, ya que es demasiado. Bajo las manos hasta mi vientre, llorando porque me sentí tan feliz cuando me enteré de que estaba embarazada que no cuestioné a profundidad cómo fue posible entre especies diferentes. Y ahora ese momento de alegría está manchado por la oscuridad de esos malditos planes frívolos, está manchado por él y su falsedad. Cierro los ojos y siento la calidez en mi vientre, pensando: «Ellos no tienen la culpa». ¿Ellos? Me tenso al notar que la energía que crece dentro de mí está claramente dividida en dos.

¿Son dos bebés? Abro los ojos y presiono mis manos un poco más, confirmándolo. Son dos…, niño y niña. Y ellos terminan de darme la fortaleza que necesito para ponerme de pie, porque, mientras Shadow viva, sé que mis hijos nunca estarán a salvo.

Así que, en vez de aceptar y sanar, un sentimiento vuelve y anida en mi corazón: ira y ganas de venganza. No me quedaré a llorar porque Shadow me ha roto el corazón; descubriré qué planea y lo destruiré todo, cada parte de él, y solo ahí, solo en ese instante de destrucción absoluta, será cuando sane, y podré decir que finalmente me he movido a la última fase del duelo: aceptación.

# VI

# MILOSH

Necesito alimentarme otra vez.

Al darle toda mi sangre y energía a Morgan, he quedado muy débil. Después de dejarla con Lyla, me dirijo en la misma dirección que fui cuando desperté. Cruzo el camino de un pequeño pueblo solitario, donde me alimenté hace un rato al descubrir un clan que vivía al otro lado; ahí encontré mi afortunada convertida para alimentarme. Esperaba dar con ella de nuevo.

Me detengo en la oscuridad que me rodea al dejar el pueblo atrás. Extiendo la mano frente a mí y cierro los ojos para contarlos.

Once vampiros convertidos.

La mayoría está a una distancia prudencial, probablemente desconocedores del hecho de que el depredador por encima de ellos en la cadena alimentaria está de vuelta. Reconozco la esencia de la vampira convertida que mordí hace un rato, está rodeada de tres convertidos más.

Ah, no quiero problemas, lo último que querría ahora es una pelea. Mi hermana acaba de purificar el mundo, tengo que honrar eso, ¿o no? Sin embargo, su bienestar depende de mí como su alimentador principal. No sabemos cuánto nos costará encontrar otro Purasangre que esté dispuesto a dejarla alimentarse, así que, si he de ensuciarme un poco las manos para que ella esté bien, no tengo problema.

Además, no mataré a nadie; unos convertidos pueden superar unos moretones y un poco de debilidad.

Me adentro aún más en la oscuridad, pasando en medio de dos colinas arenosas inmensas: este desierto es extenso. Las luces de una fogata se vislumbran por detrás de dichas colinas y pego mi espalda a un lado para echar un vistazo.

La convertida de largo cabello café está frente a la fogata, tiene una venda alrededor del cuello. No fui el más dulce cuando la mordí; en mi defensa, llevaba mucho tiempo enterrado en la arena sin ningún tipo de alimento, me estaba muriendo de hambre cuando me alimenté de ella. Seré más cuidadoso esta vez. Quizá debería alimentarme de otro... Descarto esa idea cuando olfateo y descubro que la esencia de los dos vampiros sentados a su lado no me apetece para nada.

Bien, lo haré de la manera menos sangrienta. Me preparo para salir de la oscuridad.

—No te muevas.

Muy tarde, siento el filo de una daga contra mi cuello y vuelvo el rostro para enfrentarme a una chica, una convertida, de piel oscura y cabello ondulado que cae alrededor de su rostro. Sus ojos negros brillan amenazantes, y me quedo mirándola por dos razones: la primera, que me ha pillado por completo desprevenido, ¿cómo pudo acercarse a mí tan sigilosamente? Y la segunda, que es preciosa.

—Fuiste tú, ¿no es así? El Purasangre que atacó a Jenny.

Jenny debe de ser la convertida de la que me alimenté, la chica frente a la fogata. Mi silencio parece darle la respuesta que busca y presiona la daga aún más contra mi cuello, una línea de sangre empieza a descender por él.

—No vamos a convertirnos en el juguete de un Purasangre, así que dame un motivo por el que no debería arrancarte la cabeza ya mismo.

Eso suena doloroso.

Una parte de mí admira su valentía, ella no duda, ni tiembla, no hay miedo en sus ojos, solo determinación. Los convertidos suelen temer a los Purasangres por la gran diferencia entre sus poderes, pero al parecer no es el caso de esta chica.

—No planeo convertir a nadie en mi juguete.

—Oh, ¿de verdad? —Sus labios forman una sonrisa falsa, no me cree en absoluto—. Entonces ¿por qué has vuelto? No dejaré que la hieras de nuevo.

Sé que se refiere a la convertida.

—Necesito alimentarme.

—Encuentra otro clan.

—No sé si lo has notado, pero las opciones no son muchas en esta área desértica.

—No me importa, no volverás a tocar a Jenny.

Mis ojos bajan de sus lindos labios hasta su cuello, su aroma es delicioso y el hecho de imaginarla en mis brazos, retorciéndose mientras me alimento de ella, me emociona más de lo que querría admitir. Mierda, qué hambre tengo.

—Prometo no tocarla, te doy mi palabra. —Ella frunce el ceño—. Si me das tu sangre a cambio.

—Esto no es una negociación, Purasangre —me aclara—, yo soy la que tiene la daga contra tu cuello en este momento.

Sonrío abiertamente.

En un movimiento rápido, con una mano agarro su muñeca, bajo la daga y la giro hasta estamparla contra la colina rocosa, mientras que con la otra cubro su boca. Ella intenta liberarse, pero la miro directamente a los ojos.

—Quédate quieta. —Mi orden mental la obliga a obedecer y deja de luchar—. Vamos a hablar con calma, no gritarás, ni pedirás ayuda, ni dirás el nombre de tu clan, ni los alertarás —le ordeno antes de liberar su boca.

—Cobarde. —Escupe a un lado—. Solo los Purasangres cobardes usan sus poderes mentales.

—No, solo aquellos que no quieren causar una pelea innecesaria.

Ella no dice nada.

—¿Cuál es tu nombre?

Silencio.

Envuelvo la mano alrededor de su cuello.

—¿Tendré que usar mis poderes mentales para ordenarte que me respondas cada vez? No tengo problema, pero te dejará con un dolor de cabeza muy desagradable.

Ella aprieta sus labios, molesta.

—Tori —me dice de mala gana.

—Bien, escucha, Tori, necesito alimentarme, lamento que tenga que ser de esta manera, pero es como funcionan las cosas en este mundo. Desearía no tener que hacerlo, pero necesito ayudar a alguien muy especial para mí. Así como tú arriesgas tu vida por Jenny, yo haría lo que fuera por esa persona. Así que ¿me darías tu sangre?

—Como si no fueras a tomarla de todos modos…

—Puedo hacer eso o puedo pedírtelo, y, si me dejas, lo haré de la forma menos dolorosa posible y me iré.

—¿Y no volverás cuando tengas hambre de nuevo?

Dudo porque no puedo prometerle que ese sea el caso. No sé cuánto tiempo nos quedaremos en esa cueva del desierto.

Ella bufa.

—Solo quieres tener un banco de sangre disponible.

Lo intenté por las buenas.

Subo mi mano de su cuello y tomo su mandíbula, mirándola a los ojos.

—Ofréceme tu sangre voluntariamente.

Ella se muestra decepcionada un segundo antes de que la orden se registre en su mente y eche su cabello a un lado, ofreciéndome su cuello. Las venas palpitan y me llaman, incitando al depredador que hay en mí. Entierro mi cara en su cuello, lamiendo de abajo hacia arriba; ella se estremece.

—Por favor. —Su súplica me toma por sorpresa, sin embargo, ya no hay nada que pueda detenerme—. Nunca he sido mordida, es mi mayor orgullo, alardear de que he sido fuerte, de que nunca me he doblegado ante nadie. Por favor, no me quites eso.

Quisiera decir que eso me hace sentir mal, pero estoy hambriento.

Abro la boca, extendiendo los colmillos para morderla, cuando algo atraviesa mi pecho desde atrás. Escupo sangre y cuando bajo la mirada veo un trozo inmenso de madera atravesando mi pecho y casi hiriendo a Tori, quien está sonriendo.

—Y no me lo quitarás, bastardo.

Un golpe seco en la cabeza le sigue y es lo último que escucho antes de perder el conocimiento.

El dolor es algo a lo que me he acostumbrado con el pasar de los años, mi resistencia comenzó con los duros entrenamientos que hice con mi padre cuando era niño. Morgan lo pasó mucho peor que yo, pero eso no quiere decir que mi padre no me hiciera enfrentarme a él una y otra vez, luchando, obligándome a seguir a pesar del dolor.

Brorian Von Buzten siempre se aseguró a su propio retorcido modo de que sus hijos fueran luchadores, que no se rindieran, que siguieran levantándose después de ser derrotados, golpeados, desangrados. Puedo recordar con facilidad, incorporándome, el dolor cruzando cada parte de mi cuerpo y mi padre de pie frente a mí con sus frías palabras:

«El dolor es necesario, puede endurecer el más puro de los corazones».

Aunque suelo ser calmado, hay algo con el dolor que despierta mi lado primitivo, mi lado oscuro. La crueldad que atesoro dentro de mí no siempre está presente, pero sigue estando ahí, palpitando, esperando que algo la destape, la libere.

Abro los ojos y toso sangre, el trozo de madera que cruza mi pecho se agita, prolongando su daño, rompiendo costillas, tórax… El sonido que produce es desagradable. Las manos están atadas a mi espalda, mi sangre gotea de múltiples cortes hechos en los lugares exactos para desangrarme. Estoy extremadamente débil, esto es vergonzoso, ni siquiera puedo liberarme de las ataduras de mis muñecas. Este clan sabe lo que hace. Una sonrisa se forma en mis labios ensangrentados.

—Yo que tú no me reiría. —Esa voz llena de autosuficiencia. Levanto la mirada para verla: Tori. Estoy sentado en el suelo, hay una roca detrás de mí. Ella se ve superior de pie frente a mí y segura de sí misma—. ¿Quién eres? ¿Hay otros contigo?

¿Me está interrogando?

Al no obtener respuesta, se inclina sobre mí y retuerce el pedazo de madera en mi pecho. La observo sin tan siquiera hacer una mueca de dolor.

«El dolor es mi compañero ahora, padre. No me detiene, no me paraliza, no me afecta, ¿debería darte las gracias, viejo retorcido?».

Ella se muestra sorprendida y da un paso atrás.

—¿Es que no sientes nada?

«Verás, Tori, mi padre era un retorcido que me crio para ser extremadamente resistente al dolor, a torturas… Supongo que era su manera de prepararme por si alguien alguna vez me capturaba e intentaba llegar a mi hermana por mí», pienso, pero, en lugar de eso, le respondo:

—Eres buena —admito, luchando por hacer una inspiración profunda y fallando por el pedazo de madera que obstruye mi cuerpo entero—. Con toda la actuación de que nunca habías sido mordida… estabas ganando tiempo, distrayendo para que tu clan me atacara por la espalda. Te subestimé.

—¿Qué esperabas? ¿Que sería otra convertida débil que te rogaría porque es lo único que puedo hacer? Eres demasiado arrogante, Purasangre, pero, bueno, ¿no suelen serlo los de tu especie? Creyéndose que pueden pisotear a los demás solo porque están en la cima de la cadena alimentaria.

—No estamos en la cima —le sonrío de nuevo. Ella me dirige una mirada extrañada—, aunque, bueno, técnicamente estoy más cerca de la cima que los Purasangres.

—¿De qué estás hablando? Creo que el golpe en la cabeza te ha jodido.

—¡Tori! —Dos convertidos se acercan a ella desde atrás—. Te dijimos que nos avisaras cuando despertara. —Me miran con desprecio y cuidado, pero también con un atisbo de miedo en sus expresiones.

—No quiero problemas —les digo con honestidad porque puedo sentir mi lado oscuro quebrantándose, agrietándose—, resolvamos esto de una forma pacífica.

—Lo único pacífico que experimentarás hoy será tu muerte —replica Tori con una gran sonrisa.

Su fortaleza y seguridad se parecen a las de Lyla. Su rostro viene a mi mente, su precioso cabello violeta alrededor de su cara; aunque parece tan joven, se la ve sabia, con mucha experiencia. Eso me recuerda que debo volver con ella y con mi hermana antes de que se preocupen.

Comienzo a luchar contra mis ataduras y todos clavan sus ojos en mí, alarmados.

—¡Quédate quieto! —Tori extiende su mano a un lado, con una bola de fuego en ella—. O te encenderé en llamas antes de que puedas parpadear.

—No lo harás.

Entrecierra los ojos.

—No estés tan seguro.

—Estarás muy ocupada peleando con ellos —le digo, mirando detrás de ella y los dos convertidos que la flanquean. Cuatro *cruentus* inmensos vienen hacia nosotros.

—¡Tori! —le grita Jenny, saliendo de un lado como si corriera. Otro *cruentus* la persigue.

Siempre se puede confiar en esas bestias apestosas para salir de situaciones así.

—Pero ¿qué mierda...? No hay luna llena, ¿por qué...? —Tori me mira completamente sorprendida—. Tú...

Alzo una ceja.

—¿Por qué te muestras tan tranquilo? Atado así te devorarán.

«No, no lo harán, Tori».

Pero, claro, ella no tiene ni idea de que puedo controlarlos. Los Purasangres no poseen esa habilidad. Ella duda, como si no supiera si desatarme o no, y la culpa invade su expresión al apartar la mirada y prepararse para luchar, dejándome aquí tirado.

«Oh, qué cruel, pequeña Tori. Si mi corazón ya no estuviera astillado por el trozo de madera que atraviesa mi pecho, me lo romperías en este instante».

Los *cruentus* hacen su trabajo y los atacan, cansándolos, debilitándolos mientras yo me quito las ataduras a una velocidad que deja mucho que desear. Pongo ambas manos sobre el tronco de madera y lo saco de mi pecho antes de lanzarlo a un lado. Mis hombros suben y bajan con mi acelerada respiración. Estoy sanando lentamente porque necesito sangre, así que solo me recuesto contra la roca a esperar. Observo al clan luchar con todas las ganas.

Tori sostiene sendas espadas cortas en las manos; está corriendo alrededor de un *cruentus* para luego saltar sobre él y, cruzando los brazos, herirlo con ambas armas a la vez. Es buena.

Pero todos están muy cansados. Los *cruentus* son criaturas letales para los convertidos. Ayudándome poniendo la mano sobre la roca, me incorporo. Tori parece notarme y sus ojos se agrandan; por supuesto que no me dejará en paz, su orgullo no se lo permitiría. Corre hacia mí, atrayendo el *cruentus* en mi dirección, y, cuando está a punto de llegar a donde estoy, se desvía, dejándome frente a la asquerosa bestia.

El *cruentus* baja su cabeza ante mí y se gira para seguirla.

«Buen chico».

Tori está tan sorprendida que apenas lo esquiva cuando la ataca. Estoy a punto de calmar a los *cruentus* —creo que los convertidos ya están demasiado agotados— cuando pasa.

Unas fuertes llamas provenientes de un lado de la oscuridad asan a uno de los *cruentus* en un segundo, la arena se levanta y endurece hasta atravesar a otra de las criaturas por completo. El viento crea remolinos polvorientos a nuestro alrededor que me obligan a levantar el brazo para cubrirme los ojos. Puedo sentir las presencias a mi alrededor, usando los elementos, son tres convertidos y un…

Espera…

Cuando la tormenta de arena pasa, puedo ver los cuerpos destruidos de los *cruentus* por todos lados. Esto no es bueno, estoy muy débil, necesito alimentarme ya si voy a enfrentarme a ellos. Mis ojos buscan a Tori, quien está de rodillas en el suelo, débil aunque con semblante relajado. Supongo que esperaba el refuerzo de su clan.

Me apresuro hacia ella; ha intentado matarme suficientes veces para justificar que tome su sangre aprovechando su debilitado estado. Ella me ve e intenta levantarse, pero sin éxito.

Un poco más y tendré su sangre. Estoy a punto de alcanzarla cuando un lobo inmenso aterriza frente a mí, protegiéndola. Su pelaje blanco resplandece en la oscuridad, sus ojos grises están a la defensiva mientras me gruñe mostrando sus colmillos.

Abro la boca de manera exagerada.

—¿Calum?

El lobo ladea la cabeza, confundido. Pero qué…

—No te muevas. —Esa voz… no puede ser. Siento algo presionando la parte de atrás de mi cabeza. Que no sea otro pedazo de madera, por favor. Con las manos en el aire, me giro para hacer frente al dueño de esa voz que conozco—. Este es el territorio del clan Almas Silenciosas.

Ian me informa, apuntando una daga contra mi pecho. Luke y Drake permanecen a su lado, observándome con cautela. El alivio que me recorre me hace caer sobre mis rodillas y reír como un idiota. Ellos solo me observan sin saber qué hacer; por supuesto que no me recuerdan, porque eso significaría recordar lo que soy realmente.

Estos idiotas están vivos. No sabía lo mucho que me importaban hasta este momento. El consuelo que siento solo quiere decir que, sin querer, me encariñé con el clan de Morgan. Y han estado tan cerca de nosotros todo este tiempo…

—¿Dónde está Aidan? —les pregunto, porque, aunque no me recuerden, pueden responder eso. Intercambian una mirada confundida.

—¿Aidan? ¿Quién es Aidan? —me contesta Ian.

«Oh, no».

—El líder de tu clan, Aidan, el convertido más antiguo.

«Por favor, por favor, recuérdalo, no me digas que Aidan…».

—No conocemos a Aidan —continúa Ian—, yo soy el líder de este clan.

«Mierda».

# VII

# KAIN

La gente se hace a un lado, dejándonos paso en las ruidosas calles de The Blackness. Hay casas coloridas, con grandes ventanales y plantas en sus balcones, habitadas por humanos en su gran mayoría, ya que los vampiros copan las casas sin ventanas o con unas muy pequeñas para protegerse del sol durante el día. En señal de respeto, todos hacen su reverencia, mostrando la incredulidad que les produce que su rey camine por estas calles después de un siglo de no verlo. Vincent y yo seguimos a Shadow, justo detrás de él, porque somos sus guardias reales. El atardecer le brinda un brillo naranja a todo el lugar, el sol desaparece por las altas montañas que nos rodean y que sirven para escudarnos del resto del mundo.

Nadie sabe de este lugar remoto, ni la humanidad ni las criaturas de la noche. Y los que habitan aquí nunca pueden salir o irse, no podemos correr el riesgo de que revelen cómo llegar aquí. Tenemos reclutadores designados que salen a buscar posibles habitantes cada cierto tiempo para mantener el equilibrio, sobre todo, con los humanos, que enferman y envejecen: sus números son los que decaen con mayor facilidad.

Cuando Shadow regresó, todo parecía abandonado: los árboles estaban secos, el clima era helado, el humor de los habitantes había decaído, sus caras se veían demacradas. Pasar un siglo sin la presencia de su rey causaba eso, porque ese lugar era su creación, se alimenta de Shadow, vibra con su energía, así que, cuando él se fue, se quedó sin sustento durante años. Apenas puso un pie en The Blackness de nuevo, árboles y flores brotaron en los colores más vibrantes, el sol volvió a calentarnos, los habitantes recobraron su color, su vida. Puedo contemplar el agradecimiento en sus expresiones, su felicidad al ver a Shadow no solo porque le ha devuelto la vida a este lugar, sino porque han sobrevivido a la Purificación, porque lo que él les prometió ha funcionado.

—Mi rey. —Un grupo de ancianos humanos le hace una reverencia y un niño frente a ellos le dedica una sonrisa.

Él asiente a modo de respuesta y sigue su camino. Hemos recorrido la mitad de la calle cuando todos se ponen el puño sobre el pecho para recitar el juramento:

«Mi lealtad yace ahora y siempre
con nuestro señor el Rey Insurgente,
protector de las almas que han sido teñidas,
almas que han sido marcadas como perdidas».

Observo sus expresiones y sus sonrisas, escucho sus murmurados «gracias». Mis ojos pasan por cada rostro: humanos, convertidos, Purasangres, todos por igual. No existe la desigualdad en este reino, toda criatura tiene el mismo valor y merece el mismo respeto que cualquier otra. Y si alguno no cumpliera con ello, tendría que hacer frente a la furia de su rey.

En la ausencia del rey, Kaya y yo fuimos los encargados de mantener el orden, y me gusta pensar que hicimos un buen trabajo. Siendo Protectores, éramos mucho más fuertes que cualquier Purasangre, convertido, lobo o humano que decidiera rebelarse.

Un grupo de convertidas a un lado de la calle chillan y se agarran de las manos, mirando a Shadow y murmurando banalidades sobre él. ¿Acaso olvidan que podemos oír todas las vulgaridades que están diciendo? Esa es una de las razones por las que no me involucro con convertidas o humanas, suelen ser muy indiscretas; la otra razón es que aguantar una noche conmigo no es tarea fácil. Las únicas que pueden más o menos resistir son las Purasangres.

Al terminar de recorrer la calle principal, nos topamos con un bosque de altos árboles de hojas rojas y troncos carmesís: Redwood, uno de los bosques que cubren los límites de este lugar. Sus sangrientas plantas y árboles se alimentan de cualquier criatura que no sea bienvenida, y Shadow sentiría de inmediato si hay un intruso o alguien intentando escapar. Como ya he dicho, cada esquina de este lugar está conectada con él.

Vincent y yo paramos detrás de Shadow, que nos mira por encima del hombro antes de extender la mano y tocar el tronco ensangrentado de uno de los árboles, murmurando órdenes de aceptación para nosotros. Lo que menos necesitamos es que el bosque nos desangre a Vincent y a mí.

—Amo —una voz angelical resuena desde la profundidad del bosque—, ha regresado, nos regocijamos con su presencia.

—Es bueno estar de vuelta, Redwood —le responde Shadow antes de quitar la mano del tronco y adentrarse en el bosque.

—¿Cómo podemos servirle, amo? —La voz viene de todos lados, no es nadie en específico; no es un árbol, son todos ellos: es la voz de la vida de este bosque.

—Necesitamos alejarnos de The Blackness —dice Shadow. Nuestros pasos son audibles, la sangre salpica hacia los lados cuando caemos en algunos charcos sangrientos— y que actives tus escudos protectores del lugar.

—Como usted ordene.

—Esto es tan desagradable… —murmuro levantando mi bota ensangrentada, con una mueca. Una rama gruesa me golpea con tanta fuerza que caigo hacia atrás en el suelo.

—Criatura irrespetuosa —susurra Redwood.

Me levanto, sosteniendo mi ensangrentada nariz.

—Mis disculpas, Redwood.

Vincent se ríe un poco y seguimos el camino, la oscuridad del anochecer comienza a extenderse por todo el bosque.

—¿Algún intruso en mi ausencia? —pregunta Shadow, al ver la gran cantidad de sangre en el suelo.

—Unos cuantos Purasangres y convertidos que querían colarse en The Blackness para salvarse de la Purificación; no lo merecían, amo. Eran almas completamente perdidas.

—Bien, ¿los interrogaste para saber cómo llegaron hasta aquí?

—Sí, todos obtuvieron información de la desertora, amo.

Yo me tenso y Shadow se detiene, aprieta la mandíbula y se gira hacia mí.

—¿Aún no nos hemos deshecho de ella?

Bajo la mirada antes de explicar:

—Hemos estado cerca de atraparla, pero, cuando pensamos que está a nuestro alcance, se escabulle y desaparece durante meses, incluso años.

Shadow cierra las manos en puños, dando un paso hacia mí. Vincent se atraviesa en su camino.

—Mi señor —empieza—, ella fue criada entre nosotros, lo sabe todo: cómo funcionamos, cómo cazamos a los desertores. Conoce todos nuestros trucos. Es muy difícil encontrarla cuando sabe exactamente qué haremos.

—¿De verdad? —pregunta Shadow incrédulo, sus ojos sobre mí—. ¿No tiene nada que ver con el hecho de que mi hermano sigue enamorado de ella?

—Eso no es cierto. —Sacudo la cabeza—. Yo ya no siento nada por ella.

Shadow empuja a Vincent a un lado y me agarra del cuello.

—Escúchame bien, Kain —dice entre dientes—, no voy a permitir que siglos de planes se vayan a la mierda porque tú seas débil. Ella te usó, te dejó y nos traicionó, debería estar muerta o en nuestra prisión desde hace años. Ya es suficiente.

Me suelta y se gira de nuevo para volver a caminar.

—Vincent, en la próxima salida para cazar a la desertora, lleva a los Riders y los seis cazadores, pero no a Kain. Si mi hermano tan siquiera pone un pie fuera de The Blackness mientras la cazan, lo encadenaré yo mismo.

—Con todo respeto, señor, necesitamos un Protector con nosotros —repone Vincent—. Ella es la Purasangre más antigua en el mundo, después de todo.

—Lleva a Kaya.

Yo protesto:

—Shadow, puedo hacer esto, es insultante que no confíes en mí, yo…

—Es insultante que creas que puedes mentirme —me replica con desprecio.

Salimos del bosque finalmente y llegamos a un valle desolado de hierba corta que cubre nuestras pantorrillas, a lo lejos se ven las gigantescas montañas. Kaya está sentada sobre un tronco caído y se pone de pie cuando nos ve para hacer su reverencia.

—Mi señor.

—¿Cómo pasaste el bosque sin Shadow? —le pregunto, confundido.

Kaya me sonríe.

—Redwood y yo tenemos historia.

Yo la miro extrañado, pero ella me ignora, como siempre.

—¿Estás lista? —le pregunta Shadow, analizándola, probablemente sintiendo sus niveles de energía para ver si de verdad lo está.

—Siempre. —La emoción en la voz de Kaya es obvia—. Me preocupa The Blackness, ¿no deberíamos alejarnos un poco más?

—El bosque absorberá cualquier exceso de energía o poder, no permitirá que llegue al reino.

—De acuerdo.

—De igual forma, Kain, crea un escudo frente al bosque, solo como prevención.

Yo asiento y me giro, poniendo mis manos frente al bosque. Murmuro las palabras necesarias y líneas de energía salen de mis dedos, extendiéndose hasta crear una red de poder que lo cubre todo.

—Yo intentaré controlarlo y absorber tanta energía como pueda —explica Shadow, adentrándose en la hierba—. ¿Listos?

Todos asentimos.

Shadow saca la daga de su cinturón, con sus grabados antiguos y llenos de poder; tiene el nombre de cada Purificador que ha existido. Desliza el filo por la palma de su mano con profundidad y de inmediato brota de ella sangre oscura; estira su mano frente a él, dejando el líquido carmesí caer al suelo, que crea un pequeño charco de sangre.

Cierra los ojos para susurrar.

—Hecho de aire, fuego, viento y tierra, llamo tu nombre, Purificador de la tercera era. Abre tus ojos, vibra con energía, vuelve a este mundo, Kace, en esta noche tardía.

Su nombre se ilumina en la daga y la tierra tiembla ligeramente. El viento es el primer elemento en descontrolarse, azotando nuestros alrededores; luego la tierra se eleva en remolinos arenosos y le sigue el fuego, envolviéndose en los remolinos, quemando todo a su alrededor. Nubes oscuras cubren el claro cielo, relámpagos rápidos aterrizan sobre el suelo antes de que comience a llover a cántaros, extinguiendo el fuego y los remolinos aunque el viento continúa descontrolado.

Del charco de sangre en la tierra, un brazo pálido emerge de golpe; después el otro, hasta que Kace empuja su torso desnudo completo fuera de la tierra y gruñe como un animal, sus colmillos expuestos, sus ojos rojos en busca de sangre.

«Aquí vamos».

Shadow se arrodilla y pone las manos sobre la tierra, endureciéndola todo lo que puede para evitar que termine de salir;

necesitamos que se calme un poco antes de liberarlo. Kace gruñe de nuevo, la saliva gotea de su mentón, sus manos luchan por liberarse.

—Kace... —La voz de Kaya obtiene su atención de inmediato.

—Kaya, no. —Hemos repasado esto un millón de veces, ella no debe llamar su atención hasta que esté más calmado.

Al verla, Kace se descontrola aún más, intentando llegar a su objetivo: ella, la portadora de la sangre que tanto ha anhelado mientras dormía. Shadow se acerca a Kace y sostiene su cara, tratando de que sus ojos se enfoquen en los de él.

—¡Kace!

Pero está concentrado en Kaya.

Kace gruñe en su cara y su poder envía a Shadow volando hacia atrás en el aire hasta que aterriza sobre la hierba. Esto será más complicado de lo que esperábamos. Kace sale por completo de la tierra.

—¡Kaya! ¡No te muevas! ¡No corras! —le grito, porque, si lo hace, despertará el instinto de caza de Kace y solo empeorará todo.

Shadow se materializa frente a él y pone la mano sobre su pecho, absorbiendo tanta energía como puede; pero, en un par de segundos, Kace vuelve a gruñir, alejándolo. El viento azota los alrededores con tanta fuerza que casi nos mueve, troncos y hojas vuelan y se estrellan con el escudo que he creado para proteger el bosque.

Los Purificadores pueden ser muy problemáticos cuando despiertan, liberan un poder increíble. Aunque Vincent y yo intentamos detenerlo, Kace solo mueve la mano y nos aleja con facilidad. Kaya lucha por no correr y alejarse de su hermano. Kace está lleno de tierra, con los colmillos extendidos, sin ningún tipo de razonamiento tras esos ojos rojos hambrientos de sangre. Él corre hacia ella con desesperación y Kaya nos mira asustada.

No queríamos hacerle daño, pero, si llega a Kaya en ese estado, sabemos que la matará, así que veo la decisión en los ojos de Shadow antes de que sus manos se iluminen y las extienda frente a él, sus ojos sobre Kace.

—Kace Runestone. —Shadow dice su nombre completo—. Purificador que ahora camina este mundo, hecho de aire, fuego, viento y tierra, invoco tu marca como tu antecesor. —Una ola de poder deja sus manos y golpea a Kace, traspasándolo.

El Purificador se detiene de golpe para gritar, se retuerce, sosteniendo su cabeza. El poder de la marca rompe huesos, hace arder sus venas, lágrimas de sangre escapan de sus ojos y su gruñido se transforma en uno de agonía pura hasta que cae sobre sus rodillas. Le sale sangre de la nariz, gotea por su mentón y, al aterrizar en el suelo, emergen tallos de los que finalmente salen flores.

—¡Eso es suficiente, señor! —le ruega Kaya a Shadow—. ¡Por favor! ¡Le está haciendo daño!

—Aún no está lo suficientemente debilitado —responde él con frialdad.

—Shadow —pongo una mano sobre su hombro—, es suficiente.

Shadow baja sus manos, liberando la marca.

Kace respira agitado, sus hombros subiendo y bajando. Kaya corre hacia él y se arrodilla a su lado, con lágrimas en los ojos. Todos sabemos cuánto ha echado de menos a su hermano. Ella sostiene su rostro sangriento.

—Kace… —Su voz es un susurro.

El Purificador olfatea y gruñe ligeramente sin pronunciar palabra, ella suelta su rostro y le ofrece el cuello.

—Vamos, todo irá bien, Kace, solo aliméntate y estarás bien.

Él no duda ni un segundo y envuelve las manos alrededor de ella para enterrar su cara en su cuello, alimentándose con desesperación. Kaya acaricia el cabello de su hermano para tranquilizarlo.

—No ha estado tan mal —comento, sacudiéndome la tierra de la ropa—, pudo ser mucho peor.

—¿Dónde está Vincent? —pregunta Shadow, y me giro para ver al aludido en el suelo, con la mano sobre una rama clavada en su muslo; la sangre brota de este cuando la saca de golpe y la echa a un lado.

Hago una mueca: eso tiene que doler.

—Pudo ser peor. —Me encojo de hombros.

Le lanzo el bolso con el uniforme negro de Nhyme a Shadow y él camina hacia Kace, quien ya ha terminado de alimentarse y está acariciando el rostro de su hermana, murmurando cuánto la ha extrañado. Me paro frente a ellos.

Los ojos de Kace ya han abandonado ese rojo y han vuelto al violeta que los caracteriza, su cabello, blanco por haber estado en el hogar de los Durmientes, está recuperándose, se pueden ver algunos mechones rubios; probablemente vuelva a su color natural en las próximas horas.

Shadow deja caer el bolso a un lado de Kace y le sonríe.

—Bienvenido, inestable.

Los labios ensangrentados de Kace forman una sonrisa.

—Si crees que no me cobraré lo de la marca, estás muy equivocado, Shadow; dolió.

—No tengo problema, hace tiempo que no peleo con otro Purificador, me estarías haciendo un favor.

Kace sacude la cabeza, aún sonriendo, y Shadow continúa:

—Pero ahora necesito tu ayuda con algo.

—No llevo ni diez minutos aquí después de dormir durante un siglo y ya estás ordenándome algo que hacer. —Mira a Kaya—. ¿Él no cambia?

—El Purasangre que creaste hace un siglo e implantaste dentro de mí tenía un vínculo con la Purificadora.

—Como debía ser. —Kace lo mira confundido porque no entiende lo que necesitamos de él—. El vínculo debió desaparecer cuando despertaste.

—Y lo hizo.

—Entonces ¿qué necesitas de mí?

—Necesito que me ayudes a restaurarlo.

# VIII

# MORGAN

Volver a la realidad es doloroso.

Tan pronto las paredes del lugar del recuerdo se desvanecen y mi cuerpo vuelve a este desierto arenoso, puedo sentir la agonía que oprime mi pecho y revuelve mi estómago. La intensidad de mis sentimientos por Shadow solo hace que el dolor de esta traición sea intolerable. Algo dentro de mí se ha roto; no solo mi corazón, sino también mi esperanza y la parte de mí que creyó en el amor cuando siempre he sabido que es algo poco común para las criaturas de la noche.

Pero yo creí.

Me enamoré.

Me entregué.

Y fui traicionada.

Suena como un final digno para una criatura como yo.

Agradezco que el lazo entre Shadow y yo esté roto, porque, si no, este dolor se podría multiplicar y extender de una manera que no podría manejar. Una cosa era ser traicionada estando enamorada y otra serlo cuando nos unía un lazo: sería devastador.

—¿Morgan? —Lyla entra y me observa con preocupación y siento lo húmedas que están mis mejillas. He estado llorando sin darme cuenta, el carmesí mancha mi rostro.

—Estoy bien —le digo sin intentar limpiarme las mejillas con las manos porque solo empeoraría el desastre, esparciendo la sangre por todo mi rostro. Necesito lavarme.

Lyla tuerce los labios con tristeza antes de acercarse y envolverme en un abrazo.

—No sé qué pasa, pero lo siento. —Su abrazo me da esa tranquilidad y paz que Lyla siempre emana; me pregunto si será parte de sus habilidades como sanadora el calmar a los demás.

Al separarnos, Lyla me dedica una sonrisa de calma.

—Ningún dolor es eterno, Morgan.

Necesito cambiar de tema, pensar en otra cosa que no sea ese Purificador que ahora dice llamarse Rey Insurgente.

—¿Dónde está Milosh?

—Aún no ha vuelto. —Lyla frunce el ceño—. Ahora que lo pienso, ha pasado un buen rato desde que se fue.

—¿Dijo adónde iba?

—Creo que iba a alimentarse.

Suspiro.

—Se ha metido en problemas.

—¿Cómo lo sabes?

—Es Milosh, meterse en problemas es lo que hace.

Lyla sonríe al seguirme. Rastreo la presencia de Milosh y la detecto a unos cuantos kilómetros de donde estamos, lo que me hace confirmar que algo no está bien; Milosh no se alejaría tanto. Además, su presencia es débil; si se hubiera alimentado, estaría en todo su potencial, lo que quiere decir que no ha hecho lo que se fue a hacer probablemente porque algo o alguien se lo ha impedido.

—Algo está mal. —Me detengo.

—¿Qué pasa? —Lyla se para a mi lado.

—Milosh no está solo.

—¿Cómo...? Yo ni siquiera puedo sentir su presencia, ¿cómo de lejos están? ¿Cómo puedes...? —Se detiene, recordando lo que soy—. Claro.

—Tenemos que darnos prisa. —La tomo de la mano y tiro para que corra conmigo, a la increíble velocidad en la que puedo correr. Mis ropas se pegan a mi cuerpo como una segunda piel con la fuerza del viento al movernos rápidamente. Lyla se tropieza varias veces, pero sigue mi ritmo.

No nos lleva mucho tiempo llegar a Milosh. Lyla me detiene detrás de unas colinas rocosas, la luz de una fogata ilumina el lugar que se esconde al otro lado. Yo doy un paso para salir de nuestro escondite y Lyla bloquea mi camino.

—Ey, espera, no sabemos quiénes o qué son.

—Tienen a mi hermano.

—Pero…

La ignoro y salgo de las sombras.

—¡Por fin! —exclama Milosh, aliviado. Está atado al lado de una roca; en su pecho una herida está sanando muy despacio. Aprieto los puños a mis costados al verlo así, el fuego de la fogata frente a mí flamea más alto, el viento se altera, levantando hojas y arena por igual—. No, no, Morgan, espera.

Una convertida aparece a un lado, sus ojos se agrandan al verme.

—¡Intrusa! —grita ella por ayuda y yo ladeo la cabeza.

—¿Tú le hiciste eso a mi hermano? —Puedo oler su esencia sobre él, ella fue la que lo hirió.

—¡Morgan! —La voz de Milosh suena lejos para mí; todo lo que mis ojos pueden ver es esta criatura irrespetuosa e inferior que ha herido a mi hermano. La rabia ha nublado mi mente y, por primera vez desde que supe la verdad, puedo sentir mi naturaleza como Purificadora, mi grandeza. Es como si la Purificación me hubiese despejado de todo rastro de empatía con las especies inferiores.

La convertida retrocede y yo levanto la mano; una ola de fuego emerge de la fogata y golpea su rostro, quemándola al instante. Ella chilla, sin embargo, se mantiene de pie, sus ojos llenos de desafío. Tiene agallas.

—¡Lyla, desátame! ¡Rápido! —Escucho a Milosh hablar, pero lo ignoro—. ¡Lyla!

La convertida corre hacia mí con toda la intención de atacarme y yo sonrío. Ella levanta la mano para golpearme y yo la miro a los ojos, paralizándola. La chica se congela en el aire sin poder respirar.

*Puedes quebrar sus huesos. Solo piénsalo y estará hecho, uno a uno.*

Y lo hago: quiebro una costilla tras otra, ignorando los gritos de dolor de la convertida. Su agonía no me hace sentir nada.

*No puedo sentir nada.*

La voz de Shadow me desestabiliza y me hace liberar a la convertida, que cae al suelo gimiendo en dolor. Me agarro la cabeza, confundida. ¿Qué ha sido eso? Esta vez una voz femenina cruza mi mente.

*No hay remordimiento, solo vacío.*

¿Qué es esto? No son voces que me hablan, es como si fueran recuerdos o palabras de alguien más, no solo de Shadow, sino de otros más, muchos más. ¿Quiénes? La cabeza me palpita y duele, algo caliente se extiende por mi pecho, quema y arde, así que grito, el viento a mi alrededor completamente fuera de control.

—Morgan. —No reconozco la voz detrás de mí—. Morgan, cierra los ojos, tienes que calmarte.

Puedo sentir una mano acercándose a mí desde atrás y una ola de poder abandona mi cuerpo, apartando a quien quiera que sea. Algo está mal, necesito recuperar el control, necesito calmarme. Mi inestabilidad se incrementa cuando recuerdo a la persona que solía lograrlo: Shadow.

Su voz me calmaba con tanta facilidad, me sentía tan segura en sus brazos…, pero fue mentira, todo fue mentira. Los elementos a mi alrededor se alteran con mi ánimo, ya ha comenzado a llover, los rayos aterrizan en las colinas. La tierra tiembla ligeramente, una grieta se abre en ella, extendiéndose frente a mí. Mis emociones son un desastre, paso de no sentir nada a sentir todo de golpe y ambas sensaciones me desequilibran porque ninguna es constante.

—¡Morgan! —me llaman las voces; no puedo recordar quiénes son.

Shadow era el único que podía detenerme, ¿qué voy a hacer ahora? Él ya no está, él era el único… hasta que…

Mis ojos se encuentran con un par de ojos grises en la distancia. Su cabello blanco y mojado por la lluvia se pega a su rostro; solo lleva puestos unos shorts, está descalzo, su torso definido al descubierto. Él camina hacia mí sin ningún rastro de miedo, la confianza clara en la pose rígida de sus hombros, porque él ya ha hecho esto antes.

Calum.

Shadow era el único que podía calmarme hasta que Calum comenzó a entrenarme y accidentalmente me hizo perder el control un par de veces, así que aprendió a controlarme, y el hecho de que yo lo reconozca de inmediato en medio de este caos quiere decir que mis poderes también lo reconocen.

Calum se detiene frente a mí, esa energía de armonía que emerge de él afecta a mi descontrol al instante. Él extiende sus manos y toma mi rostro entre ellas, una sonrisa ilumina su expresión.

—Morgan. —Mi nombre deja sus labios en un susurro suave y tranquilizador.

Gotas de lluvia ruedan por su rostro perfecto. Sus pulgares acarician mis mejillas con delicadeza. Puedo sentir la energía escapando de sus dedos y colándose en mi piel, calmándome. No deja de sonreír ni un segundo. En medio del caos, de los rayos, de la lluvia, del viento descontrolado, sus ojos grises me tienen distraída, atrapada. Calum es tan hermoso que parece un pecado tenerlo así de cerca.

Lo primero en parar son los rayos, lo demás los sigue de manera constante y yo siento mis piernas debilitarse y caigo hacia delante. Calum suelta mi rostro para agarrarme de la cintura y mantenerme de pie, pegada a él. Mi cara descansa sobre su pecho mojado.

—Estás bien, Morgan.

Recupero mi fuerza y doy un paso atrás, me tambaleo un poco. Milosh corre a mi lado para sostenerme, al igual que Lyla.

—Gracias —le digo de corazón al chico frente a mí. Calum esboza esa sonrisa juvenil que lo hace parecer más joven de lo que es.

—De nada.

Un convertido sale de las sombras y ayuda a Tori a sentarse mientras se recupera.

—¿Qué demonios ha pasado aquí? —Esa voz hace que mi corazón salte de alegría.

Mis ojos buscan detrás de Calum para ver llegar a un muy confundido Ian, seguido de Drake y Luke.

—¡Ian! —grito como una loca y casi corro a abrazarlo, pero él me dirige una mirada extrañada. A diferencia de Calum, que es más susceptible a mis energías y pudo recordar con solo sentirme, Ian y los demás necesitan un contacto más directo o que despierte sus recuerdos directamente. Pienso en cómo Lyla pudo recordar al tocarme y me acerco a ellos para hacer lo mismo.

Puedo ver con claridad cómo fruncen el ceño y sacuden la cabeza antes de volver a mirarme. El rostro de Ian se ilumina de forma exagerada.

—¡Morgan!

«Ese es mi Ian».

—¡Morgy! —Luke también se altera mientras Drake disimula su alegría intentando no parecer afectado; ese es Drake.

Corro con todas las ganas y salto sobre Ian, envolviendo mis brazos y mis piernas a su alrededor. Él da un par de vueltas conmigo en brazos.

—¡Cómo te he echado de menos, insoportable! —Entierro mi cara en su cuello.

—¿Insoportable?

—Ey, yo también quiero mi abrazo dramático —se queja Luke. Ian me baja y yo extiendo los brazos hacia Luke, quien me recibe con mucho cariño.

«Mis chicos, mi clan, mi familia».

Cuando nos separamos, Luke revuelve mi cabello de manera juguetona.

—No podías llegar sin armar un alboroto, ¿eh? —me dice, señalando la destrucción a nuestro alrededor.

Me encojo de hombros.

—¡Ups!

—Qué bien verte de nuevo, Morgan —admite Drake, aclarándose la garganta.

Luke lo abraza de lado.

—Ay, Drake, deja de actuar con tanta frialdad, no engañas a nadie.

Mis ojos indagan detrás de ellos, en las sombras, porque falta alguien.

—¿Dónde está Aidan?

Les lleva un segundo organizar sus recuerdos, como si les costara encontrar ese nombre en su memoria.

—Aidan… —Ian sacude la cabeza—. No sé de quién hablas.

«No. No».

Milosh y Calum comparten una mirada. Me giro hacia Lyla.

—Lyla, tú si recuerdas a Aidan, ¿verdad? —La agarro de los hombros, el miedo corre por mis venas—. ¿Lo recuerdas? —Ella asiente y yo la suelto—. De acuerdo, si hay alguien que lo recuerda, tiene que estar bien.

Calum se acerca a nosotras.

—Lyla, ¿qué recuerdas de Aidan?

—Lo recuerdo todo de él, que fue el líder de nuestro clan, todos los años que pasamos juntos.

Milosh tuerce los labios.

—Espera, ¿líder de nuestro clan? —Ian alza una ceja—. Entonces ¿yo qué era?

—Eso no es lo importante ahora. —Me paso la mano por el cabello mojado—. Esto no tiene sentido, ¿por qué Lyla lo recuerda y ustedes no?

—Quizá su conexión con él era muy profunda —aventura Calum.

—O él no era quien decía ser —digo de pronto.

—¿De qué hablas? —pregunta Milosh.

—Tengo mucho que explicarles, pero por ahora lo que necesitan entender es que existe la posibilidad de que Aidan no sea el convertido que todos creíamos.

—¿Qué estás diciendo, Morgan? —protesta Lyla, y no la culpo, ella es la única que lo recuerda realmente aparte de Milosh y yo.

—Las reglas son claras en la Purificación: si alguien no es recordado es porque fue purificado, pero el hecho de que tú recuerdes a Aidan y ellos no quiere decir que hay algo más. Puede ser que tú lo recuerdes porque en algún momento él te mostró lo que realmente era.

—Pero yo no recuerdo otra cosa.

—Él pudo meterse con tus recuerdos.

—En realidad —comienza Luke—, no he entendido nada.

Drake suspira.

—Que Aidan se hizo pasar por un convertido mientras estuvo de líder en nuestro clan. Después de la Purificación, solo se nos permitió recordar lo que fue real, y, si él no era un convertido, no podemos recordarlo a menos que sepamos lo que es en realidad —explica Drake—. Básicamente, no podemos recordar una mentira, Luke. No podemos recordar un convertido que nunca existió.

—Pero Aidan existió —agrega Lyla.

—Existió, aunque no sabemos de qué forma, lo que él era en realidad.

—Se están complicando demasiado —interviene Milosh—, tal vez el hecho de que no lo recuerden es solo un error de la Purificación o que en realidad está muerto.

—¡Milosh! —lo regaño.

—¿Qué?

—Y yo que pensé que la insensibilidad era lo mío… —comenta Drake.

—Sigue siendo lo tuyo —le aclara Luke.

Tori aparece al lado de otra convertida y el convertido de hace un rato. Ian nos presenta.

—Tori, ellos son Morgan, Milosh y Lyla, parte de nuestro clan que estaba de viaje. —Tori entrecierra los ojos—. No reconocimos a Milosh al principio porque ha cambiado mucho —explica Ian, nervioso—. Morgan, ellas son Jenny y Tori, y él es Graig.

Ellos asienten a modo de saludo. Tori aún me mira como si quisiera asesinarme y no la culpo.

—Lo siento por lo de… —me aclaro la garganta, ella alza una ceja—, por lo que pasó, lo siento.

—Bueno, debemos buscar refugio, ya casi está amaneciendo —dice Ian dice como todo un líder preocupado, y yo sonrío.

—¿Qué?

—Nada, mi señor, guíe el camino, por favor.

—El hecho de que seas una especie dos veces por encima de la mía no quiere decir que puedes burlarte, Morgan. —Me echa una mirada de pocos amigos.

—Yo no me estoy burlando.

—Claro que sí, puedo verlo en tus ojos, no te crees que yo sea líder. Para tu información…

Caminamos juntos, discutiendo durante el camino como siempre. Ian no para de hablar a mi lado, contando todo lo bueno que ha hecho por este clan; Luke va al otro lado de Ian, molestando a Drake. Lyla camina en silencio, la preocupación se evidencia en su rostro, tan absorta en sus pensamientos que no nota la mirada de mi hermano sobre ella. Jenny, Graig y Tori van últimos, aún nos observan con cautela. Calum aparece a mi lado en su forma lobuna, su pelaje blanco resplandece en la oscuridad y yo acaricio entre sus orejas.

Y, por un par de minutos, me olvido de la Purificación, de traiciones, de Aidan, y me permito disfrutar de esta sensación de tener un hogar, una familia a la que pertenezco. Calum presiona su cabeza contra mi pierna y sé lo que quiere. Me subo sobre su espalda, agarrándome del pelaje de su cuello.

—¡Ey! Estaba hablándote —protesta Ian al verme montar a Calum.

Calum acelera el paso antes de empezar a correr conmigo a su espalda. Durante unos segundos, solo siento el viento contra mi cara y los latidos acelerados del corazón de la criatura majestuosa debajo de mí. Durante unos segundos, el mundo desaparece a mi alrededor, justo como ese instante en el que Calum me calmó hace un rato, en medio del caos; él se las ingenia para distraerme y darme paz.

# IX

# EL REY INSURGENTE

—¿Estás listo?

Kace pregunta y yo solo asiento.

—No voy a mentirte, será doloroso —admite él, no digo nada y me enderezo en mi trono. Kace está frente a mí; suspira, mientras se sube, enrollándolas, las mangas de su uniforme negro hasta los codos y revela, así, las líneas negras que, desde las palmas de sus manos, ascienden por el interior de su brazo hasta perderse dentro de su uniforme—. Restaurar un vínculo de por sí ya es complicado, restaurarlo cuando era un Purasangre recreado es otro nivel de complicación.

—¿Puedes hacerlo o no? —Lo miro fijamente.

Él me sonríe sin despegar los labios.

—Claro que puedo. —Suena ofendido—. Solo quiero que sepas que no pretendo hacerte el daño que te causará, aunque me debes la paliza que me diste cuando desperté.

—¿Preferirías que te hubiera dejado asesinar a tu hermana?

—*Touché!* —Kace se inclina sobre mí y pone las manos sobre mis muñecas contra el trono—. *Tyrastha* —murmura, y unas ataduras de color verdoso escapan de sus dedos y me atan las muñecas al trono. Él se endereza—. He usado la energía de los Durmientes para esas ataduras, esperemos que puedan contenerte.

Chasqueo la lengua.

—Estás exagerando.

—No, el dolor y los recuerdos te pueden desestabilizar, y ambos sabemos que no hay nada más destructivo que un Purificador inestable. Me gusta este lugar, acabo de llegar, no quiero verlo destruido.

—¿Por eso has enviado a todos lejos de aquí? ¿Crees que perderé el control y destruiré todo esto?

—Precaución.

—Como quieras.

Kace levanta la mano y de sus dedos salen garras, brillando con poder. Y, en un movimiento rápido, la clava en mi pecho; esas garras rompen piel, músculos, costillas hasta que sus dedos envuelven mi corazón. Toso sangre y él comienza a entonar un cántico en voz baja; lo repite una y otra vez y el dolor se libera por todo mi pecho. Han pasado siglos desde que sentí un dolor de esta magnitud.

En un segundo, parpadeo y ya no estoy en mi trono, todo es borroso y difícil de distinguir a mi alrededor, y sé que he caído en los recuerdos de la vida del Purasangre.

Estaba en el suelo, de rodillas, la sangre brotaba de heridas abiertas en mis brazos y piernas. Mi cuerpo luchaba por sanar, pero el proceso se había ralentizado por la cantidad y la profundidad de mis cortes.

—¡Levántate! —me gritó Baloch, mi hermano mayor, a unos pasos de mí.

Con piernas temblorosas y la respiración pesada, hice un esfuerzo por levantarme, aunque fallé. De mi nariz goteaba sangre. Baloch no se estaba controlando conmigo a pesar de que apenas tenía ocho años.

—Eres débil —escupió, desprecio en su voz.

Me estremecí, poniéndome en pie. Un dolor horrible me atravesó, algunas de mis costillas y dedos estaban rotos.

—No soy débil —dije con firmeza.

*Dolor.*

—Ahora, cumplan su deber, guardianes. El Purasangre y el vampiro convertido más antiguos en el mundo. Tienen sus órdenes y deben seguirlas. La desobediencia se pagará con la muerte.

*Lealtad.*

—¡Shadow! —gritó una niña, corriendo hacia mí—. Papá dice que no existes —musitó, confundida.

—¿Qué dijimos sobre las lágrimas? —pregunté en serio.

—Son dolorosas, pero nunca eternas —replicó la niña con orgullo.

*Apego.*

Byron la atacó, Morgan indefensa en el suelo.

—Hermano… ¿Ahora tu pasatiempo es seguirme? —me planteó Byron.

—Me han ordenado vigilar tus pasos —contesté con frialdad—. Vete de aquí, Byron.

*Sobreprotección.*

—Tengo una proposición para ti.

—¿Qué? —Ella me observaba con cautela, pero escuchó mi propuesta y la aceptó.

*Interés.*

—Me llamo Shadow.

—Shadow, ¿eh?

—Sí, no lo olvides de nuevo, Morgan.

*Anhelo.*

—Estoy orgullosa de haber sido humana. —Morgan levantó la barbilla con seguridad—. Prefiero eso vez de nacer con un corazón cruel como los Purasangres.

*Orgullo.*

—¿Qué estás haciendo? —preguntó Morgan, temblando.

—Tengo que lamer la herida.

*Deseo.*

—Shadow.

—¿Sí?

—¿Qué soy yo para ti? —inquirió directamente—. ¿Una carga? ¿Te ordenaron que me protegieras y te limitas a cumplir con tu deber?

—Sí, eso es, me limito a cumplir órdenes

*Mentiras.*

—Odio a los cobardes. —Lo miro directamente a los ojos—. Odio a las personas que no pueden admitir lo que sienten.

—¿Y yo soy un cobarde?

—Sí, entiendo que has estado cuidándome porque te han ordenado hacerlo, pero no tiene nada de malo admitir que esa niña…, que yo te importaba un poco.

*Admiración.*

La oscuridad me envuelve por un segundo y luego lo siento. La siento a ella pegada a mí, sus labios se movían con desesperación contra los míos, cada nervio en mi cuerpo estaba electrificado, vulnerado por las sensaciones que ella causaba. Nuestras bocas luchaban por el dominio mientras ella chupaba los pequeños cortes en mis labios que ya estaban sanando al tiempo que me causaba otros con sus colmillos.

Nuestras lenguas se mezclaban de manera seductora y apasionada. Yo sostuve su cara con ambas manos y la estrellé contra la pared rocosa antes de acariciar su brazo y luego apretar su cintura y continuar descendiendo hasta sus muslos.

El recuerdo se desvanece, pero mi pecho sube y baja afectado por lo que acabo de vivir a través del pasado del Purasangre. La restauración continúa y sigo cayendo en cada momento.

—Eres tan patético, Shadow… —suspiré—. Tenías que desear lo que no puedes tener —le recriminé al aire mientras desaparecía en la oscuridad.

*Control.*

—Shadow —me dijo con una ligera sonrisa, y se detuvo a frente a mí.

—Calum.

—¿Shadow? —La voz de Calum me recordó su presencia, él me estaba observando divertido—. Nunca he visto ese brillo en tus ojos —sonrió—; puedes sentir, a fin de cuentas.

*Amistad.*

Me incliné sobre Morgan y presioné los labios contra su frente.

—Descansa —susurré—. Estás a salvo. —Cuando me separé, mi rostro quedó a solo centímetros del suyo, pude ver con detalle cada parte de su cara, en especial, lo carnosos que eran sus labios, pude oler los rastros de mi sangre en ellos mientras mi nariz rozaba la suya—. Yo también te quiero.

*Amor.*

Morgan corrió hacia mí y envolvió sus brazos alrededor de mi cintura, abrazándome. Solo me dejé abrazar unos segundos antes de enterrar mi cara en su cuello. Venía de asesinar a mi propio hermano.

—Tenía que hacerlo —murmuré, la tristeza reverberaba en mi voz.

—Lo sé.

—Tenía que hacerlo.

—Lo sé, Shadow.

*Sacrificio.*

—Soy una bestia, Morgan. No quiero perder el control contigo, nunca me lo perdonaré si te hago daño.

—No lo harás. —Me besó con suavidad y yo gruñí sobre sus labios.

*Frustración.*

—¿Es por Rea?

Morgan me miró, la rabia manifiesta en sus ojos cuando mencioné ese nombre.

—Por tu reacción, sí lo es.

—No sé de qué hablas.

—Solo me alimento de ella, nada más.

—Claro.

—Tú también has tenido una variedad de alimentadores en toda tu existencia y yo no me he quejado, ni los he asesinado; créeme que soñaba con romper sus pequeños y frágiles cuellos.

*Celos.*

Su piel desnuda rozaba la mía, entre besos y caricias desesperadas, ella se entregó a mí por completo: su cuerpo, su alma... Todo era mío.

—Te quiero —susurré en su oído antes de reclamarla como mía. Mis colmillos ansiosos rompieron la piel de su cuello. El vínculo entre nosotros comenzó a formarse lentamente, electrificando cada parte de ambos.

*Mía, suyo.*

*Vínculo.*

—Ten cuidado con Aidan, si vuelve a morderte o a intentar besarte, lo destrozaré, miembro a miembro, y no pienses ni por un segundo que no lo haré. Has visto dentro de mi mente antes, sabes de lo que soy capaz.

*Posesión.*

La Purificación había llegado. Las lágrimas sangrientas de Morgan se mezclaban en nuestros labios y yo la besé con intensidad, sosteniendo su cara con ambas manos. Al separarme, descansé mi frente sobre la suya. Mis ojos buscaron los suyos.

—Necesito que entiendas que estoy bien.

—No —musitó. Mi corazón ardía y quemaba.

—Merezco mi destino, Morgan. No te sientas culpable, por favor.

—No, no puedo hacer esto, no quiero...

—Mírame, prométeme que seguirás adelante después de que me haya ido.

Un sollozo dejó sus labios.

—Shadow.

—Por favor, prométeme que saldrás adelante por mí.

—Yo… —Su voz se quebró—. No puedo hacer eso.

—Morgan, por favor.

—Lo prometo.

—Te amo —murmuré contra sus labios.

*Despedida.*

Cada recuerdo arde, se impregna en mi pecho; me abruma sentir todo eso cuando he sido incapaz de sentir durante tantos siglos. Cuando terminan y abro los ojos, gruño con tanta fuerza que las paredes a mi alrededor se estremecen. Kace ya ha sacado la mano de mi pecho y está a una distancia prudencial de mí. Lucho contra las ataduras de mis muñecas, el dolor palpitante del vínculo se extiende desde mi pecho hasta mis extremidades.

«Te quiero, Shadow».

La sonrisa de Morgan, el brillo que incendiaba sus ojos cuando me miraba, su determinación, sus labios, su cuerpo…, todo de ella. El Shadow Purasangre se había enamorado profundamente de ella, a un nivel que jamás pensé que una criatura pudiera alcanzar. La intensidad de sus emociones me deja sin aliento y vuelvo a gruñir, apretando los puños.

Puedo sentir la marca que se forma en la parte de atrás de mi cuello; el vínculo se está restaurando, solo tengo que aguantar un poco más.

«Shadow…».

Su voz me atormenta y sacudo la cabeza angustiada. Es como si mi pecho estuviera quemándose, como si el vínculo extendiera sus millones de agujas para clavarlas en mi corazón. Toso sangre, el dolor se vuelve insoportable. Logro liberar una de mis muñecas, y, en el momento en el que levanto la mano, un bloque de tierra se abre paso en el suelo a unos metros de mí, destruyendo uno de los pilares.

—¡Shadow! —Kace me grita alarmado.

Una pequeña niña sonriente de cabello negro y ojos jade aparece en mi mente.

—*¿Cómo te llamas?*

—*Shadow.*

—*Hola, Shadow, soy Morgan.*

—¡Shadow! ¡No te dejes llevar por el dolor!

Nunca he sentido un dolor tan extremo, tan asfixiante.

Una ola de poder abandona mi cuerpo, enviando a Kace por los aires hasta que se desploma de espaldas contra el suelo.

—¡Shadow! —Aunque lo escucho, no sé qué quiere, yo solo deseo acabar con este suplicio—. ¡Si no puedes controlar el dolor, ve a ella! ¡Eso lo calmará!

«Ella…».

Solo pienso en ella y me proyecto en su dirección. Aparezco en medio de las Ruinas de Grania, donde la luna ilumina las rocas, y, aunque no me hallo realmente allí, esa proyección me permite estar en un lugar sin ser visto. El dolor sigue cortándome la respiración hasta que mis ojos caen sobre ella.

Morgan.

Viene a lomos de un lobo blanco que reconozco de los recuerdos del Shadow Purasangre. Su cabello negro vuela con el aire, sus ojos brillan con diversión, una sonrisa adorna sus labios. El dolor se extingue y la restauración del vínculo comienza su fase final, solo puedo observar cómo ella frunce el ceño y se agarra el pecho.

El lobo parece presentirlo también porque desacelera su paso; ella se baja de él, quejándose de que algo está mal. Cae de rodillas sosteniéndose el pecho a unos cuantos pasos frente a mí, pero no puede verme.

Morgan grita, el vínculo apretando su pecho… Conozco la sensación. Me arrodillo ante ella y estiro la mano hacia su rostro; sin embargo, antes de llegar a tocarla, me detengo. Sus ojos jade encuentran los míos, y, aunque sé que no puede verme, es una mirada tan directa que bajo la mano.

Levanto la mirada y observo los alrededores: reconozco el lugar; después de obtener su ubicación, me desvanezco y vuelvo a mi trono.

Mis hombros aún suben y bajan con mi acelerada respiración. Kace me observa con cautela.

—¿Y bien?

Una sonrisa victoriosa se forma en mis labios.

—Ha funcionado, sé exactamente dónde está Morgan Von Buzten.

# X

# MILOSH

Ha pasado una semana.

Estoy sentado en el suelo, mi espalda descansa contra el tronco de un árbol, mis ojos sobre Morgan. Ella yace inconsciente sobre un lecho de ramas que le preparamos para que estuviera cómoda. Alcanzamos el Bosque Oscuro hace dos días y decidimos quedarnos aquí temporalmente, por lo menos hasta que Morgan despierte.

El imponente sol brilla por encima de los árboles, algunos rayos se escabullen entre las ramas y rozan la pálida mejilla de mi hermana. El único que permanece conmigo durante el día es Calum, que justo ahora se halla sentado en el lado contrario del cuerpo inerte de Morgan que ocupo yo. Los demás, al ser convertidos y deber ocultarse del sol, están dentro de unos túneles subterráneos abandonados que encontramos y que quizá pertenecieron a un clan que fue eliminado en la Purificación o a uno que, simplemente, se trasladó a otro sitio.

—¿Cómo está hoy? —le pregunto.

—Está progresando —responde.

«Todo iba tan bien… Demasiado bien. Debí saberlo».

Hace una semana, Morgan iba sobre Calum cuando se detuvo de golpe alegando que algo malo pasaba. Gritó de dolor durante mucho tiempo y se formaron a su alrededor aros de los cuatros elementos, que nos bloquearon; algo muy doloroso la estaba quemando por dentro, como su Protector, lo pude sentir. Intenté acercarme a ella una y otra vez, la impotencia navegaba libre por mis venas al verla así.

Me dolía verla sufrir, me enfurecía, me daban ganas de destruir todo a mi paso, de acabar con el culpable de ese dolor. Morgan sufrió esa agonía durante unos minutos, hasta que lloró tanta sangre que se debilitó. Observé presa del pánico cómo fueron desapareciendo uno a uno los aros y cómo mi hermana iba tambaleándose de un lado a otro hasta que finalmente se desplomó sin conocimiento.

Me apresuré para atraparla en mis brazos antes de que llegara al suelo. Me mordí la muñeca y se la acerqué a la boca para que bebiera. Ella no respondió, pero la sangre rodó por su garganta, entró a su sistema y reemplazó la que había perdido. Aun así, no despertó.

Lyla la examinó, Calum evaluó su energía y ambos llegaron a la misma conclusión: necesitaba tiempo. Al parecer, Morgan había experimentado un dolor tan intenso que todo su cuerpo se había sobrecargado, liberando una cantidad absurda de energía, una cantidad que en su estado de debilidad no podía manejar. Lyla no pudo darme las razones de dicha debilidad, si bien creo que estaba relacionada con la Purificación. ¿Qué otra cosa podría estarla debilitando?

Así que solo nos queda esperar. Calum la cuida de día y Lyla por la noche. Con el transcurso de los días, ambos han notado que la estabilidad en la energía de Morgan se restablece poco a poco. Es como si su cuerpo se apagara para que ella pudiera recuperarse.

Pero ¿y si no despierta? ¿Qué le ha provocado el estado en el que se encuentra?

—Milosh —me llama Calum; por lo visto, ha descubierto algo cuando ha ido a ver cómo estaba mi hermana.

Acudo corriendo. Calum la sostiene por los hombros y la sienta. Cuando lo hace, la cabeza de Morgan cae hacia delante, tapada por una cortina de cabello. Calum se lo aparta, dejando al descubierto su cuello.

Frunzo el ceño al ver la marca tribal que comienza en la parte de atrás de su cuello y que sé que se extiende hasta la mitad de su espalda.

—Vínculo… —susurro. No es posible.

—Sabía que había algo diferente en ella, lo sentí, y estoy completamente seguro de que no tenía este vínculo antes de colapsar —explica Calum—. Lo que quiere decir que…

—Fue restablecer el vínculo lo que la dejó así. —Calum asiente—. Pero eso no tiene ningún sentido, el único… ¿Shadow? Él debió de morir en la Purificación, tuvo que hacerlo porque ella despertó sin ese vínculo. No entiendo nada…

—Algo o alguien restableció el vínculo. Tuvo que ser él, quizá sobrevivió. —El tono de Calum está lleno de esperanza: es un secreto a voces lo bien que se llevaba con Shadow. A mí, en cambio, nunca me gustó: había algo en él que me generaba mucha desconfianza.

Tras enseñarme la marca, Calum vuelve a tumbar a Morgan en el lecho con delicadeza, sin dejar en ningún momento de sostenerle la cabeza. Yo me siento de nuevo junto al árbol y trato de buscarle sentido a todo esto. Cierro los ojos para concentrarme mejor.

*Milosh.*

Los abro de golpe al escuchar la voz de mi hermana, pero ella sigue inconsciente a unos cuantos pasos de mí. Sin embargo, unas líneas negras emergen de la parte de atrás de sus manos y suben por sus brazos. Calum y yo compartimos una mirada de cautela. Lo siguiente que siento son esas mismas líneas moviéndose sobre mis brazos.

*Milosh.*

«¿Ella se está conectando conmigo?».

Apenas lo pienso cuando una fuerza invisible me eleva, hasta el punto de que voy separándome paulatinamente del suelo.

—¿Milosh? —Calum se levanta, tan confundido como yo.

Jadeo sorprendido cuando esa energía acelera la velocidad a la que me elevo. Golpeo en mi ascenso las ramas de los árboles, pero no me detienen y sigo subiendo, hasta que emerjo por encima de los árboles. He perdido de vista a Calum y Morgan, ocultos bajo la espesura vegetal. No puedo detenerme y sigo subiendo hasta casi alcanzar las nubes, hasta que, de pronto, me paro de golpe, flotando en el aire. Respiro muy agitadamente.

«¿Qué está pasando?».

—Milosh.

Esa voz… Me giro en el aire para mirar a mi hermana, o la proyección borrosa de ella, que también flota en el aire.

—¿Morgan?

—No tengo mucho tiempo. —Su voz suena tan lejana como si, en lugar de separarnos unos metros, nos separaran kilómetros de distancia—. Debí decírtelo y ahora no tengo tiempo, él va a venir por mí.

—¿Él?

—Shadow.

—¿Está vivo? —Observo el miedo en sus ojos—. ¿Y eso es algo malo? Estoy muy confundido.

—Shadow no es el Purasangre que creíamos, él es el primer Purificador, nos mintió a todos y planea capturarme para enviarme a un lugar llamado «hogar de los Durmientes» —me explica con pocas palabras—. Estoy segura de que él restableció el vínculo para poder encontrarme.

—¿Qué necesitas? —le pregunto de forma directa, haré lo que ella necesite.

—No puedo despertar aún; si lo hago, él será capaz de localizarme al instante. Probablemente haya obtenido mi ubicación cuando se restableció el vínculo, pero después de perder el conocimiento se desvaneció. No puede sentirme si estoy inconsciente.

—¿Quieres decir que has estado inconsciente por decisión propia?

Morgan asiente.

—Es la única forma de que no me encuentre, por eso me he proyectado aquí, en el aire; si lo hago en la tierra, corro el riesgo de que sienta esta proyección.

—No puedes estar inconsciente para siempre, Morgan.

—Lo sé, y por eso necesito tu ayuda.

—Te escucho.

—Él debe saber que no estamos lejos de donde obtuvo mi ubicación al restablecerse el vínculo, así que necesito que se mantengan en movimiento y se alejen todo lo que puedan. Necesito que regresen, crucen algún escudo Gulch y entren en territorio humano.

—Eso es muy peligroso, Morgan, la última vez que entramos…

—Lo sé, pero creo que podría funcionar, los Escudos Gulch fueron hechos con energía de Purificadores, lo sentí cuando los toqué aquella noche de la Purificación. Creo que esa energía podría interferir y bloquear la conexión del vínculo. Entonces, podré despertar. Además, Shadow no puede causar ningún alboroto en el mundo humano porque violaría el tratado.

—¿Estás segura de esto? ¿Cómo sabes si funcionará?

—No tengo ni la más remota idea, Milosh, pero hay otra opción, debemos intentarlo. Si Shadow me encuentra ahora, no habrá nada que pueda hacer para defenderme o defenderlos. En esos minutos que pude sentir la conexión, su poder… —sacude la cabeza—, no es algo a lo que podamos hacer frente hoy en día.

—¿Por qué vendría a por ti? ¿Quiere matarte?

Morgan duda antes de responder:

—No quería decírtelo así, pero necesitas toda la información y no sé cuándo podremos hablar de nuevo. —Hace una pausa—. Estoy embarazada.

Abro la boca de sorpresa, no me lo esperaba en absoluto.

—¿Fue… Shadow?

Ella asiente, apartando la mirada.

—¡Ese hijo de puta! —gruño y aprieto las manos a mis costados.

—Debo irme, me llevó días reunir la energía para esta proyección. —Sus ojos jade encuentran los míos—. Lo dejo todo en tus manos, Milosh.

—Estarás bien —le aseguro con honestidad—, pronto podrás despertar, te lo prometo, Morgan.

Ella se acerca a mí y estira la mano para acariciar mi rostro; espero el contacto, pero sus dedos comienzan a desvanecerse antes de que pueda lograrlo.

—Nos vemos pronto, Milosh —susurra, tras lo cual su figura se convierte en un montón de puntos de luz.

—Muy pronto, hermanita.

Las luces vuelan con el viento y se esfuman en la distancia. Vuelvo a bajar, atravieso la frondosidad de los árboles y finalmente mis pies tocan el suelo. Calum está esperándome; su rostro deja de manifiesto su preocupación.

—¿Qué ha pasado? ¿Qué ha sido eso?

—Te lo explicaré todo, pero, por ahora, necesitamos despertar a los demás e informarles de que, en cuanto se oculte el sol, nos moveremos.

El clan de Morgan no dudó ni un segundo en desplazarse cuando les conté lo que ella me había dicho. En ese sentido, me sorprendió el nivel de confianza y lealtad que se tienen entre ellos: no dudan, no parpadean cuando se trata de defender o proteger a uno de los suyos. Durante mis décadas en soledad, de pasar por varios clanes, nunca vi uno tan unido como este. La forma en la que interactúan es como si fueran familia.

Familia…

Como si yo supiera lo que es eso. Para mí, siempre fuimos Morgan y yo desde el principio. Mi padre era el villano que nos maltrataba con la excusa de hacernos más fuertes, y mi madre, la que miraba hacia otro lado mientras todo eso pasaba. Ella nos amaba, pero supongo que no lo suficiente para sacarnos de esa casa, de esa agónica rutina.

Así que solo éramos mi hermana y yo. Desde muy pequeños, aprendimos a limpiar nuestras propias heridas para que sanaran más rápido, a sonreír y bromear a pesar del dolor. Ella era la única que me quería de forma completa y genuina, no violentamente, como mi padre, ni tampoco a medias tintas, como mi madre. Morgan me quería de todo corazón, lo podía ver en el brillo de sus ojos cuando me lo decía, en su sonrisa, hasta en sus pucheros cuando se enfadaba conmigo.

Tal vez por eso me desestabilizó tanto encontrarla manchada de la sangre de mis padres en su dieciocho cumpleaños, hui de ahí porque estaba muy muy confundido… Era libre por fin, pero me odiaba a mí mismo porque esa libertad había sido a costa de mi hermana. Acababa de descubrir que era un Protector y ella una Purificadora. Así que quería dejarlo todo atrás; era mucho más fácil culparla, odiarla, que lidiar con toda la nueva información y lo que había pasado. No obstante, al final me di cuenta de que solo había conseguido engañarme a mí mismo. Ella aún era la única persona en el mundo que yo quería y que no recordara nada de nuestros padres o de mí era algo positivo: se merecía vivir sin esos recuerdos tormentosos.

Así que corrí la voz de que la odiaba y que la mataría si la encontraba; incluso cuando la tuve delante la asusté, la ataqué… Le dije todo lo perverso que se me ocurrió para que mantuviera la distancia con respecto a mí. Intenté levantar muros entre nosotros porque no quería ser yo ese detonante que hiciera que lo recordara todo. No quería ser el causante de su dolor. Mi padre ya le había infligido suficiente con sus torturas, mi madre con sus silencios, yo no lo haría con recuerdos. No tenía problema con cargar con esos recuerdos yo solo siempre y cuando ella estuviera bien.

Por su bienestar, haría cualquier cosa, porque Morgan Von Buzten era la única que me había brindado cariño auténtico en mi vida, porque, desde el principio, siempre fuimos ella y yo.

# XI

## REA

—¿Podrías callarte? —me pregunta Kaya, y yo guardo silencio.

Aunque nunca nos hemos llevado bien, necesito saber más detalles sobre la Purasangre que buscamos. Nadie me quiere decir nada, solo sé que es la Purasangre más antigua y que se ha escapado de The Blackness. Nuestra misión es encontrarla y llevarla de vuelta, pero, si eso no es posible, tenemos permiso para eliminarla.

Otra cosa que me parece extraña es que el rey haya enviado a Kaya y no a Kain. Él es el mejor rastreador que he conocido. Si esa Purasangre es de tanta importancia, ¿por qué no mandaría a su mejor rastreador? Aquí pasa algo y, como siempre, mi curiosidad se revuelve dentro de mí.

Además, el rey no solo me ha enviado a mí como rastreadora, también a los líderes de las cuatro secciones elementales, Purasangres expertos en elementos específicos. Mis ojos se posan en Ryde, de la sección de fuego, con su uniforme de Nhyme y la figura de una llama estampada en su brazo. Luego miro a Nyxe, que viste las mismas ropas pero tiene estampada una marca de agua; también llevan el mismo uniforme Pryer y Jyle, pero con una marca de tierra y aire, respectivamente.

En la jerarquía de The Blackness, nuestro Rey Insurgente —sublevado contra el orden establecido, monarca ajeno a cualquier control— está a la cabeza; lo siguen Kain, Vincent y Kaya como guardias reales, luego los Purasangres de confianza como yo y los líderes de las secciones elementales que están hoy con nosotros. A continuación está el líder de los Purasangres, el de los convertidos y el de los humanos. Cada especie tiene un líder que los representa; sin embargo, los Purasangres y los convertidos son numerosos, así que también tienen sublíderes por elemento. La única especie que no habita en The Blackness es la de los lobos, ellos siempre han optado por la libertad y naturaleza.

—Siempre tan distraída, Rea. —La voz de Jyle me saca de mis pensamientos. Diría que ella es la única conversadora de los líderes elementales. Ryde y Nyxe nunca hablan, y Pryer siempre está de mal humor. Jyle hace un gesto hacia Nyxe—. ¿Aún no lo has superado?

Yo bufo.

—Ha pasado un siglo, Jyle, incluso el enamoramiento más profundo tiene fecha de caducidad —le digo con sinceridad.

Nyxe y yo tuvimos una relación algo complicada hace más de un siglo, antes de que me mandaran a seguir a nuestro rey como alimentadora. Nyxe era una Purasangre cerrada y fría en extremo; sin importar cuánto lo intenté, cuánto me entregué, ella nunca me devolvió ni siquiera una mínima parte de lo mucho que le di. Terminas exhausta cuando solo eres tú la que da, de manera que decidí poner fin a la relación.

De todos es sabido que no hay nada mejor para superar una relación amorosa que el tiempo, y un siglo ha sido más que suficiente para olvidar a mi exnovia.

Nyxe es hermosa. Lleva el cabello corto, a ambos lados del cuello tiene sendos tatuajes de serpientes que se encuentran en el centro y una estrella al lado de su ojo izquierdo. Con solo verla, uno puede saber que si se acerca a ella sufrirá, porque alguien con ese atractivo, con esa aura, es un peligro nato. Y yo, de todos modos, no mantuve las distancias y caí.

Mis ojos abandonan a Nyxe y se posan sobre Ryde. Siempre me ha llamado la atención, representa exactamente a su sección de fuego: volátil, inestable, caliente. Ryde supera con creces el peligro de Nyxe y no estoy dispuesta a cometer el mismo error dos veces. Además, tampoco puedo andar con todos los líderes elementales, mi madre me mataría. Estuvo histérica todo el tiempo que anduve con Nyxe porque decía que era peligrosa, por lo que, si me lío con Ryde, me cuelga. A mi madre no le cae bien ninguno de ellos y no importa los siglos que yo tenga, mi madre siempre me ha aterrado y me aterrará.

Estamos caminando en medio de un valle con altas montañas sin vegetación a los lados. Mis informantes me dieron esta ubicación; al parecer, la Purasangre tiene su guarida dentro de alguna de estas montañas áridas. Me parece temerario porque este lugar está justo a las afueras de los límites de The Blackness… ¿No temen a nuestro rey? Sin embargo, hay demasiado silencio, solo se escucha la brisa nocturna que arrastra con ella la arena.

—¿Sientes algo? —le pregunta Jyle a Kaya.

—No —responde ella, sin desviar la vista del entorno—. Es extraño, suelo sentir los seres vivos a mi alrededor, pero desde que entramos a este valle no siento nada, ni siquiera los animales. Algo está bloqueando este lugar.

—Tiene que ser ella —murmura Pryer.

—Eso quiere decir que estamos en el lugar correcto, ¿no? —digo con entusiasmo, porque los seres que me rodean son fríos o amargados. Tal vez por eso nuestro rey me mandó con ellos, para darle un poco de luz a todos ellos.

—Eso quiere decir que sabía que veníamos —contesta Kaya con frialdad. Estira sus manos a los costados y de su palma emergen líneas negras que suben por su antebrazo y hombros hasta llegar a su cuello y alcanzar a su cara. Cuando cruzan sus ojos, estos se vuelven ligeramente rojos. Su mirada busca y examina lo que la rodea—. Algo está mal.

—Kaya…

—¡Ryde! —lo llama ella—. ¡Detrás de ti!

A Ryde apenas le da tiempo de girarse para levantar el brazo y recibir el golpe de una inmensa bola de poder azul resplandeciente. El impacto lo envía hacia atrás hasta que su espalda choca con una de las colinas. De inmediato, todos nos ponemos a la defensiva en un círculo, cubriéndonos las espaldas. Kaya está a mi izquierda y Jyle a la derecha. ¿Qué ha sido eso? ¿Y de dónde ha venido?

—Kaya —susurro.

—No puedo ver la fuente, no sé de dónde ha venido —admite ella y eso me sorprende; suele ser arrogante y mostrarse segura de sus poderes. ¿Kaya le teme a esta Purasangre? Si una Protectora la tiene miedo es porque debe ser muy peligrosa. Bajo mis manos y de las tiras negras en mis muslos tomo mis dos dagas.

—¡Everild Acton! —grita Kaya. Así que ese es el nombre de la Purasangre más antigua—. Nuestro Rey Insurgente requiere tu presencia en la corte; si cooperas con nosotros, no te haremos daño; de lo contrario, tenemos la orden de eliminarte.

Una risa burlona resuena por todo el valle. Al mirar hacia la cima de una de las montañas, podemos ver la figura de Everild. Sus ropas son de un rojo carmesí que hace juego con su cabello.

—¡Cómo has crecido, Kaya! —Su voz viaja con el viento hasta nosotros—. Lamer el suelo por donde camina el rey ha dado sus frutos, ¿eh? ¿O solo te envió a ti porque Kain es inútil? Siempre la segunda opción, Kaya, eso debe de doler.

Kaya se tensa a mi lado y observo a Ryde despegarse de la colina donde fue estampado hace unos segundos.

—Siempre tan habladora, Everild, pero hasta tú debes admitir que no podrías derrotarnos, así que ven con nosotros, coopera y el rey te mostrará piedad.

Ella sonríe y se deja caer en el aire desde la montaña hasta que aterriza a unos pasos de nosotros.

—Ryde, Nyxe, Pryer, Jyle —los saluda—, cuánto tiempo sin verlos.

—¿Hasta cuándo vas a hacer esto, Everild? —le pregunta Jyle—. Solo ven con nosotros porque, de verdad, esto de perseguirte es cansino.

—No es culpa mía que no puedan atraparme.

—La última vez sí te atrapamos, pero por culpa de Kain…

—Nyxe —le corta Kaya—, no estamos aquí para hablar de eso.

Yo paseo mis ojos de Kaya a Everild sin entender nada. Everild parece notarlo.

—Oh, una cara nueva. —Se me queda mirando—. Supongo que es una rastreadora… ¡Qué tierna!

Nyxe se pone ligeramente frente a mí y yo le echo una mirada de «¿en serio?». Me rompe el corazón en trillones de pedazos hace más de un siglo ¿y ahora quiere protegerme? Vaya si le gusta revolverme las emociones.

«No caigas, Rea, ya lo superaste, ya lo superaste».

—Estoy de buen humor —comienza Everild, y pone las manos detrás de la espalda—. ¿Qué les parece si se dejan atrapar voluntariamente? Prometo no hacerles daño y darles una celda decente.

Kaya se ríe con burla.

—¿Quién te crees que eres, Everild? Podrás ser la Purasangre más antigua, pero estás frente a una Protectora.

—Y tú no tienes ni idea de a quién te enfrentas, Kaya. —La sonrisa no deja sus labios—. Ese es el gran problema de ustedes, del rey, de Kain y de ti, esa arrogancia, siempre subestiman al enemigo. El poder no es nada en comparación con una buena estrategia y con algo de lo que ustedes carecen por completo.

—¿Qué?

—Una familia.

Ella alza los brazos a los lados y de lo alto de todas las montañas emergen un montón de figuras que rodean el valle por completo. Hay Purasangres y convertidos, incluso humanos; todos llevan puestas máscaras que ocultan sus rostros.

—Ellos no me siguen porque soy poderosa, o porque me temen, como es el caso de tu rey, sino que me siguen porque he creado lazos con cada uno de ellos, porque creen en mi visión. No son mis seguidores, son mi familia, y eso es algo que nunca debes subestimar, Kaya.

—Qué tonterías. Hablas de que somos arrogantes y que subestimamos a nuestro enemigo, pero eso parece ser lo que estás haciendo tú en este momento.

—Oh, no, yo no te estoy subestimando, Kaya, solo confío en mi familia. —Hace un gesto a su alrededor—. ¿Puedes decir lo mismo? ¿Confías en las personas que tienes al lado? —Kaya hace una mueca—. ¿Los conoces? ¿Sabes qué aman? ¿Qué odian? ¿Qué sueños, ilusiones y miedos tienen? No sabes absolutamente nada sobre ellos, ¿no es así?

—No necesito saber nada de ellos.

—Por supuesto que no, porque son inferiores, ¿verdad?

Silencio.

Nyxe y yo compartimos una mirada. La tensión en el aire se incrementa y yo aprieto mis dagas con fuerza. Pelear no es mi fuerte, pero no me rendiré con facilidad. Kaya se endereza, la seriedad en su expresión me indica que esto está a punto de volverse violento.

—Estoy cansada de perder mi tiempo contigo. Pryer —ordena Kaya.

Pryer asiente, se arrodilla y entierra las manos en la tierra. El suelo bajo nosotros comienza a temblar bruscamente y yo doy dos pasos atrás, tratando de mantener el equilibrio. La tierra se abre en varias líneas que van directas a Everild, pero se desvían y se dirigen hacia las montañas, abriendo grietas en la tierra, y observo con la boca abierta cómo cada una de las montañas se desmorona, cayendo en bloques que Everild apenas consigue esquivar y generando un gran estruendo. Sus seguidores no tienen otro remedio que saltar de esas montañas y ponerse detrás de ella. Finalmente todos acabamos en terreno plano, ya no hay montañas donde esconderse. Supongo que eso era lo que Kaya quería.

Se acabó el tiempo de charlar, esto es una batalla desde el mismo instante en que Kaya le ordenó a Pryer destruir las montañas. Así que los líderes elementales corren hacia Everild y su grupo, con la excepción de Nyxe, quien se queda a mi lado.

—No lo pienses siquiera —le digo entre dientes—. Ve.

Ella no se mueve, y Kaya la observa con altivez.

—¿Tienes miedo? —Su tono es despectivo. Si ella supiera que Nyxe solo está siendo una idiota a la que le gusta confundirme al querer protegerme… Pero supongo que Everild tiene razón: Kaya no sabe nada de nosotros.

—Nyxe. —La miro a los ojos—. Ve.

Ella aprieta la mandíbula antes de unirse a los elementales. En pocos segundos, la planicie es un campo de batalla. Ryde ataca con tranquilidad, un aro de fuego a su alrededor lo protege de todo, sus manos cargan dos espadas hechas de fuego. Ya ha dejado a varios heridos a su paso, nada de muertos; nuestro rey nos dio órdenes muy específicas: a la única que podemos eliminar es a Everild y, si tiene secuaces, deben ser hechos prisioneros.

Pryer usa rocas minúsculas como un escudo y, al acercarse a algún enemigo, levanta bloques de tierra del suelo para atacarlos y dejarlos inconscientes de un solo golpe. Por su parte, Jyle usa el aire para elevar a quien se enfrenta y confundirlo hasta que lo libera y lo deja caer al suelo; entonces se acerca y susurra palabras antiguas para robarles, literalmente, el aliento y estrujar sus pulmones. Jyle es una de las pocas expertas de aire que puede hacer eso. Nyxe camina con la confianza que la caracteriza y crea grandes bolas de agua que luego envía a quien la ataca; una vez que el agua toca al enemigo, lo envuelve, atrapándolo dentro, sin que pueda respirar, por lo que se debilita hasta que pierde el conocimiento.

Esto ya es otro nivel en el uso de elementos: no en vano son los líderes de sus secciones.

—Voy a por Everild —me dice Kaya y me deja sola.

«Muy bien, puedes hacer esto, Rea. Tenemos ventaja».

Tres humanos corren hacia mí con una rapidez increíble. Seguramente han consumido sangre de convertidos o Purasangres para adquirir habilidades temporales. Igual no son difíciles de manejar; aunque no sea una Purasangre experta en peleas físicas, estoy dos especies por encima de ellos. El primero intenta golpearme y yo agarro su brazo y tiro hacia mí para golpear la parte de atrás de su cuello y dejarlo inconsciente. El segundo aprovecha la distracción del primero para golpearme en el rostro y escupo sangre antes de devolver el golpe con tanta fuerza que cae al suelo y no se levanta de nuevo. El tercero se detiene frente a mí y me sonríe diabólicamente. ¿Qué le pasa?

Entonces siento la arena que me envuelve los tobillos, subiendo por mis piernas. «Mierda, mierda». Trato de zafarme, pero se aprieta sobre mi piel. Echo un vistazo por encima de mi hombro para ver a un Purasangre. «Así que los humanos eran una distracción, qué estúpida eres, Rea».

Me giro ligeramente para intentar usar algún elemento contra el Purasangre. Él se mueve a toda velocidad, aparece frente a mí y golpea mi estómago. Me inclino hacia delante y él me agarra del pelo y me obliga a mirarlo. Su máscara solo me deja ver lo oscuro de sus ojos.

—No queremos hacerte daño —me susurra, y yo le gruño—. Chis, eres una rastreadora, ¿no? Pelear no es lo tuyo, así que solo quédate quieta y esto terminará pronto.

—Suéltame —le digo entre dientes.

Él alza su mano libre y sus redes de arena me suben por la cintura hasta atraparme las manos y los brazos.

—Solo quédate quieta —me repite antes de mirar con desprecio la insignia de Nhyme en mi uniforme—. ¿Crees en él? ¿En tu rey?

—Siempre.

Sacude la cabeza.

—Y yo que pensaba que eras inteligente…

—Libérame y te mostraré cómo soy de inteligente, arrogante de mierda.

Se ríe.

—Desafiante, ¿eh?

—Tu uso de la tierra es patético. ¿Acaso no has visto a Pryer? Él sí es un Purasangre que vale la pena observar cuando utiliza elementos, no como tú, con estos trucos de tan poco nivel.

—Hablas demasiado para ser alguien que está bajo mi control.

—Usando humanos para distraerme porque no podías pelear conmigo de frente, cobarde.

—Sé lo que estás haciendo —me dice, y acerca su rostro enmascarado al mío—: provocándome para que te libere y así podamos luchar de forma justa.

Me río en su cara.

—No, solo te estoy distrayendo.

Antes de que él pueda reaccionar, el agua que he estado liberando de mi mano mientras charlábamos ya ha aflojado las ataduras arenosas, así que suelto mi pierna izquierda y lo pateo en medio de las piernas. Él se tambalea hacia atrás hasta que cae de culo. El dolor debilita el resto de su arena sobre mí y me libero por completo para darle un puñetazo con todas mis fuerzas que le fractura la mandíbula.

Lo agarro del cabello de la misma forma que hizo él.

—Y yo que pensaba que eras inteligente…

Uso sus propias palabras en su contra antes de torcerle el cuello y dejarlo inconsciente por un rato. Suelto un largo suspiro antes de observar la batalla que se libra frente a mí, bueno, el final de la batalla, porque ya todos los seguidores de Everild están inconscientes en el suelo y Kaya la tiene con las manos atadas por delante con amarres de poder.

Nos juntamos y Everild nos sonríe.

—Hola de nuevo.

—Sonabas tan segura de ti misma que me esperaba un poco más de resistencia —brama Kaya al empujarla. Ella cae de rodillas frente a nosotros—. ¿Quién subestimó a quién?

—Es igual —suelta Nyxe—, es hora de volver.

Pero Kaya sigue hablando:

—Ahí está tu familia, Everild, inconsciente. ¿No dijiste que esa era tu gran fortaleza?

—Kaya, ya basta —intervengo, porque quiero irme a casa.

—Que alardee, le encanta hacer eso —nos dice Everild, y me sorprende la tranquilidad con la que nos habla. Acabamos de atraparla, dejar a su familia inconsciente y ella está tan pancha. Algo no cuadra.

Exploro los alrededores y no veo nada raro.

Estamos a punto de partir cuando pasa: una larga lanza formada de energía azul cae del cielo y atraviesa a Nyxe. Suelto un grito, mi corazón se encoge.

—¡No, no, Nyxe! —Tomo su rostro y ella escupe sangre—. ¡Nyxe! —La lanza ha atravesado su pecho y se ha clavado en la tierra, así que la mantiene de pie, pero cierra los ojos y yo entro en pánico—. ¡No! ¡No!

—Estará bien —me asegura Everild. Kaya la agarra del cuello y la levanta.

—¿Qué está pasando? ¡Será mejor que empieces a hablar!

Everild se ríe en su cara.

Pryer, Jyle y Ryde tienen sus ojos en el cielo, tratando de ver de dónde ha venido la lanza mientras yo acaricio el rostro de Nyxe. Tiene que estar bien, Everild no me mentiría, no tiene razón para hacerlo. En medio del silencio, podemos escuchar el casi imperceptible sonido de algo viajando en el aire a mucha velocidad hacia nosotros: más lanzas.

—¡Cúbranse! —nos ordena Kaya y libera a Everild para levantar las manos y formar un escudo transparente sobre nosotros. No obstante, las lanzas lo atraviesan con facilidad. Pryer y Ryde son los primeros en ser atravesados.

—¡No! —chilla Jyle, y, antes de que pueda alcanzarlos, una lanza también la atraviesa. Estoy temblando al lado de Nyxe, quien, aunque está inconsciente, respira débilmente. Kaya toma a Everild y la pega a su cuerpo.

—Si una lanza viene a por mí, nos atravesará a las dos —la amenaza.

Tengo que calmarme y pensar. Observo la lanza que atraviesa a Nyxe, su energía y su azul resplandeciente son hermosos; al principio, pensé que eran elementales hechos de agua, pero no lo son. Entonces ¿qué son? Estiro la mano para tocarlo y la energía azul se pega a mi dedo y siento cómo absorbe mi energía hasta que despego el dedo. Son extractores de energía, posiblemente usados para mantener a alguien en el estado de inconsciencia en el que está Nyxe.

«¿Qué demonios está pasando? Y ¿por qué ninguna lanza ha venido por mí?».

Levanto la mirada al cielo y no veo nada, solo oscuridad.

—¡Habla, maldita sea! —Kaya aprieta el cuello de Everild con furia—. ¡O te juro que te arrancaré la cabeza ahora mismo!

Y en ese momento, en medio de la desesperación, de la confusión, el aire se vuelve pesado, difícil de respirar, parece como si la gravedad se alterara también. Noto mi cuerpo pesado, como si una fuerza invisible lo obligara a doblegarse. Lucho, pero termino arrodillada en el suelo, agarrándome el pecho. Noto una gran presión en la cabeza, es un dolor tan agónico que me hace jadear y que me salga sangre de mi nariz.

Kaya no ha tenido otro remedio que liberar a Everild y caer de rodillas a unos pasos de mí. Me preocupa, Kaya es una Protectora y, si esto le está afectando, estamos jodidos; es la más fuerte de nosotros. Nada de esto tiene sentido. Mis ojos se posan sobre la lanza de Nyxe de nuevo y observo con gran sorpresa cómo alrededor de la punta que está clavada en la tierra han comenzado a brotar pequeñas flores.

«No puede ser. No puede ser».

Vuelvo a mirar a Kaya en el suelo y todo cobra sentido: los Protectores son casi invencibles, la única criatura por encima de ellos es…

Un Purificador.

Pero eso es imposible, los únicos Purificadores despiertos son Kace, Shadow y Morgan. Tiene que ser Morgan, no hay nadie más. Capto movimiento con el rabillo del ojo y veo una figura masculina encapuchada descender lentamente en la distancia; cuando sus pies tocan la tierra, una ola de poder se expande a su alrededor, y, aunque estoy arrodillada, casi me tumba hacia atrás.

Kaya está sin palabras y yo no entiendo nada. ¿Quién es él? No puede ser un Purificador, aunque todo apunta a que lo es.

—¡Sorpresa! —le dice Everild a Kaya antes de caminar hacia él. Yo intento ver su rostro, oculto en la capucha negra que lleva puesta. Él levanta la mano y las ataduras en las muñecas de Everild se desvanecen.

—Kaya… —Me giro hacia ella, pero está luchando por permanecer consciente. Sea lo que sea que él le esté haciendo, la está dominando—. ¡Kaya!

Ella me murmura algo y cae sin sentido sobre el suelo. «Mierda, mierda, estoy sola en esto, frente a un posible Purificador». Él camina hacia mí y yo me estremezco sin saber qué hacer.

—No te preocupes, no te hará daño —me tranquiliza Everild—. Solo quiere saludarte, ha pasado un tiempo, Rea.

—¿Ah? —replico confundida.

Él levanta la mano y yo me cubro para defenderme, pero el Purificador solo echa su capucha hacia atrás y revela su rostro. Su nombre deja mis labios en un susurro incrédulo.

—Aidan…

# XII

# LYLA

La luna brilla imponente en un cielo despejado.

Tomamos un descanso tras horas de movernos en la oscuridad. Creo que podremos llegar a un escudo Gulch antes del amanecer. Aún no tengo ni idea de cómo planeamos entrar. Echo un vistazo a mis compañeros: Milosh permanece a unos cuantos pasos de mí, hablando con Calum. Tori, una de las nuevas integrantes del clan, camina hacia mí y se sienta en un tronco que hay enfrente. La sigue la otra convertida, Jenny. He notado que lo muy unidas que están; por lo que me contó Milosh, Tori defendió a Jenny con mucha ferocidad cuando él intentó alimentarse de ella de nuevo.

Es extraño ver caras nuevas en el clan, en especial porque, para ellas, los desconocidos e intrusos somos Milosh y yo.

—¿Cuál es tu elemento? —me pregunta Tori como desinteresadamente, pero puedo ver la curiosidad en sus ojos.

—Soy una sanadora —contesto con orgullo.

—¿En serio? —Jenny se muestra mucho más espontánea que Tori—. Nunca he conocido a una sanadora.

Eso me hace sonreír. Tori bufa.

—Tampoco es nada del otro mundo.

Jenny le da una palmada en el hombro.

—No seas irrespetuosa. Es genial, los sanadores son difíciles de encontrar, en especial en convertidos. —Jenny me sonríe y se pone la mano en el pecho—. Es un orgullo ser parte de este clan y de estar a tu lado, espero que cuides de mí en las batallas futuras.

—Hoy y siempre —le respondo y le devuelvo la sonrisa.

Comenzamos a charlar y me doy cuenta de que Jenny y Tori son polos opuestos, quizá por eso se llevan tan bien. Tori es cerrada, casi fría, siempre a la defensiva; mientras que Jenny es dulce, alegre y de personalidad cálida. Entre tantas palabras, los ojos de Tori caen sobre Milosh en la distancia.

—¿Qué es él? —Su pregunta no me sorprende. Ella presenció el poder de Milosh con los *cruentus* y su incapacidad de morir con facilidad.

—Un Protector.

—Eso ya lo sé —me dice, poniendo los ojos en blanco—, pero ¿qué significa?

—Él es una especie superior, le sigue a los Purasangres, su propósito es proteger a su hermana, la Purificadora.

—¿Morgan? ¿La chica que duerme? —Jenny tiene puesta toda su atención sobre mí—. Ian nos explicó lo que ella es, no puedo creer que una especie así exista. Y los Purasangres creyéndose lo mejor de lo mejor cuando hay dos especies por encima de ellos. —Suelta una risita—. No puedo negar la satisfacción que me produce escucharlo, odio a los Purasangres.

—Es normal que los odies —comenta Tori—, se alimentan de nosotros.

Me tomo mi tiempo al notar las cicatrices en los brazos y en el cuello de Tori, cicatrices que no han sanado y se han perpetuado en el tiempo; su cuerpo ha sido incapaz de curarlas, lo que solo significa una cosa: fueron hechas por un Purasangre de alto rango que usó a propósito su poder para marcarla así.

—Puedo curarlas —le ofrezco. Tori sigue mi mirada hasta sus brazos y me sonríe.

—No, no me avergüenzan —me replica—. Estas cicatrices me recuerdan que soy una sobreviviente, que, aunque me enfrenté el infierno, salí con vida, nunca me rendí; son mis medallas de honor.

—Admirable —le digo con honestidad—, será un orgullo pelear a tu lado, Tori.

Eso parece sorprenderla, como si no estuviera acostumbrada a recibir cumplidos; me parece adorable. Jenny se pone de pie y sacude las manos, su compañera la sigue.

—Iremos a cazar para alimentarnos, ¿vienes? —me ofrece Jenny.

—No, estoy bien. No se alejen mucho.

—De acuerdo.

Cuando se van, siento la presencia detrás de mí: Milosh. Calum se ha llevado a Morgan al escondite esta vez, los demás convertidos han ido a alimentarse, así que solo quedamos Milosh y yo; estamos solos por primera vez en mucho tiempo.

—¿Aún me odian? —Milosh pasa por mi lado y toma asiento en el tronco que antes ocupaba Tori, frente a mí. Sus ojos verdes resaltan de forma espectacular en la oscuridad y su cabello negro enmarca desordenado su pálido rostro. Es muy atractivo, no puedo negarle eso.

—Te alimentaste de Jenny e intentaste alimentarte de Tori, ¿tú qué crees?

—No sabía que eran del clan de Morgan.

—No te odian —le aclaro honestamente, porque ellas parecieron más curiosas que molestas en lo que se refiere a Milosh. Y en el código de un clan no se guardan rencores porque eso siempre perjudica la armonía del grupo.

—Bueno… —Milosh suspira y se pasa la mano por la cara. Noto lo débil que está.

—¿Cuándo fue la última vez que te alimentaste?

—Ya no lo recuerdo.

—¿Has estado alimentando a Morgan sin alimentarte tú? ¿Estás loco?

—No quiero separarme de su lado.

—Estará bien, ella misma dijo que Shadow no podrá localizarla mientras esté inconsciente.

—Sí, pero no sabemos qué peligros nos podemos encontrar en el camino.

Me doy cuenta de lo mucho que él cuida a Morgan, quizá está en su naturaleza como Protector; no obstante, creo que la razón radica en lo mucho que la quiere. Una sensación de calidez se extiende en mi pecho.

Protector y Purificador.

Una risita infantil invade mi mente y parpadeo sorprendida.

—¿Lyla?

Sacudo la cabeza.

—Puedes alimentarte de mí —le ofrezco, porque no me molesta; soy la sanadora de este clan, mi deber es mantenerlos a todos en buenas condiciones, y, si él no quiere separarse de su hermana, puedo ayudarlo y volver a alimentarme después. Los ojos de Milosh se abren ligeramente ante la propuesta y se pasa la mano por la parte de atrás del cuello.

—Estás loca.

—No me molesta, Milosh.

—A mí sí.

—¿Por qué? —Necesito aligerar la tensión, así que bromeo—. ¿No soy digna, señor Protector?

—Sabes que no es eso. —Él ladea la cabeza, sus ojos lo traicionan pues se posan sobre mi cuello y sé que ya está imaginando clavar sus colmillos en mi piel. El pensamiento me hace lamerme los labios en anticipación.

—Entonces ¿qué es?

Él no dice nada y aparta la mirada. El aire se vuelve pesado entre nosotros y creo que ofrecerle mi cuello ha sido muy atrevido por mi parte. Darle tu sangre a otra criatura voluntariamente en algunas situaciones se puede considerar coqueteo. Milosh se pone de pie y yo también lo hago, nerviosa. Él camina hacia mí y abro la boca para decirle que ha tomado la mejor decisión al decidir alimentarse, pero él me pasa de largo. Frunzo el ceño al girarme y verlo alejarse.

«Bien, no quieres mejorar tu condición física por las buenas, pues será por las malas». No puedo tener al Protector de Morgan tambaleándose de debilidad por ahí tercamente, no cuando estamos tan cerca de los Escudos Gulch. Tomo una gran bocanada de aire y saco mi daga de mi cinturón para cortarme la palma de la mano y a continuación la presiono. La sangre gotea al suelo y Milosh se detiene de golpe. Está demasiado débil para controlarse.

—Lyla —me gruñe al volverse hacia mí. Su pecho sube y baja con pesadez, las aletas de su nariz se mueven rápidamente con cada respiración—. No.

Aprieto la mano, la sangre brota aún más antes de que la herida comience a sanar.

—Está bien —le digo y me arrodillo frente a él, como una presa sumisa, incitando su lado depredador.

Su mandíbula se tensa al igual que cada músculo en su cuerpo y me descubro respirando agitadamente como él.

—No. —Su voz es un susurro entre dientes apretados.

Pero ambos sabemos que no podrá controlarse y, en segundos, salta sobre mí. Mi espalda choca contra el suelo y Milosh me toma las manos de las muñecas y las sostiene a mis lados, restringiendo mis movimientos, aunque no necesita hacerlo. Su rostro está a escasos centímetros del mío y me gruñe con todas las ganas antes de enterrar su cara en mi cuello.

Su aliento es cálido sobre mi piel y sus colmillos me rozan. Arqueo mi cuerpo hacia él ante la sensación. Milosh no duda en clavar sus colmillos y beber mi sangre con desesperación. Olas de placer invaden cada parte de mi cuerpo, nunca he sentido algo así al ser mordida, pero, bueno, nunca me ha mordido un Protector, supongo que él es diferente. Una de sus manos libera mi muñeca y baja para apretar uno de mis pechos. El gemido que escapa de mis labios es vergonzoso y no lo detengo porque es increíblemente placentero.

Él baja esa misma mano por mi cintura y la descansa en mi muslo antes de introducirla dentro de mi falda para tocarme. A pesar de que sé que esto se está escapándose a mi control, cuando sus dedos me tocan exactamente en la fuente del placer no puedo evitar disfrutarlo. Sabe lo que hace.

Milosh deja de alimentarse, pero no de tocarme. Levanta el rostro para mirarme y mi corazón late desbocado. Antes de que la cordura vuelva a mí, lo agarro del cuello y lo beso. Su boca responde de la misma manera feroz y hambrienta con la que se ha alimentado de mí y con la que me sigue tocando. Ha pasado tanto tiempo desde que me trataron de esta forma, desde que sentí algo como esto, que me dejo llevar.

*No.*

Una voz firme y fría musita en mi mente, parece más un recuerdo lejano que algo del presente.

*Tú eres mía, convertiré en polvo a quien te toque.*

Esa amenaza lejana me detiene y jadeo. Milosh se separa y se pasa la mano por detrás del cuello, incómodo.

—Iré… —se aclara la garganta— a asegurarme de que Morgan esté bien.

—Claro —digo divertida al levantarme.

Comienzo a seguir la esencia del resto de los convertidos del clan para alcanzarlos y cazar con ellos. Ahora sí necesito alimentarme. No deben de estar muy lejos, no podemos distanciarnos mucho de Morgan porque corremos el riesgo de ser percibidos por los cazadores de Shadow. Ella, incluso en su inconsciencia, nos bloquea a todos como un gran escudo a nuestro alrededor. Eso hace que me pregunte el alcance del poder de los Purificadores.

«Shadow…».

Cada vez que trato de recordar algo de él, solo llegan a mí fragmentos de los momentos en los que lo vi con Morgan envueltos en una oscuridad consumidora. Por lo que Milosh nos dijo, ella parece temerlo mucho. Me invade cierta impotencia porque, como clan, quizá no seamos suficiente para protegerla en contra de alguien como él, pero no cabe duda de que lo intentaremos hasta nuestro último aliento.

Una sensación desagradable inunda mi pecho y me detengo en medio del bosque. Echo un vistazo a mi alrededor; no veo nada, solo árboles y ramas.

Algo está mal. ¿Debería regresar?

Me doy la vuelta para hacerlo y me encuentro de frente con un Purasangre.

Mierda.

# XIII

# LYLA

El Purasangre frente a mí viste de negro, pero noto algo diferente en sus ropas: una rosa marchita resalta en su pecho. Estoy a punto de decirle que este es el territorio de nuestro clan cuando recuerdo las palabras de Milosh hace días:

«Shadow debió de enviar a sus cazadores a los alrededores del último lugar donde sintió la ubicación de Morgan, es muy probable que anden por el área. Si se encuentran con alguno, no pueden darle nada de información, ni confirmarles que son del clan de Morgan».

El Purasangre solo me observa por un segundo, como si estuviera esperando que me identificara o bien que le comunicara la procedencia de mi clan, así que miento:

—Este es el territorio del clan Riner. —En mi interior, me felicito a mí misma cuando consigo que no me tiemble la voz.

—¿Cuál es tu nombre?

—¿Por qué habría de responder a eso?

—Porque el Rey Insurgente así lo ordena. Ahora responde, *convertida.* —El desprecio en su tono no pasa desapercibido.

Rey Insurgente… Shadow… Así que sí estoy frente a un cazador.

—Mi nombre es Jane —sigo mintiendo, y él da un paso hacia mí y desenvaina su espada para levantarla frente a mi torso; su afilada punta toca un punto entre mis pechos.

—¿Por qué me mientes, *Jane*? —La burla en su voz es manifiesta.

—No estoy mintiendo.

—Entonces ¿por qué me has dicho tu nombre apenas he mencionado al Rey Insurgente? Nadie fuera de The Blackness sabe de su existencia, ¿cómo lo sabes tú?

«Ah, Lyla, idiota».

Él levanta la espada, subiéndola hasta mi cuello. Me lamo los labios e intento pensar rápidamente, pero sé que no hay mucho que pueda hacer ahora más que correr y alejarlo todo lo posible de Morgan. Aprieto el puño, concentrando energía en él y le hablo para distraerlo:

—No sé a qué te refieres, yo… —Aprovecho su momentánea distracción y agarro la espada. Envío la energía a través del metal y le quiebro la muñeca. Él suelta un alarido de dolor y yo no me quedo a enfrentar su ira. Me giro y echo a correr lo más rápido que puedo.

He avanzado unos cuantos metros cuando siento una fuerte patada en mi espalda y me estrello de frente contra el tronco de un árbol, a raíz de lo cual la nariz comienza a sangrarme. Me la tapo en un intento de detener la hemorragia porque ya estoy lo suficientemente débil como para perder más sangre. El Purasangre me agarra del cabello con una mano, ya que la otra está sanando todavía.

—¿Adónde crees que vas?

—Suéltame.

—Eres parte del clan de la Purificadora, ¿no es así?

—No.

—Claro, como si fueras a admitirlo tan fácilmente… Vendrás conmigo. —Libera mi pelo y enrosca la mano alrededor de mi cuello para apretar con firmeza; su energía quema y se desliza sobre mi piel hasta llegar a mi cabeza—. No estoy de humor para lidiar con estas actitudes, así que será mejor que duermas mientras te llevo conmigo. —Sus ojos buscan los míos mientras sigue apretando, mis párpados se vuelven pesados, su cara enmascarada borrosa frente a mí.

«No…».

Si pierdo el conocimiento, estaré perdida.

Parpadeo una y otra vez, y una figura aparece y desaparece detrás del Purasangre con cada parpadeo.

*Lyla…*

Esa voz… ¿Lo estoy imaginando?

*Despierta, abre los ojos.*

Es la voz de un niño. No puedo hacer nada, así que me rindo y cierro los ojos. No obstante, en vez de caer en oscuridad absoluta, abro los ojos de nuevo y me encuentro con un cielo gris.

—¡Despierta! Te lo vas a perder. —La voz emocionada de ese niño suena a mi lado. Mi cuerpo se mueve solo y me levanto; he estado acostada sobre un montón de hierba. Es un campo abierto, con una vegetación exuberante. ¿Esto es un sueño?

El niño me toma de la mano y me guía hacia delante. En la distancia, puedo ver dos figuras sentadas en la orilla de lo que parece un acantilado a cuyos pies se extiende un mar muy azul. Yo soy mucho más alta que el niño y me doy cuenta de que estoy en mi adolescencia. Cuando llegamos al acantilado, mi mirada recae sobre las dos figuras y una sonrisa se extiende por mis labios. No tengo control sobre mi cuerpo, esto no puede ser un sueño porque los convertidos no podemos soñar; así pues, ¿qué es?

A un lado del niño y yo hay dos chicos. El primero tiene el cabello rubio y un poco largo, sus ojos verdes le dan un aire juvenil a un rostro, por lo demás, de apariencia madura. El segundo también es rubio, pero de cabello corto; sin embargo, sus ojos, aunque igual de verdes, son más oscuros que los del primer chico. Ambos parecen ser unos cuantos años mayores que yo.

—Estamos aquí, Jad —le dice el niño al segundo chico.

—Ya casi es hora. —Jad me sonríe—. Eres una dormilona, Gystha.

¿Gystha? No, mi nombre es… ¿Cómo me llamo?

—Buen trabajo despertándola, Galen. —Jad, a mi lado, felicita al niño. Me doy cuenta de que el pequeño aún sostiene mi mano, y mi cuerpo y voz actúan por sí solos.

—Galen es una molestia —bromeo, y él se suelta de mi agarre.

—Claro que no, pronto creceré y seré mucho más fuerte que Jericho. —El niño señala al rubio de cabello largo que no ha emitido una palabra, sus ojos perdidos en el océano.

—Claro que sí —lo anima Jad, acariciando la cabeza de Galen.

—¡Mira, Gystha! —El niño señala con entusiasmo el océano; allí donde el cielo se une al agua se vislumbra despuntar del sol: está a punto de amanecer, lo que me da pánico… Si me expongo al sol, me hará daño, pero…

¿Por qué? Mi mente es un desastre.

El sol sale y es como si estuviera emergiendo del agua; su color naranja se extiende por el acuoso azul en el horizonte y me quedo embobada contemplándolo. Salgo de mi trance cuando veo a Galen saltar por el precipicio.

—¡Galen! —le grito y me asomo para verlo flotar en el aire con una sonrisa inmensa en su pequeña boca. Acto seguido me vuelvo y veo a Jericho con la mano levantada, usando sus poderes para sostener sin esfuerzo a Galen en el aire.

—¿No es genial, Gystha? —chilla Galen, dando volteretas en el aire—. ¡Jericho es el Purificador más genial de todos!

Yo bufo y los ojos de Jericho se posan en mí.

—¡No! —digo con gran determinación, pero él levanta la otra mano—. No, no te atrevas, Jericho. ¡No! —grito cuando mis pies dejan el suelo y floto hacia el precipicio—. ¡Jericho! ¡No! ¡Jad, detenlo!

Jad se encoge de hombros.

Estiro la mano hacia delante y un bloque de tierra de la orilla del precipicio emerge en mi camino, lo endurezco para usarlo como ancla y detenerme. Una sonrisa torcida se forma en los labios del Purificador y, en segundos, el bloque se rompe en mil pedazos.

—¡Argh! —gruño con frustración—. ¡Te odio, Jericho! ¡Te odio! ¡Ah! —grito al caer por el precipicio; el muy idiota me deja descender hasta que casi llego al suelo y luego me eleva en el aire hasta que quedo al lado de Galen, quien me recibe con una sonrisa.

—¿No es genial?

Yo me cruzo de brazos en el aire.

—No estoy impresionada.

Jericho alza una ceja.

«Deja de provocarlo, Gystha, no quieres su atención. La atención de un Purificador puede ser asfixiante: una vez que se interesan por alguien, pueden ser muy obsesivos y posesivos».

Galen toma mi mano y me obliga a girar con él. No puedo evitar reírme ligeramente… Me doy cuenta de que este niño risueño es mi hermano. Su cabello negro tiene mechones plateados y sus ojos son violetas. Bajo la mirada para constatar que mi cabello también es negro como el de él, no violeta como lo suelo tener ahora. ¿Quizá estoy en los recuerdos de otra persona?

—Pronto podré hacer algo así, Gystha —me informa con entusiasmo—. Seré el Purificador más fuerte del mundo.

Él sigue girando a mi alrededor y dando volteretas. El sol ya ha salido por completo, su luz incide sobre mi piel y la calienta, una sensación que he olvidado. Levanto las manos y las oriento hacia el mar: comienzan a formarse remolinos de agua, primero pequeños y luego tan grandes que la luz del sol se refleja sobre ellos y sobre el agua que cae de ellos, creando arcoíris preciosos frente a nosotros.

—¡Oh, Gystha! —Galen me sonríe—. Es precioso.

Su felicidad es contagiosa, y me alegra tanto verlo así: feliz, a salvo. Protegerlo es mi misión en la vida, así como es la de Jad proteger a Jericho, es el lazo inquebrantable entre Protectores y Purificadores.

Vuelvo a la realidad, parpadeando, el Purasangre aún está frente a mí; es como si el tiempo se hubiera congelado mientras estaba en ese recuerdo. Me sorprende lo mojadas que están mis mejillas, ¿he llorado?

—Es hora de irnos —me informa el Purasangre, y yo echo un vistazo por encima de su hombro y veo la figura claramente. ¿No lo ha sentido?

De pronto, el Purasangre escupe sangre y chilla de dolor, soltándome. Yo me tambaleo hasta que caigo de rodillas. Él se desploma en el suelo y se retuerce hasta que se queda muy quieto: muerto. Mi respiración está un poco agitada. Levanto la mirada para enfrentar a esa figura que, ahora me doy cuenta, está algo transparente, como si no estuviera ahí de verdad. ¿Estas proyecciones son las de que Milosh habló?

La figura se quita la capucha y yo jadeo por el asombro.

—¿Aidan?

Sus labios forman una tímida sonrisa que me recuerda al niño de mis sueños.

«¡Oh, Gystha! —Galen me sonríe—. Es precioso».

Aidan se acerca y se postra frente a mí. Sus ojos azules buscan los míos y su rostro comienza a desvanecerse en millones de partículas para revelar lo que hay debajo, como si estuviera deshaciéndose de una máscara.

Y entonces lo veo: su rostro ha cambiado, sus ojos son violetas y su cabello negro con esos mechones blancos que recordé. Es la versión adulta y madura del niño de mis sueños y algo en mi interior despierta, se retuerce, como si una parte de mí estuviera atrapada y enterrada muy dentro.

—Galen… —susurro.

Él me sonríe ahora abiertamente, como solía hacer de niño.

—Gystha —hay tanto alivio en su voz…—, aún no puedo despertarte por completo porque no estoy aquí físicamente, pero pronto nos veremos. Necesito que lleves a Morgan donde yo te diga.

—¿Qué? —Estoy muy confundida, pero poco a poco los recuerdos van volviendo a mí. Recuerdo mi vida, la de Gystha, y sobre todo a esta persona que hay ante mí: Galen. Mi hermano. ¿Cómo pude olvidarlo?

—Solo yo puedo mantenerla a salvo en estos momentos.

—¿Crees que el clan confiará con tanta facilidad en lo que digas? Eres un Purificador. —Aunque lo digo, aún no me lo creo—. Morgan pensará que la engañaste como lo hizo Shadow.

La cabeza todavía me da vueltas, pero la sonrisa de Galen me tranquiliza.

—Gystha, lo explicaré todo cuando el clan esté a salvo bajo mi protección, tienes que confiar en mí, en el fondo sabes que no soy el malo aquí.

Asiento. Tiene una energía que me devuelve a momentos pasados, cuando éramos felices juntos. Claro que confío en él.

—Tenemos un plan, cruzaremos los Escudos Gulch y Morgan estará a salvo.

—Sé que te cuesta recordar, Gystha, pero ¿quién creó los Escudos Gulch?

Caigo en la cuenta y mi voz sale en un susurro:

—Shadow.

—Exacto, y, ahora que él ha despertado como Purificador, todas las cosas que ha creado, que ha construido, están conectadas a él. En el momento que Morgan cruce un escudo…

—Él lo sabrá de inmediato. —Me paso la mano por la cara—. Tengo que contárselo a Milosh.

La mirada de Galen aterriza sobre la herida en mi cuello, que ya casi ha sanado.

—¿Milosh fue el que te hizo eso?

—¿Cómo lo sabes?

—Apestas a su esencia de Protector.

Permanezco en silencio y él suspira.

—Haz lo que te digo, lleva a todos a este lugar. —Me da las indicaciones—. Tienen que salir de aquí ahora, este sitio está infestado de cazadores de Shadow. Estaré esperándolos.

Él me mira con nostalgia, como si no se creyera que por fin estamos frente a frente.

—Te he echado de menos.

Se pone de pie, su figura cada vez más transparente.

—Y Gystha, aunque por ahora él está dormido, pronto despertará. Sé que eres libre de hacer lo que quieras, pero recuerda que no es fácil razonar con él, es muy posesivo y capaz de hacer trizas a Milosh por tocarte.

—¿Él?

—Jericho.

Y, con eso, desapareció en el aire, dejándome temblorosa en la tierra.

# XIV

# MORGAN

*Puedes despertar, estás a salvo.*

*Morgan, ¿puedes escucharme?*

La voz lejana de Milosh alcanza mi mente una y otra vez, asegurándome que ya puedo despertar. ¿Hemos llegado a los Escudos Gulch? Pero no puedo sentirlos.

*Morgan…*

La urgencia de su tono me hace dudar y, cuando siento dos presencias desconocidas a mi alrededor, casi desisto de hacerle caso a mi hermano. ¿Quiénes son?, ¿humanos? No. Una mano se posa sobre la mía y una corriente de energía sube por mi piel y llega a mi mente.

«Purificador».

Quienquiera que está tocando mi mano es un Purificador, su energía es compatible con la mía, así que mi débil cuerpo la recibe, pero el único Purificador aparte de mí es Shadow, y este no es él, lo sabría… ¿Qué está pasando?

*Morgan…*

La voz de Aidan me sorprende y me permito despertar lentamente. Frunzo el ceño mientras abro los ojos con gran parsimonia. Parpadeo un par de veces porque es de día y la fuerte luz del sol atraviesa las ramas de los árboles.

Aidan está arrodillado a mi lado, todo de negro, tan atractivo como lo recuerdo: ese cabello negro con mechones azulados enmarcando y embelleciendo su pálido rostro. Esos ojos azules tienen un brillo que no he visto antes, incluso la sonrisa de alivio que esbozan sus labios no parece de él. Sin pensar en lo que hago, me apoyo en los codos para sentarme y luego lo abrazo.

—Aidan —susurro contra su cuello, ignorando todas las preguntas que invaden mi cabeza. Siento tanto alivio, tantas cosas en este momento… Él es un recordatorio de todas esas décadas de tranquilidad, cuando yo solo creía que era una convertida más y sentía una gran fascinación por quien yo creía era mi creador. Sus palabras siempre eran tan directas, frías y llenas de cautela. «No, no dejarás el clan». «Esto es por tu propio bien, Morgan, algún día lo entenderás». «¡Eres tan ingenua, Morgan!». «No te matarán, no lo permitiré. Para con los berrinches».

La nostalgia me hace sonreír con tristeza.

«¿Podemos volver a esos años, Aidan? Esos días donde mi mayor preocupación era derrotar a Ian en una carrera o desobedecerte a ver si mostrabas alguna emoción. Esas noches de fogatas que Lyla preparaba, en las que Luke nos obligaba a escuchar sus ridículas historias y Drake rogaba que lo matáramos para no escucharlo ni un segundo más. Todo era tan simple, pero éramos tan felices y, lo más importante, estábamos a salvo…».

Con mi rostro sobre su hombro, levanto la mirada y me encuentro con Lyla y Milosh a unos pasos de nosotros. Los rayos de sol caen sobre el brazo de Lyla y, en ese momento, me despego de Aidan de golpe.

—¡Sol! —les digo presa del pánico, mis ojos van de Aidan a Lyla—. Tienen que…

Ellos son convertidos… El sol… no les está haciendo nada. Frunzo el ceño y Aidan se pone de pie.

—Hay algo que debes saber, pero necesito que mantengas la calma y que me escuches hasta el final, ¿de acuerdo?

Asiento, levantándome.

Lyla da un paso hacia delante y se pone junto a él, frente a mí, y yo no entiendo nada. Aidan suspira y tanto su piel como la de Lyla resplandecen antes de perder su consistencia y adoptar una nueva forma. Me quedo mirando, inmóvil por el estupor. Cuando puedo volver a verlos, han cambiado por completo: ambos, de facciones similares, tienen el cabello negro con mechones blancos y unos preciosos ojos violeta.

—Mi verdadero nombre es Galen y soy el séptimo Purificador.

Lyla le sigue.

—Yo soy Gystha y soy su Protectora.

Abro la boca de manera exagerada y busco la mirada de Milosh, quien aprieta sus labios en una sonrisa de simpatía. No me muevo, no hablo, solo vuelvo a mirar a los desconocidos frente a mí.

Aidan es un Purificador, como yo… Y Lyla… ¿Es su hermana? ¿Su Protectora?

—Necesito un minuto.

No puedo mirarlos porque solo veo a dos completos desconocidos para mí.

—Te lo explicaremos todo. Antes que nada, quiero que sepas que no ocultamos nuestra identidad con malas intenciones, como lo hizo Shadow. —Lyla suena como siempre, por lo menos su voz es la misma.

Ocultarse…

Siento como si existiera un mundo de posibilidades del que no estaba enterada. Esto quiere decir que los Purificadores se pueden ocultar y hacerse pasar por especies completamente diferentes. Mi cabeza da vueltas, no sé… ¿Cuántas cosas más hay de las que no tengo ni idea? Esta nueva información me hace dudar nuevamente de todo lo que sé.

Vincent ha sido el único que me ha explicado algo sobre nuestra especie y ya sé que eran un montón de mentiras, comenzando por el hecho de que, según él, todos los Purificadores antes de mí estaban muertos; ahora sé que no es así, solo están dormidos en ese lugar que Shadow controla.

—Y, por favor, síguenos llamando Lyla y Aidan. Nos hemos encariñado con esos nombres —me pide Lyla con una sonrisa. Me cuesta mucho relacionar a estas dos personas con mis amigos, pero suenan igual. Ahora no puedo distraerme, ya lidiaré con mis sentimientos más tarde. Por el momento, los creo. Si son Aidan y Lyla y siguen a mi lado, con eso me basta. Asiento.

—De acuerdo.

Una Purasangre alta de cabello rojo fuego y un uniforme carmesí se acerca a nosotros. Es muy llamativa y camina con una seguridad envidiable. Al verme, me sonríe y yo me confundo aún más.

—Soy Everild, una Purasangre antigua. —Me ofrece su mano y me la quedo mirando sin moverme—. Un placer conocerte finalmente, Morgan.

Por supuesto, Shadow no era el Purasangre más antiguo; aunque ya lo sabía, la mentira aún escuece.

—No entiendo nada.

—Creo que tenemos que ponernos cómodos para contárselo todo. —Ella levanta su mano y dispone cuatro troncos en círculo. Con otro rápido gesto de la mano, acumula ramas en el centro y las hace arder, a modo de pequeña fogata. Su uso de los elementos es admirable, no hay esfuerzo, es como si no le costara nada hacerlo.

Milosh y yo nos sentamos en un tronco, y Lyla y Aidan se acomodan en otro a nuestro lado, mientras Everild se sienta en el lado contrario, quedando frente a nosotros.

—Nací y me crie en The Blackness, el lugar que Shadow creó hace mucho tiempo y del cual es rey —comienza ella, sus ojos en el fuego—. Mis habilidades con el manejo de los elementos captaron su atención cuando apenas era una niña y me vio en uno de los campos de entrenamiento para la guardia real. Con el pasar de los años, él mismo comenzó a entrenarme y me convertí en su mano derecha, en la capitana de su guardia real. Tuvimos un lazo de maestro y alumna que se prolongó varios siglos en los que también tuve… una relación con Kain.

Hago una mueca porque Kain es igual de mentiroso que su hermano.

—Estaba tan orgullosa de mí misma… Es un honor servir al rey directamente de esa forma. Mi familia organizó una celebración que duró varios días. Al principio, era mi sueño hecho realidad: la primera Purasangre en ser la capitana de las fuerzas del rey, no solo de la guardia real. Y, cuando el Purasangre más antiguo falleció y ocupé su lugar, me sentí aún más grandiosa e imparable. Sin embargo, con el tiempo, mi percepción cambió —suspira—. Quisiera decir que pasar tanto tiempo con Shadow me ayudó de alguna forma a descifrarlo o entenderlo, pero no fue el caso. Él es cerrado y frío, su personalidad inaccesible. Eso empezó a molestarme porque no podía entender los motivos por los cuales hacía algunas cosas que me parecía que estaban mal, como ejecutar personas que deseaban salir de The Blackness, fui muy permisiva con sus acciones y cuando le cuestionaba solo recibía su silencio. Nunca tenía en cuenta mis consejos o mis objeciones ante ciertas situaciones y fui consciente de que él siempre sería así, un rey que se mueve por sus propias razones sin importarle quién salga herido. Aunque yo estaba a su lado todos los días, él seguía siendo igual de inalcanzable, como si estuviera parapetado constantemente tras cuatro muros helados. Y sí, era mi sueño servir al rey; sin embargo, no me convertiría en alguien que seguía a un rey tirano como lo hacía Kain. —Everild suelta un gran suspiro—. Él lo seguía ciegamente sin cuestionar nada y discutía conmigo cuando yo no lo hacía. Eso fue el comienzo del final de nuestra relación, supongo. Kain siempre lo escogió a él, espero que esté feliz ahora.

Por mucho que se esfuerza en ocultarlo, se puede captar la ligera tristeza en su voz cuando habla de Kain. Quizá siempre quiso que la escogiera a ella, y, aunque la acabo de conocer, siento la necesidad de hacerla sentir mejor.

—No sé mucho de esto —le digo con honestidad—, pero la conexión entre un Purificador y su Protector es muy fuerte, Everild. Quizá él intentó estar de tu lado, aunque su naturaleza siempre se inclinaría por su hermano, es algo muy difícil de controlar.

—Estoy de acuerdo con Morgan —dice Lyla—: está grabado en todo nuestro ser protegerlos, apoyarlos.

Ella nos sonríe con tristeza.

—No se preocupen, Kain es parte de mi pasado —aclara. Sus ojos, sin embargo, dicen otra cosa—. Bueno, continúo.

—Sí, disculpa. —Me aclaro la garganta porque quizá me he pasado de la raya, nos acabamos de conocer y ya le estoy dando consejos de amor.

—Decidí dejarlo todo, aunque sabía que no podía ser de cualquier modo: tenía que esperar el momento justo y tampoco podía irme con las manos vacías. Cuando me enteré del plan de encapsular a Shadow en un Purasangre durante un siglo, supe que ese era mi momento. Sabía que ese ritual tomaría su tiempo y todas las fuerzas y guardias reales estarían con Shadow, la distracción ya estaba. —Las llamas de la fogata brillan un poco más—. No sé si lo saben, pero Shadow tiene a todos los Purificadores dormidos en un lugar llamado «hogar de los Durmientes» y él es el único que puede despertarlos. No obstante, cuando vi a la guardiana de los Durmientes llegar para el ritual, se me ocurrió una idea. Ahora que la guardiana estaba fuera, podría intentar sacar a un Purificador, pero solo la sangre de Shadow o de la guardiana sirve para acceder. Entonces recordé que Kain también visitaba a los Durmientes y obtuve su sangre sin que se diera cuenta y me escabullí en el hogar de estos.

—Eres demasiado valiente —murmura Milosh.

—No tenía mucho tiempo, así que me acerqué a la primera cápsula que encontré y saqué a Galen. —Su mirada se posa sobre Aidan—. Una Purificadora llamada Prisca me ayudó a crear una copia falsa de Galen en su cápsula para que no nos descubrieran. Ella también me enseñó cómo disfrazarlo de una especie diferente para que no lo sintieran porque, por supuesto, yo no podía despertarlo como Purificador. Así fue como convertí a Galen en Aidan, el convertido más antiguo, porque Vincent me había dicho que Shadow se haría pasar por el Purasangre más antiguo. Supuse que necesitarían al convertido equivalente y no me equivoqué. De esa forma, Galen estaría al lado de Shadow y eventualmente bebería su sangre y despertaría mientras también cuidaba de ti, Morgan.

—Esto es mucha información. —Me paso la mano por la cara—. Y, Lyla, ¿cómo…? ¿Qué les pasa a los Protectores mientras sus Purificadores están en los Durmientes?

—La naturaleza los entierra y los adormece. La existencia de un Protector depende del Purificador. Si la naturaleza ya no puede sentir al Purificador, automáticamente duerme y entierra al Protector. Es como si su existencia perdiera sentido, así que los inmoviliza.

—Creo que entiendo —comento—. Cuando sacaste a Galen de los Durmientes, Gystha despertó también en algún lugar en la tierra donde estaba enterrada.

Everild asiente.

—Ella vino por él, su instinto la trajo a nosotros, así que solo le expliqué mi plan de que Galen estuviera cerca de Shadow. Ella aceptó ser encapsulada como Lyla para estar cerca de él.

—Oh —exclamo, entendiendo—. Y yo pensé… —me sonrojo un poco— que ustedes dos… Lo siento.

—No te disculpes —me dice Lyla—. Yo también lo confundí todo, creo que por eso siempre sentí la necesidad de estar a su lado y no le encontraba la razón.

—Son hermanos —afirma Milosh para sí mismo, y yo entrecierro los ojos al notar el alivio en su voz. Él se aclara la garganta—. Quiero decir, qué sorpresa, ¿no?

—Pero… Aidan nunca se alimentó de Shadow, ¿o sí? —pregunto confundida.

Everild sacude la cabeza.

—No, pero se alimentó de ti después de que te alimentaras de Shadow. Solo se necesitaba una gota para despertar, así que gracias a ti lo hizo y fui capaz de hablar con él.

—¿Cuál es tu objetivo con todo esto?

—Crear la rebelión —me comenta, mirándome directamente a los ojos—. Este pasado siglo he reclutado criaturas en contra del Rey Insurgente. Para derrocar a un tirano se necesita mucho más que decisión e intención, se necesita poder. Así que tener a un Purificador de nuestro lado es nuestro as bajo la manga, ni Shadow ni sus secuaces saben que Galen está despierto.

—¿Qué tengo que ver yo con esto?

—Tú eres nuestra esperanza —declara con tranquilidad—. El poder de los Purificadores se mide por su antigüedad, así que, sin importar cómo de fuerte sea Galen, Shadow siempre será superior porque es el primero. Sin embargo, hay algo a nuestro favor: esas leyes de antigüedad no valen mucho si son Purificadores que han hecho la Purificación.

—¿Qué?

—Shadow y tú son los únicos Purificadores que han hecho la Purificación, son los únicos con la conexión madura y completa con la naturaleza, lo que quiere decir que…

—Pueden llegar a tener el mismo poder —termina Milosh por ella.

—Exacto, quizá no ahora, porque acabas de hacer la Purificación, pero, ya que tienes un vínculo establecido con la naturaleza, tus poderes eventualmente se medirán con los de él, y creo que por eso él quería dormirte.

—¿No todos los Purificadores tienen el vínculo con la naturaleza? —pregunto.

Aidan habla por primera vez en un buen rato:

—Sí, estamos conectados con la naturaleza y nuestros poderes vienen de ella, pero no consolidamos nuestro vínculo natural hasta que hacemos la Purificación. Por eso él puede crear reinos, tierras y lugares como el hogar de los Durmientes: su conexión con la naturaleza le permite hacer cosas increíbles.

—¿Cómo terminaste en el hogar de los Durmientes?

—No lo sé.

—¿No lo sabes? —murmuro confundida.

—Shadow debe de hacerles algo antes de dormirlos o mientras duermen, porque ni Galen ni Gystha recuerdan nada de antes de estar dormidos —explica Everild—. Solo se acuerdan de cosas simples de su niñez o juegos, pero nada relevante.

—Si querías protegerme, ¿por qué no me dijiste la verdad?

—Yo no tenía nada para hacerle frente, Morgan, no podía ponerte en una posición de peligro porque, si él no lograba su objetivo, estaba segura de que te mandaría a los Durmientes y ahí no podría salvarte. Necesitaba que hicieras la Purificación para que algún día pudieras derrotarlo.

—Sin importar quién saliera herido, ¿no? O que me usara en el camino. ¿Simple daño colateral? —le replico—. Para criticar tanto a un rey tirano, pareces hacer las cosas como él.

Everild baja la cabeza.

—Yo no sabía su plan por completo, pensé que solo quería que hicieras la Purificación a su forma, jamás me imaginé que él… Shadow siempre fue frío, pero nunca pensé que llegaría a ser tan cruel.

—¡Sorpresa! Tu rey tirano es una mierda. —Me pongo de pie—. Necesito un rato a solas —les informo antes de salir de ahí, tengo muchas cosas que procesar.

Everild ha invadido mi cabeza con nueva información, y mucha confusión.

# XV

# MORGAN

Tanta información, tantas cosas… La forma en la que Everild hablaba de Shadow era como si estuviera describiendo a alguien completamente diferente, y lo era. Aún me resulta increíble cómo pude enamorarme del cascarón falso que él creó. Todavía puedo recordar su sonrisa y sus palabras dulces. El Shadow Purasangre parecía tan real para mí… Suspiro y me recuesto contra un árbol.

—Mucha información, ¿no? —La voz de Aidan me pilla desprevenida y aparece al otro lado. Me sorprende que su rostro sea el del mismo Aidan de siempre, no Galen—. Supuse que te sentirías más cómoda si seguía usando esta apariencia; además, no puedo exponerme por completo por ahora.

—La apariencia no es lo que me importa. ¿Quién eres tú realmente, Aidan? ¿El líder de mi clan? ¿O un Purificador que debo empezar a conocer desde cero?

Él aprieta los labios.

—Supongo que soy un poco de ambos. Eso no cambia el hecho de que tú sigas siendo alguien muy importante para mí, Morgan.

—Claro, porque soy la esperanza para derrotar a ese idiota.

Aidan da un paso hacia mí y sacude la cabeza.

—No. —Sus ojos azules buscan los míos—. Eres alguien importante para mí porque es así y punto, no tengo otros motivos.

—Eso es muy difícil de creer cuando tantas cosas han sido falsas a mi alrededor. Cada vez que pienso que he llegado a un punto estable donde sé lo que pasa, todo se derrumba de nuevo.

Él se acerca y toma mi mano, entrelazando sus dedos con los míos. Tenerlo tan cerca me recuerda a todas esas veces que habría muerto porque él se aproximara a mí de esta forma en el pasado. Aidan me aprieta la mano.

—Yo soy real.

La seguridad de su voz y el brillo de sus ojos me deja sin aliento un segundo antes de que pueda organizar mis pensamientos.

—Lamento la desconfianza, es solo que el único Purificador que he conocido resultó ser un desgraciado mentiroso, eso ha hecho disminuir mis expectativas en relación con Purificadores.

—No todos somos como él.

—Y ¿cómo somos? —le pregunto, porque ahora me doy cuenta de que por primera vez estoy frente a alguien de mi misma especie sabiéndolo. Aidan da un paso atrás y me lleva con él al centro del claro.

—Mira.

Me suelta para extender sus brazos a los lados. Abro la boca al observar cómo unas raíces empiezan a emerger a nuestro alrededor y crecer hasta convertirse en árboles inmensos y frondosos; la hierba verde cubre el suelo por completo.

—Somos creadores, Morgan —me dice al bajar las manos—. Somos una especie buena. Fuimos creados para ayudar, para mejorar este mundo.

—También debemos eliminar criaturas masivamente, no olvides esa parte.

—No podemos ser perfectos, ¿eh?

Su broma me hace sonreír y me doy la vuelta, admirando la belleza de los árboles que él ha creado.

—¿Me enseñarías a controlar mis poderes?

Aidan hace una reverencia.

—Sería un honor.

Cuando cae la noche, tenemos una reunión todo el clan. Nos distribuimos alrededor de la fogata, cuyo fuego aún arde como si la acabaran de encender. Everild pone a todos al día respecto a lo que pasa y la verdad sobre Aidan y Lyla. Aunque aún estoy molesta con ella, no puedo negar que, dejando al margen sus decisiones egoístas, estamos en el mismo bando, todos queremos derrocar a Shadow.

—Tenemos que discutir nuestros siguientes pasos. Aquí estamos a salvo por el momento, pero tenemos que decidir qué hacer, en especial ahora que los hemos capturado.

—¿Capturado? —pregunta Calum desde las sombras—. ¿De qué estás hablando?

—Tenemos bajo custodia a una parte de las fuerzas de Shadow.

—¿Qué? —Es mi turno de exclamar sorprendida, ella no mencionó nada de eso.

—Hemos capturado a los cuatro líderes elementales del ejército de Shadow, también a Kaya, la Protectora, y a una rastreadora: Rea.

—¿Cómo…?

Clavo los ojos en Aidan y él asiente.

—Estaban cazándome, aproveché la oportunidad y los atraje a una trampa. Gracias a Aidan, ahora ellos permanecen inconscientes en una celda subterránea.

—¿Por qué? ¿Te has vuelto loca? —Me pongo de pie, porque provocar a Shadow de esta forma no es lo más inteligente.

—No, es una estrategia que le vi utilizar a Shadow muchas veces, desgranar y debilitar sus fuerzas poco a poco —me explica—. Veámoslo de esta forma: no podemos enfrentar a Shadow y a su ejército con todo, jamás ganaríamos, pero, si le quitáramos a las criaturas más fuertes a su alrededor, tendríamos una oportunidad. Y esos mismos capturados los puedo usar para atraer a más de su gente. De manera aislada, podemos luchar e inmovilizar a los seguidores más fuertes de Shadow sin tener que enfrentarnos de golpe con todos a la vez, ¿entiendes?

—Divide y ganarás —agrega Tori.

—¿Qué te hace pensar que Shadow no vendrá él mismo cuando note cuántos de los suyos no han regresado? —pregunto.

—Su orgullo no le dejará —asegura Everild—. He visto la forma en la que maneja las cosas, no vendrá hasta que sea estrictamente necesario. Para él, es una muestra de debilidad lidiar con los problemas él mismo.

—¿Y si te equivocas? —le digo, y no es por ser pesimista, pero tenemos que considerarlo todo.

—No vendrá porque tendrá lo que tanto buscó a su lado, lo demás será irrelevante.

—¿Qué?

—A ti.

—Ahora sí que no entiendo nada.

—Everild. —Aidan aprieta la mandíbula y sé que lo que ella vaya a decir no será de su agrado.

—Lo que sigue ahora es usar a Kaya para atraer a Kace, pero Kace es más antiguo que Aidan, así que las posibilidades de derrotarlo aun aislado son muy bajas; necesitamos un Purificador más antiguo que Kace y, según los escasos recuerdos de Aidan, Jericho sería el ideal. No solo es más antiguo, sino que también tiene un lazo especial con Lyla.

Lyla baja la mirada y Milosh frunce el ceño.

—Lo que indica que es muy probable que nos apoye.

—Pero Jericho está en el hogar de los Durmientes, ¿cómo planeas despertarlo? —pregunto.

Ella no dice nada y comparte una mirada con Aidan.

—¿Qué es lo que no me estás diciendo? —insisto.

Everild suspira.

—Para que nuestro plan funcione, tendríamos que darle a Shadow lo que quiere para que así deje de desplegar a sus cazadores, porque ya debe de estar alerta al saber que le faltan sus líderes. Básicamente, te dejarás capturar.

—¿Ah?

—Una vez dentro, tú podrías ir a los Durmientes, despertar a Jericho y escapar con él; de ese modo podríamos atraer a Kace, derrotarlo y seguir con nuestro plan. También podrías aprovechar ese tiempo para descubrir sus siguientes pasos como nuestra espía y quizá extraer valiosa información del cuarto sellado.

—¿Cuarto sellado?

—Es una habitación que Shadow siempre mantiene sellada con su poder, donde están resguardados todos los documentos sobre tu especie. Secretos que él no querría que nadie supiera; quiere ser el dueño de toda la información sobre Purificadores, por lo que tiene sentido que les borre la memoria como hizo con Gystha y Galen.

Milosh suelta una risa sarcástica.

—Absolutamente no.

—No —lo apoya Calum.

—Bajo ningún concepto vas a enviar a mi hermana con ese bastardo.

—Él no le hará daño, no mientras esté embarazada.

—Pareces olvidar eso —interviene Lyla—: ella está embarazada y tú piensas enviarla como espía con un tirano que sabemos lo cruel que puede llegar a ser.

—Él no le hará daño —repite Everild—. Créanme: si no estuviera segura de eso, no propondría algo así.

—No —niegan Ian y Luke al mismo tiempo, rompiendo el silencio de los miembros de mi clan.

—Si dices que Morgan es la única esperanza de derrotar a Shadow, ¿por qué la arriesgarías así? —cuestiona Drake.

—Escuchen, Morgan podrá escapar cuando quiera si las cosas se salen de control. Tengo un acceso a The Blackness que nadie conoce.

Todos sacuden la cabeza en desacuerdo.

—Si existiera otra forma, ya se me habría ocurrido —continúa Everild—. Nos estamos enfrentando a alguien muy poderoso… Por supuesto que corremos riesgos.

—La respuesta es no. —Milosh sacude las manos en el aire exasperado—. No puedes llegar aquí y ponerte a dar órdenes así como así, ni mucho menos proponer arriesgar a mi hermana de ese modo solo porque es el único medio de llevar a cabo tus planes.

—No son mis planes solamente… Creo que todos estamos de acuerdo con que Shadow debe caer —le replica Everild—. Ya hemos capturado a algunos y tenemos a Kaya para atraer a Kace, pero para derrotarlo necesitamos a Jericho, y solo Morgan puede llegar a Shadow para acceder a él.

—Has dicho que Morgan puede llegar a ser tan fuerte como Shadow, ¿no puede ella vencer a Kace?

—Le llevará tiempo recuperarse de la Purificación, y hasta que no dé a luz su potencial no estará al máximo. Ese tiempo podemos usarlo para seguir aislando a Shadow como les he contado hasta ahora.

Todos comienzan a protestar y a hablar al mismo tiempo, dando las razones por las que están en contra de la proposición de Everild, así que mi voz interrumpe su discusión de forma abrupta:

—Lo haré.

—Morgan… —Milosh da un paso hacia mí y yo levanto la mano.

—Lo haré, iré con ese bastardo y lo destruiré desde dentro —les anuncio a todos—. Le demostraré que él no es único que puede infiltrarse y mentir para conseguir lo que quiere.

# XVI

# CALUM

He sido engañado como un idiota.

Siempre he alardeado de mis habilidades para descifrar a otras criaturas, sus energías y sus poderes. Me equivoqué con Aidan, pero mi mayor error fue Shadow. Él fue uno de los primeros amigos de mi existencia y me ha mentido a la cara todo ese tiempo. Sacudo la cabeza y sigo a Morgan dentro del sistema subterráneo.

—¿Estás segura de esto?

Ella entra en el túnel de paredes rocosas y arenosa, solo iluminado con la luz de pequeñas antorchas en los laterales. Llegamos a las celdas, hay dos, una frente a otra. En una, cuatro Purasangres yacen en el suelo inconscientes, uno al lado del otro, con extrañas ataduras resplandecientes a su alrededor. En la otra, Kaya también duerme, pero, a su lado, Rea está sentada con la espalda contra la pared y esa misma atadura resplandeciente alrededor de su cuello y de sus manos. Otra mentirosa. Gruño ligeramente cuando hacemos contacto visual.

—Calum —me saluda y asiente antes de mirar a Morgan—. Morgan.

Ella no dice nada, se recuesta contra las rejas de la otra celda y cruza los brazos sobre el pecho.

—Y pensar que llegué a sentir celos de ti… —comenta Morgan con desprecio. Rea le dedica una sonrisa sin despegar los labios.

—Todos hemos hecho cosas estúpidas.

—Estás muy contenta para ser alguien que ha caído en manos del enemigo —le digo antes de escupir frente a su celda. Odio las mentiras, odio que usen a las personas como peones. Saber que Rea fue parte de todo me enerva aún más porque fueron muchos los ratos que compartimos juntos, ella, Shadow y yo. Y todo fue una maldita mentira.

—Entiendo que estés enfadado, Calum —me dice y yo bufo—. Si sirve de algo, tu amistad... Nuestra amistad fue de verdad para mí, yo...

—¡Cállate! —gruño con tanta fuerza que el ruido hace eco por todo el túnel, fiero y rabioso. Agarro los barrotes de la celda y la observo con cólera—. Han pasado décadas desde la última vez que quise herir a alguien de la forma en la que quiero hacerlo contigo, Rea.

—Calum —Morgan pone su mano sobre el hombro, y yo vuelvo el rostro para verla a mi lado; su expresión es calmada, sus ojos jade transmiten paz—, no vale la pena.

Respiro profundamente y suelto el metal de la celda para darle la espalda a Rea y calmarme.

—Everild me ha dicho que no has sido muy cooperativa —comienza Morgan. No sé cómo estás tan calmada.

—Jamás cooperaré con esa traidora —declara Rea, y yo vuelvo a mirarla—. Mi lealtad está, ahora y siempre, con mi señor, el Rey Insurgente.

—¿Por qué? —La pregunta de Morgan me hace fruncir el ceño—. ¿Por qué lo sigues?

Rea se queda en silencio durante unos segundos.

—Porque es mi rey.

—¿Eso es todo? ¿Sigues ciegamente a alguien porque se ha proclamado tu rey?

—Tú no lo entiendes, él... ha cumplido sus promesas.

—¿Sus promesas de salvar almas perdidas? ¿Almas que deberían haber desaparecido en la Purificación?

Rea suelta una risa falsa.

—Es muy fácil llamarlas así, despojarlas de todo nombre y personalidad para que solo sean un número, algo fácil de eliminar —replica Rea—, pero ¿y si esa alma perdida fuera de alguien que amas? ¿Un miembro de tu clan? ¿Tu hermano? ¿Tu madre? Alguien con un nombre, con una vida, con lazos, con un rostro… ¿La eliminarías igual, Morgan?

Morgan aprieta la mandíbula. Rea prosigue:

—No lo creo, tú no tenías planes de eliminar al Shadow Purasangre: aunque sabías que él era un alma perdida, realizaste la Purificación porque se dio de forma natural, no porque tú lo quisieras. Te resistías a hacerla porque no querías que esa alma perdida que amabas muriera, egoísta, ¿no? En cierto sentido, tú no eres muy diferente de mi rey.

—¡No soy como tu jodido rey mentiroso en nada! —Me sorprende el tono lleno de rabia de Morgan—. Sí, amaba un alma perdida, una, él salvó a cientos de criaturas que no debían estar en este mundo, eso es diferente.

—¿Y crees que porque sean cientos no eran almas perdidas que tenían un lazo? ¿Alguien que las amara? Shadow tenía razón, sigues siendo una ingenua.

Morgan estira la mano al frente y la cierra en un puño. Observo cómo Rea es levantada desde el suelo, jadeando por falta de aire como si le apretaran el cuello. Su rostro se enrojece, su respiración agitada se convierte en chillidos de dolor cuando escucho el crujido de huesos.

—Morgan —es mi turno de ponerle la mano en el hombro—, Morgan.

Ella me mira, su ojo izquierdo ha dejado de ser jade: ahora es rojo. Libera su puño y Rea cae al suelo, tosiendo desesperada y gimiendo dolorida mientras sus huesos se curan solos.

—No sé qué les ha dado a los Purificadores con ahogar a los demás —murmura, acariciándose el cuello con sus manos atadas.

—No puedo creer que apoyes a un rey que hizo algo tan retorcido como dejarme embarazada para lograr lo que quería. Me dan asco, tú y él y todos los que los siguen.

Rea baja la cabeza.

—Eso fue muy cruel, y lo siento mucho, pero no había otra forma.

—¡Y una mierda! —exclamo—. Siempre hay otras formas; además, él no debió ir en contra de la naturaleza desde el principio. ¿Cómo de arrogante es que cree que puede ganarle a la naturaleza?

—Tan arrogante que lo hizo. —Rea se encoge de hombros—. Logró su objetivo.

—Si sientes algún tipo de remordimiento por lo que él me hizo, coopera conmigo —le dice Morgan—. Sé que no me dirás qué planea, pero sí necesito saber algo: si me entrego voluntariamente, ¿crees que me haría daño?

—¿Por qué harías algo así?

—Responde la pregunta.

Rea suspira.

—No, él no tiene motivos para hacerte daño, nunca los ha tenido.

—¿Me dormiría? ¿Intentaría mandarme a los Durmientes de nuevo como lo hizo cuando desperté de la Purificación?

Rea sacude la cabeza.

—No mientras estés embarazada.

—¿Por qué? No creo que mis hijos le importen. —La expresión de Morgan se endurece al pronunciar esas palabras.

—Porque no sabemos qué serán tus hijos; el hogar de los Durmientes fue hecho para Purificadores y tus hijos… —se aclara la garganta— no sabemos si lo serán.

—Si no planea matarme, ni encerrarme con los Durmientes, ¿por qué está buscándome?

Rea no contesta.

—Supongo que hasta ahí llega tu cooperación, ¿no?

—No deberías ir con él —dice al cabo—. No sé qué planean con todo esto. —Mira alrededor, a Kaya y a los Purasangres dormidos en la otra celda—. Pero él… no es alguien a quien quieras hacer frente, ni mucho menos provocar.

—No le tengo miedo.

—No es cuestión de miedo, Morgan; si quieres sobrevivir, tienes que ser más inteligente.

—Gracias por la preocupación. —Morgan le dirige una última mirada fría antes de darse la vuelta y comenzar a alejarse. Yo miro a Rea de reojo y comienzo a caminar.

—Calum.

Me detengo de espaldas a ella.

—Lo siento —susurra.

Aprieto la mandíbula y regreso hacia donde está.

—Si tanto lo sientes, dímelo, ¿qué es lo que Shadow quiere de ella?

Rea duda, aunque sus labios no se mueven.

—Olvídalo. —Me preparo para irme de nuevo, pero Rea vuelve a hablar de pronto:

—Sus hijos. Quiere criarlos porque sabe que serán poderosos. Después de que Morgan dé a luz, estoy segura de que la mandará con los Durmientes para quedarse con los niños.

Frunzo el ceño, pero finalmente lo entiendo.

—La dormirá porque ella es la única que puede derrotarlo una vez recuperada del parto, ¿no es así?

Su silencio es una afirmación. Yo suspiro.

—Espero que haya valido la pena engañarme, Rea, ser parte de lo que le hizo Shadow a Morgan, todas esas mentiras. ¿Cómo pudiste vivir casi una década entre tanta falsedad?

Me sonríe con tristeza.

—Todos pagamos un precio por las personas que amamos.

Me alejo de allí para emerger a la superficie. Morgan me espera en la entrada, estoy seguro de que ha escuchado todo lo que ha dicho Rea.

—¿Aún piensas ir con él? —Caminamos juntos hasta alejarnos de la entrada y alcanzar un punto donde Rea no pueda escucharnos, ella mantiene sus ojos al frente—. ¿Morgan?

—¿Tengo opción, Calum? —Me mira y noto que sus ojos han vuelto a la normalidad—. Por peligroso que parezca el plan de Everild, tiene mucho sentido. Él… —Tuerce los labios y aprieta los puños a sus costados, como si recordarlo fuera doloroso—. Él es muy fuerte, si queremos tener la esperanza de derrotarlo, tenemos que hacer sacrificios. Además, has escuchado a Rea: quiere a mis hijos, ahora más que nunca tenemos que asegurarnos de derrotarlo. No voy a dejar que se les acerque.

Me pongo frente a ella y busco su mirada.

—Ey, no estás sola, ¿de acuerdo? Tal vez los miembros de tu clan no seamos tan poderosos como él, pero lucharemos hasta el final, por ti, por tus hijos.

—Tienes razón, no estoy sola. —Morgan me sonríe, pero la alegría no se extiende a su expresión, sus manos siguen cerradas en forma de puño y pegadas a su cuerpo.

Todo el tiempo que entrenamos antes de la Purificación me sirvió para conocerla, para interpretar sus expresiones y su lenguaje corporal. Morgan no es de demasiadas palabras, ni mucho menos de manifestar lo que pasa por su cabeza fácilmente, así que poder descifrarla de esta manera me sirve bastante. Y, en este preciso momento, todo en ella me indica que está asustada; sin embargo, sé que nunca lo dirá, por lo que me armo de valor y la tomo de la cintura para abrazarla. Ella se tensa al principio, luego envuelve sus brazos a mi alrededor.

—Nunca te avergüences por sentir miedo, Morgan —le digo, pegándola a mí.

Ella entierra su cara en mi cuello y puedo sentir cómo mi corazón se agita con su cercanía. Es muy atractiva, aunque desde que la conocí siempre fue la chica de Shadow, por lo que nunca me permití verla de otra forma. Pero ahora…

Ella se separa y toma mi rostro entre sus manos para apretarlo con ternura, con cariño.

—¿Quién diría que el feroz líder de los lobos sería tan considerado?

Aparto sus manos de mi cara, pero no la suelto y la miro directamente a los ojos.

—Sé que ya has tomado una decisión, pero no quiero que te vayas.

Ella aparta la mirada.

—Estaré bien.

—Lo sé.

Ella aprieta mis manos y vuelve a mirarme.

—Volveré.

Justo en ese preciso momento, alguien se aclara la garganta y Morgan y yo nos soltamos y damos un paso atrás: es Aidan, que está con los brazos cruzados y con una ceja levantada.

—Los estamos esperando.

—Sí, vamos.

Morgan pasa por su lado para ir al clan. Aidan no se mueve, se me queda mirando durante unos segundos. Nunca me gustó como vampiro convertido, menos ahora que es un Purificador.

—¿Qué?

—Nada. —Es su simple respuesta antes de girarse para seguir a Morgan.

Es nuestra última reunión como clan completo, pues Morgan se irá al amanecer en unas horas. Hemos detectado una zona de cazadores bastante alejada para que pase y actúe para dejarse capturar. Everild explica los últimos detalles:

—Nos comunicaremos cada tres días por el lugar que te dije: Redwood. Si algo sale mal, por ahí mismo podrás escapar.

—Comentaste que los bosques alrededor de The Blackness le servían a Shadow como su creador, ¿qué te hace pensar que Redwood no lo revelaría todo? —planteo.

—Redwood es distinto: a diferencia de los demás bosques que rodean The Blackness, Redwood sirve a todos los Purificadores porque ya existía cuando Shadow llegó a formar su reino y voluntariamente le ofreció su lealtad a su especie, aunque él no lo creó. Morgan, como Purificadora, puede darle órdenes a Redwood y obligarlo a callar. Por eso pude escapar de The Blackness con Gystha aquella vez.

—Aún no entiendo cómo se supone que hablaré con un bosque —susurra Morgan.

—Lo entenderás cuando necesites usarlo —asegura Everild y, seguidamente, le indica sobre la ubicación.

Nos quedamos hablando un rato hasta que Everild dice las palabras que desearía no escuchar:

—Es la hora.

Comienzan las despedidas. Milosh es el primero en abrazar a Morgan, lo siguen Ian, Drake, Luke y Lyla. Tori y los demás nuevos le dicen adiós con un gesto de la cabeza, al igual que Aidan y Everild. Morgan me mira entre todos y me sonríe, yo solo puedo devolverle la sonrisa. Ella empieza a caminar entre los árboles para iniciar su camino, y mi pecho se encoge al verla alejarse. Entonces se detiene de pronto y se gira hacia nosotros.

—¿Morgan? —la llama Milosh, preocupado.

—Necesito un momento a solas con Calum —informa y todos comparten una mirada confundida antes de irse.

Doy un paso hacia delante y ella camina hacia mí.

—¿Qué pasa?

—Tengo miedo —admite—. No sé qué puede pasar, y… estaré sola. No tendré a Lyla para sanar mis heridas, ni a Milosh o a mi clan para que me cuiden las espaldas. Tú tampoco estarás para ayudarme a calmar mis poderes si pierdo el control. Necesitaba… decirlo en voz alta. Y eres el único que me dejará ir a pesar de saber que estoy asustada.

Suspiro y pongo la mano en su hombro con gentileza.

—No tienes que ir, lo sabes, ¿no?

—Lo sé, pero, si quiero tener algún futuro con mis hijos y con ustedes, debo hacerlo —dice y hace una mueca con los labios—. Porque sé que Shadow no me dejará en paz, Calum. No seremos libres hasta que él esté muerto.

La observo por unos segundos y luego la abrazo, le permito sentir la seguridad y tranquilidad de mi energía rodeándola.

—Tener miedo es normal, Morgan, seguir adelante a pesar de ello es lo que marca la diferencia. Creo en ti —murmuro, descansando mi mentón sobre su cabeza—. Todos creemos en ti y no te dejaríamos ir sino supiéramos que puedes ganar. Si alguien puede lograrlo, eres tú.

Nos separamos y le doy un beso en la frente.

—Vas a estar bien.

Ella me sonríe y me da un beso corto en la mejilla.

—Gracias, Calum, por todo. Desearía… —Ella aparta la mirada, las palabras colgando en el aire, no es necesario que lo diga.

—Lo sé, Morgan, yo también desearía que las cosas fueran diferentes.

Ella pone su mano sobre mi pecho para tomar un poco de mi energía para calmar su ansiedad.

—Volveré —promete.

—Aquí estaré para ti.

Ella da un paso atrás y me sonríe, el brillo en sus ojos claro y deslumbrante. La veo marcharse y deseo de corazón que todo salga bien.

Porque su sonrisa y sus palabras se sintieron como una promesa.

# XVII

# MORGAN

No fue difícil dejarme atrapar y fingir una batalla con los cazadores. Ellos no tardaron en traerme a The Blackness, no sin antes colocarme unas ataduras fluorescentes alrededor de las muñecas. Soy consciente de que con las manos así, atadas por delante, no puedo usar mis poderes de ningún modo. ¿Esas ataduras estarán hechas con energías de los Durmientes? Quizá.

Las grandes puertas de metal se abren frente a mí. Inhalo profundamente antes de cruzarlas, los guardias que las flanquean me observan con curiosidad. El interior es tan inmenso que tengo que echar la cabeza hacia atrás para ver el techo y el suelo brilla… En él un camino alfombrado se extiende en la lejanía hasta un trono.

Shadow.

Aunque solo puedo ver su silueta a lo lejos, sentado sobre ese trono, mi corazón arde porque sufrí tanto pensando que lo había matado, porque creí cada una de sus palabras, porque me engañó sin ningún remordimiento, porque todo estaba planeado… ¿Cómo puede existir alguien capaz de hacer eso? ¿Alguien incapaz de sentir?

Su presencia es imposible de ignorar, su poder se extiende a su alrededor como una capa invisible hecha de energía bruta y poco dominada. Me recuerda a lo que sentí al ver a Aidan por primera vez como Purificador. Así es como deben de sentirse las personas al percibirme. Por supuesto, mi presencia y la de Aidan no son nada comparadas con la de él: el primer Purificador del mundo.

Una parte primitiva de mí quiere bajar la cabeza, respetar a mi antecesor, y me sorprende porque eso no me pasó con Aidan.

Cada paso que doy oprime mi pecho, mi corazón ardiendo, dolorido, roto y traicionado. Tengo las manos cerradas en puños pegadas a mis costados. A los lados del camino están todos: los Purasangres, convertidos e incluso humanos vestidos con ese uniforme negro con detalles carmesís y el símbolo de Nhyme estampado sobre cada uno de ellos.

Todos me observan. Finjo que sus miradas no me afectan en absoluto, pero tal vez todos sepan que soy la idiota a la que su rey engañó, la que hizo todo este jodido reino posible, la que básicamente coronó a Shadow y le permitió mantener dicho reino en The Blackness. Fui yo la que falló en su misión como Purificadora, la que fue manipulada para mantener este lugar y sus almas perdidas a salvo.

Y todo por amor.

Porque me enamoré hasta los huesos de él, porque desarrollé un amor tan consumidor, tan cegador, que no cuestioné nada, no dudé ni indagué nada sobre mi especie. Confié en sus palabras, en esa mirada llena de sentimientos que me aseguraba que siempre me protegería, que todo estaría bien.

Al acercarme a él, puedo verlo mejor y quisiera decir que ha cambiado físicamente, pero está igual que el Shadow que amé. Va todo de negro, con unas botas de combate del mismo color que casi le llegan a las rodillas. Su cabello oscuro está desordenado alrededor de su atractivo y pálido rostro. Su expresión es neutra, sus ojos rojos están sobre mí en todo momento, sus manos apoyadas en los brazos del asiento.

Me detengo frente a los escalones que suben a su trono y he estado tan centrada en Shadow que es ahora cuando veo que hay alguien a su lado que se parece mucho a él: cabello negro, ojos rojos. ¿Acaso es… Kain? Entonces todo cobra sentido. Recuerdo las palabras de este:

*—¿Por qué no me dejas verte?*

*—Tengo mis razones para no permitirlo.*

Por supuesto, no me dejaba verlo porque sabía que notaría el parecido con Shadow.

—Inclínate ante tu rey —ordena la voz de Vincent a mi lado, y yo le echo un vistazo rápido. Otro que me mintió a la cara abiertamente. Su expresión es seria y quiero gritarle y golpearlo una y otra vez hasta destrozar cada hueso de su cuerpo. Mis ojos se posan sobre Shadow de nuevo.

—Él no es mi rey —digo entre dientes, la rabia escapando de mí.

Todos a mi alrededor sueltan un jadeo y comienzan a murmurar. Shadow permanece en silencio, solo ladea la cabeza, observándome.

—Hazlo. —La voz de Vincent se vuelve aún más dura.

—No, no me arrodillo frente a la basura —declaro, sin apartar la mirada de él.

Shadow esboza una sonrisa torcida, mostrando sus colmillos, pero sus ojos mantienen esa neutralidad, esa expresión vacía.

—¿Quién te crees que eres? —masculla Vincent—. Arrodíllate ante tu rey o te obligaré a hacerlo.

—Puedes obligarme, aunque todos sabremos que no será una inclinación genuina. La lealtad forzada es tan falsa como el rey cobarde que está frente a mí.

La sonrisa de Shadow se ensancha y retira una mano del brazo del trono y la gira con la palma hacia arriba.

—*Nante.* —Su helada voz retumba en toda la estancia, su familiaridad toma desprevenido a mi roto corazón.

«Suena como él. Pero no es él, Morgan».

Me percato de que Kain se ha quedado congelado, al igual que Vincent, a mi lado; echo un vistazo detrás de mí, a la larga línea de súbditos, y compruebo que también están paralizados. Nadie se mueve, nadie parpadea, se han quedado todos como un grupo de estatuas realistas y sé que Shadow lo ha hecho porque yo misma lo hice antes de venir aquí.

Los únicos que no estamos bajo ese poder somos él y yo. En medio de un montón de criaturas, él se las ha ingeniado para dejarnos solos. Su mirada ha dejado esa expresión de neutralidad, reemplazándola por un brillo arrogante. Shadow observa mi reacción en silencio y yo mantengo la cabeza en alto.

—¿Mucho mejor? —Mi corazón late de nuevo con fuerza ante el sonido de su voz. Esa voz que siempre me decía que me protegería, que todo estaría bien, que me susurraba «te quiero» en la oscuridad de la noche. Esto duele mucho más de lo que esperaba, pero no lo demuestro.

—No voy a arrodillarme ante ti.

—No espero que lo hagas.

—Entonces ¿qué quieres?

—Yo debería hacer esa pregunta. —Se inclina hacia delante, los codos sobre sus rodillas, las manos entrelazadas—. Tú has venido a mí.

—¿De qué estás hablando?

—El trabajo de los cazadores no era capturarte —frunzo el ceño—, era rastrearte para luego pedir apoyo. ¿Sabes por qué?

No me gusta adónde va esto, aprieto los labios y él continúa:

—Porque no es posible que cazadores Purasangres como ellos puedan derrotar y capturar a una Purificadora como tú, así que eso solo quiere decir que te dejaste capturar, ¿no es así, Morgan?

Mierda.

«Él… no es alguien a quien quieras hacer frente, ni mucho menos provocar». Las palabras de Rea vuelven mi mente. Shadow no duda en llenar el silencio.

—Tu captura coincide con la desaparición de los líderes de mi fuerza militar, lo que me lleva a pensar que estás involucrada en ello.

—No sé de qué estás hablando.

—No eres la primera criatura que cree que puede superarme, Morgan. No he llegado a donde estoy por falta de inteligencia.

—Estás donde estás porque eres un maldito.

—¿Y no lo somos todos? —Shadow estira los brazos a los lados—. Todos cargamos con nuestra oscuridad, nuestras maldiciones cada día.

—Deja la lástima por ti mismo para otro día.

—¿Lástima? —bufa—. Esa es una emoción que no echo de menos.

Me lo quedo mirando durante unos segundos, observo cómo la burla no llega a sus ojos, su mirada se mantiene fría y vacía, es como si estuviera viendo una estatua insensible del Shadow Purasangre, un cascarón vacío.

—Entonces —continúa él—, asumo que tu camino se ha cruzado con el de Everild —me tenso al escuchar ese nombre—, porque mis líderes fueron a por ella y no volvieron y tú apareces de la nada después de eso. ¿Cuál es el plan, Morgan? ¿Infiltrarte? ¿Distraerme para que no vaya yo mismo y descubra qué es lo que planea esa desertora?

Dejo de respirar y juego, en la medida que me permiten las ataduras, con las manos.

—No sé de qué planes estás hablando, yo… Esto es tan vergonzoso que no quiero decirlo, pero es culpa tuya.

Shadow parece confundido.

—Tú restableciste el vínculo —murmuro—. Yo… pude sentirlo todo…, y ahora siento esta necesidad de estar cerca de ti que odio con todas mis fuerzas.

Mentiras. Shadow no dice nada, así que sigo:

—No me malinterpretes, aún planeo destruirte, es solo que pensé que tendría más oportunidades de hacerlo estando cerca de ti, y así este estúpido vínculo dejará de hacerme sentir tanto dolor. Esa agonía no es buena para mis hijos.

Aparto la mirada al decir eso último. No tengo ni idea de qué estoy haciendo, pero lo que sea para desviar su atención de nuestros planes. Lo ha descubierto todo con tanta facilidad que, si no lo odiara con todo mi ser, lo felicitaría.

Shadow se pasa la lengua por los labios, observándome en todo momento como si quisiera verificar la verdad de mis palabras al evaluar mi expresión.

—No sabes mentir, Morgan.

—No estoy mintiendo.

—Adormecí lo que pude del vínculo en cuanto supe tu ubicación, así que no has podido sentirlo completamente.

«¡Mierda!». No digo nada.

—Independientemente de tus motivos, has venido a mí y me has facilitado muchas cosas. —Se retrepa en el trono—. ¿Has terminado?

Shadow levanta la mano para liberar a los paralizados, pero, antes de que pueda hacerlo, le pregunto:

—¿Por qué lo has hecho?

Baja la mano.

—Por qué he hecho ¿qué?

—¿Por qué ir tan lejos para salvar almas perdidas?

—¿Por qué no?

—No es como deben ser las cosas, la naturaleza nos ha creado por una razón: purificar este mundo. ¿Por qué ir en contra de tu naturaleza después de hacer la Purificación?

—Después de todo lo que has pasado, sigues siendo tan ingenua…

Aprieto la mandíbula: eso quema.

—Era ingenua, ya no, Shadow. —Su nombre deja mis labios con rabia—. Ya no soy la estúpida que podrás manipular con palabras y sentimientos falsos.

La frialdad de su expresión es reemplazada por aburrimiento.

—Ya veo de lo que va esto —se pone de pie—: estás dolida por lo que te hice y has venido por una explicación, ¿no? Quieres que te diga que en realidad sí tengo sentimientos hacia ti, que te usé, pero planeo rogar tu perdón porque me enamoré sin querer de ti. ¿Es eso, Morgan?

La rabia me impulsa, no lo pienso: corro hacia él y, como tengo las manos atadas, uso mi frente como arma para estamparla contra su arrogante rostro. El sonido de hueso quebrándose resuena por todo el lugar y Shadow da dos pasos atrás, casi estrellándose con el cuerpo paralizado de Kain. Me mira, completamente sorprendido, por primera vez esa máscara de frialdad parece romperse.

—Sí, estoy dolida y mi corazón arde al escuchar tu voz, al verte; sin embargo, esa no es la razón que me ha traído aquí, Shadow, te lo puedo asegurar: no voy a cometer el mismo error dos veces. No eres nada más que el enemigo para mí. —Se recoloca la mandíbula desplazada, la parte derecha de su rostro sangra hasta que sana—. En este momento, no estás ante una Purificadora dolida, estás enfrentado a tu futura destrucción. —Mi frente sangra asimismo hasta sanar—. Un día, yo te destruiré, Shadow.

Al estar frente a él, trago saliva trabajosamente, su altura y aura fría me intimidan un poco.

—Interesante desafío, pero ¿qué puedes hacer tú con esos poderes mediocres que tienes? —Da un paso hacia mí y me niego a retroceder. Detesto la forma en la que mi cuerpo reconoce su cercanía, casi anhelándola—. ¿Tienes idea de la magnitud de mis poderes?

Shadow estira su mano hacia mi mejilla, me dispongo a apartarme cuando habla de nuevo:

—No te muevas. —La profundidad del rojo de sus ojos me paraliza y sé que está utilizando sus poderes mentales. Lucho por moverme, por levantar las manos, pero es imposible. Shadow abre su mano y una daga se materializa en ella—. Qué fácil sería para mí terminar con tu existencia. —Acerca la daga a mi rostro, la punta afilada roza mis labios—. Te recomendaría que no me provocaras, Morgan, puedo ser muy creativo cuando me hacen enfadar.

Aparta el arma y yo tuerzo la boca antes de decirle a la cara:

—Vete a la mierda.

Se inclina hasta que su rostro queda al mismo nivel del mío, hasta que puedo ver cada detalle de esa cara tan atractiva que, aunque acabo de golpear, no ha perdido nada de belleza... Incluso las manchas de sangre sobre su mejilla por el golpe que le he dado le quedan bien.

—¿Quieres destruirme? —Sus ojos no dejan los míos—. Te invito a intentarlo.

Él libera mi mente y lo agarro del cuello, con rabia.

—No me subestimes —digo entre dientes y él sonríe con malicia, tomándome de la cintura y presionándome contra él. Me coge desprevenida, y cuando reacciono, su boca está tan cerca de la mía que nuestros alientos se mezclan. Mi cuerpo me traiciona al disfrutar de esa proximidad porque él fue mi único amor, y porque la sensación de su cuerpo contra el mío es familiar, correcta, aunque toda esta situación de mierda no lo sea—. Suéltame.

Shadow usa su mano libre para trazar el contorno de mi rostro, y en sus ojos rojos hay un destello de emociones, no solo vacío.

—Puedes luchar todo lo que quieras, Morgan. —Su mano acuna mi mejilla, mientras con el pulgar me roza los labios—. Volverás a mí. Te lo prometo.

Quiero protestar, y entonces él me suelta, levanta la mano y me eleva en el aire con lentitud para devolverme al mismo lugar frente a su trono donde he estado al principio. Sin embargo, mientras floto, algo pasa en mi mente.

Parpadeo y estoy sentada en la hierba verde a la orilla de un acantilado con mi mano levantada, un niño flota en el vacío frente a mí. Un amanecer florece frente a nosotros. Aunque sé que no soy yo, que este es el recuerdo de alguien más, solo puedo ver cómo mi poder es el que está elevando al niño. Giro el rostro a un lado para ver a quien me acompaña y escucho una voz decir mi nombre.

Jericho.

Parpadeo para regresar a la realidad en el momento justo en que aterrizo frente a los escalones que llevan al trono, en el cual Shadow ya se ha sentado como si nada. Libera a todos los paralizados y estos comienzan a moverse, sin tener ni idea de la conversación que su rey y yo hemos mantenido. Yo sigo tratando de procesar ese recuerdo que acaba de llegarme, ¿cómo he tenido un recuerdo que le pertenece a Jericho?

—Kain —Shadow llama a su hermano—, llévatela.

Este baja las escaleras y se detiene frente a mí.

—Nos vemos de nuevo, Morgan. —Esa sonrisa que solo pude imaginar tantas veces en mi cabeza cuando no podía verlo es tan burlona como esperaba.

Aunque tiene el mismo cabello negro y ojos rojos que su hermano, las facciones de Shadow son mucho más definidas, más varoniles y atractivas. Kain intenta tomarme del brazo y yo retrocedo.

—No me toques, puedo caminar sola.

Él alza sus manos en señal rendición.

—De acuerdo, sígueme.

Lo sigo por un pasillo al lado del trono y le echo un último vistazo a Shadow; sus ojos ya no están sobre mí, sino sobre Vincent, quien comienza a hablar, pero me alejo sin poder escuchar. Subimos unas escaleras que parecen eternas, he subestimado lo grande que es este lugar. Kain me guía hasta una puerta de madera asimismo inmensa y la abre para mí; yo solo lo miro y él suspira.

—Vamos, entra.

Lo obedezco dando un paso hacia el interior; es una habitación enorme, con dos pequeñas ventanas enrejadas y una cama a un lado.

—Esta es tu habitación, mucho mejor que una celda mugrosa, ¿no?

Noto cadenas de ese mismo líquido fluorescente alrededor de las rejas de la ventana. Kain sigue mi mirada.

—Ah, sí, eso: energía de los Durmientes, la misma que tienes en las ataduras de las manos, rodea esta habitación; una vez que cierre la puerta, no podrás salir.

—Una celda con una cama, ¡qué considerados!

—Oh, puedes hablar —Kain se cruza de brazos—, pensé que habías perdido el habla.

No digo nada y me acerco a una de las ventanas, la brisa que entra me refresca el rostro.

—¿Por qué? —le pregunto y me vuelvo para mirarlo—. Estoy segura de que tienen celdas en este lugar, ¿por qué una habitación tan cerca del trono?

—Él te quiere cerca.

Eso me hace sonreír con burla.

—¿Tanto miedo me tiene?

—¿Miedo? —Kain sacude la cabeza—. Como si él *pudiera* sentir miedo en ningún caso.

—Claro, olvidaba la frialdad del Rey Insurgente.

—No, él *no puede* sentir nada, literalmente —me explica Kain—. Es algo… —Ladea la cabeza—. ¿No lo sabes?

—¿Qué?

—Los Purificadores pierden la capacidad de sentir después de hacer la Purificación.

—Eso es mentira, yo puedo sentir.

—Porque estás embarazada —replica Kain con una mueca—. Tus hijos son capaces de sentir y por eso puedes hacerlo, supongo que son tu conductor de emociones. Una vez que nazcan, con ellos se irán tus sentimientos.

—Estás mintiendo. —Bufo porque con lo que acaba de pasar entre Shadow y yo, él definitivamente puede sentir las emociones del vínculo, lo he visto en sus ojos.

—Ya quisiera… —la tristeza invade su expresión—, daría lo que fuera porque mi hermano pudiera sentir otra vez.

Eso no puede ser, Kain debe de estar jugando con mi mente.

—Supongo que eso los hace el uno para el otro: los únicos Purificadores que han hecho la Purificación y no pueden sentir nada —declara Kain con una sonrisa sombría—. Bueno, te dejo para que te pongas cómoda.

Se acerca y libera mis ataduras antes de salir; cuando está a punto de hacerlo, retrocede hasta quedarse en el marco de la puerta.

—¿Quieres mi consejo, Morgan? —No lo quiero, pero sé que hablará de todos modos—. No lo provoques, no hay límites para alguien que no puede sentir nada.

—Creo que has malinterpretado mi silencio; no somos amigos, Kain.

Él sonríe, me hace una reverencia, y yo frunzo el ceño.

—Solo hago mi trabajo, su majestad.

—¿Qué haces?

—Todo rey necesita una reina, Morgan.

Y, tras pronunciar esas palabras se va, cerrando la puerta de golpe.

# XVIII

## MORGAN

—¿Crees que somos algo malo? —le había preguntado a Milosh en un día soleado cuando éramos unos niños descubriendo nuestros poderes. Ambos estábamos sentados en un campo de girasoles que yo había creado sin querer detrás del jardín de casa, aún no sabía controlar nada. Milosh sonrió y acarició una flor con cuidado de no romperla.

—No lo sé.

—Creo que sí lo somos porque papá me hace daño.

—Papá... —Su voz dudó, sus ojos jade fijos sobre el girasol—. Quisiera que pudiéramos escapar, Morgan.

Mi mirada cayó sobre su brazo. Pude ver las marcas de líneas negras ya casi desvanecidas por completo de su piel.

—¿Sabes qué son? —Señalé las marcas.

Él sacudió la cabeza.

—Solo sé que, cuando duele mucho, cuando papá... —él no terminó—, mi mente se queda en blanco, siento mucho poder y ahí es donde aparecen.

Estiré la mano y mi dedo hizo contacto con una línea de su brazo. Una corriente viajó por mi dedo hasta mi brazo y aparté la mano de golpe. La línea se iluminó ligeramente hasta volver a su opaca normalidad.

—¿Has visto eso? —le pregunté confundida.

Milosh frunció el ceño, me miró de frente y levantó las manos, las palmas abiertas hacia mí. De inmediato, puse mis palmas contra las suyas para ver qué pasaba. Milosh cerró los ojos y observé fascinada cómo las líneas sobre sus brazos se movían y crecían hacia sus dedos hasta alcanzar los míos y fluir por mis brazos, podía sentir el poder de mi hermano mezclarse con el mío.

Milosh abrió los ojos y quedó sorprendido al ver lo mismo que yo. Ambos nos sonreímos, fue la primera vez que entrelazamos nuestros poderes.

El rostro infantil y sonriente de Milosh es lo último que veo antes de abrir los párpados y despertar de ese sueño, de ese recuerdo. Es extraño cómo pedazos de mi niñez aparecen en mi mente de pronto. Levanto el brazo y estiro la mano en el aire, separando los dedos. Por un segundo, veo mi mano y el techo, pero, cuando parpadeo, es una mano diferente que sostiene una daga ante un cielo rojo.

*Rangahar.*

Una voz masculina susurra algo en un idioma desconocido que, por alguna razón, puedo entender.

*Supongo que es como debe ser.*

La daga chorrea sangre. Aparto la cara, esperando sentir las gotas sobre mi piel, que nunca llegan a mí. Miro de nuevo mi mano y ha vuelto a la normalidad.

*Morgan…*

Me siento en la cama, echando una ojeada a toda la habitación: está vacía. ¿Por qué sigo recibiendo estos extraños recuerdos que no me pertenecen? Rangahar, ese nombre, lo percibí cuando estuve en el lugar de los Durmientes, otro Purificador. ¿Acaso estamos conectados de alguna forma? Eso no tendría sentido, ¿por qué ahora? Antes no pude sentir nada de ellos…

Antes de la Purificación…

Definitivamente, la Purificación me ha cambiado hasta un punto que aún no puedo comprender y al único que podría preguntarle sería a Shadow y no lo haré: me ha mentido lo suficiente como para creer en sus palabras o en las de cualquiera de sus secuaces.

Me paso la mano por la cara. No tengo ni idea de la hora, pero me siento agotada, últimamente siempre lo estoy. Lyla dijo que es normal con el embarazo, y aún más al ser dos. También me dijo que, como no sabíamos qué especie serían, no conocemos sus necesidades o cuánto de mi poder y de mi sangre necesitan para alimentarse dentro del vientre.

Me paro y camino hacia la ventana. The Blackness se ve como un pueblo humano, calles llenas de tiendas con docenas de humanos, convertidos y Purasangres que caminan como si nada e interactúan entre ellos con normalidad. Eso me sorprende, nunca he visto algo así. No suele ser todo tan civilizado, lo que siempre he visto han sido las especies cargando ese odio entre ellas todo el tiempo. Frunzo el ceño al ver a un Purasangre sonreír y devolverle una pelota a un niño humano que lo ha golpeado accidentalmente.

—Refrescante, ¿no es así?

La voz de Shadow me hace brincar de sorpresa porque no lo he sentido en absoluto, ni siquiera lo he oído abrir la puerta. Me giro para verlo apoyado con el hombro en el marco de la puerta, con los brazos cruzados sobre el pecho. Todo de negro, como siempre; sin embargo, su estilo ha cambiado, sus ropas son más formales y lleva guantes negros de cuero que dejan al descubierto solo la punta de sus dedos. Su cabello negro, que enmarca su pálido rostro, parece haber crecido. El detalle que más resalta es esa rosa marchita carmesí en su pecho.

«Traidor. Mentiroso».

No obstante, la mayor diferencia siempre será su expresión, ese vacío. No es solo una expresión fría, es como si fuera un cascarón hueco. Ante mi silencio, él habla de nuevo:

—Si creas un buen sistema y ejecutas las leyes al pie de la letra, obtienes una sociedad funcional y civilizada.

—¿Se supone que eso debe impresionarme? —replico sin apartar la mirada—. Poco me importa cómo estableciste tu reino de mierda.

—Cuánta rabia… —dice Shadow fríamente—. Saborea la intensidad de esa rabia, no volverás a sentirla cuando ellos nazcan.

—Oh, claro, porque perderé la capacidad de sentir, como tú, ¿no? ¿Piensas que voy a creerme todo lo que me dices otra vez?

—Creo que necesitas un cambio de actitud. —Da un paso hacia el interior de la habitación y descruza los brazos—. No puedes hablarme así frente a mis súbditos o mi guardia real.

—¡Oh!, ¿de verdad?

—¿Quieres que active nuestro vínculo por completo? ¿Que te haga sentir con toda la intensidad ese amor tan profundo con el que luchas cada día?

—Ese amor ya no está.

La malicia que llena su mirada no me gusta y lo veo levantar la mano y susurrar algo. La marca del vínculo arde en mi espalda, hormiguea y se extiende por mis extremidades hasta llegar a mi pecho.

«No».

Shadow da un paso hacia mí y yo retrocedo porque todo mi cuerpo quiere acercarse a él, como si le perteneciera de pies a cabeza. Choca con la pared y Shadow se detiene frente a mí, observándome con intensidad mientras lucho con la calidez que me produce su cercanía por culpa del vínculo. Sostengo mi pecho, controlando mi respiración. Estira la mano hacia mí y la golpeo con fuerza, contra todo instinto del vínculo.

Pero él no se rinde y vuelve a intentarlo; esta vez, mis manos no me responden y la suya se ahueca en mi mejilla, su pulgar acaricia mi labio inferior.

—Aunque me odies y quieras asesinarme, sigues siendo mía.

Una vez más contra todo instinto, muerdo su dedo y él retira la mano de golpe, pero esa estúpida sonrisa arrogante aún sigue sobre sus labios.

—Vamos a ir a un desfile —me dice, volviendo a tomar mi mejilla—. No puedo arriesgarme a que te portes como una salvaje.

No encuentro mi voz; no sé qué demonios está haciendo, pero me ha inmovilizado y me ha silenciado.

—Te portarás bien, me encargaré de eso. —Shadow se inclina hacia mí y quiero empujarlo; sin embargo, mis manos no se mueven. Él susurra algo en mi oído, palabras extrañas, y siento el cambio en mi cuerpo, cómo se evapora la rabia, la frustración. Cuando se separa, sus ojos rojos buscan los míos—. Vas a cambiarte, te pondrás el vestido que yo envíe y te encontrarás conmigo en el trono en media hora.

Me muerdo la lengua intentando que el dolor me permita hablar, pero no funciona. Finalmente se va, deja la puerta abierta y, como si yo no tuviera alma, hago exactamente lo que me dijo y lo odio por ello.

El vestido es negro y tiene la insignia de Nhyme, esa fea rosa marchita en la parte delantera. Me encuentro con Shadow en el salón del trono, donde está rodeado de su guardia. Comienza a caminar y me susurra que lo siga; la guardia va detrás de nosotros y Kain y Vincent nos flanquean. Aprieto los puños a mis costados porque es todo lo que puedo hacer.

Al dar un paso afuera, el frío de este lugar golpea mis hombros desnudos. Bajamos las escaleras frontales y llegamos a la calle; la gente se aparta, creando una especie de pasillo, y hace una reverencia entonando ese juramento del Rey Insurgente. Miradas curiosas caen sobre mí, pero, sobre todo, miradas ¿agradecidas? Claro, olvidaba que yo he sido la razón por la que ellos sobrevivieron.

Shadow se detiene en medio de la multitud y se gira hacia mí. Mi pecho sube y baja ante el nerviosismo de no saber qué hará. Todos los ojos están sobre nosotros. Él se inclina hacia mí con cuidado y murmura en mi oído.

—Bésame.

La orden se registra en mi mente y quiero golpearlo con todas las ganas. Él se endereza y, para mi horror, me siento sonreírle antes de envolver mis brazos alrededor de su cuello para acercarme. Soy una marioneta y la impotencia me llena los ojos de lágrimas. Lucho por hablar y mi mirada encuentra la suya.

—No hagas esto.

Mi voz es un susurro que apenas puedo conjurar contra toda orden del vínculo. Shadow me observa, su rostro a escasos centímetros del mío, y pone sus manos alrededor de mi cintura para presionarme contra él. Puedo sentir la firmeza de cada músculo debajo de sus ropas y recuerdo que eso ya lo he sentido antes. Sus ojos rojos indagan mi expresión antes de caer sobre mis labios.

—¿Por qué no?

—Porque… —me esfuerzo por poder hablar— ya me has quitado tanto…, ¿no has tenido suficiente?

Tuerce los labios y me suelta de golpe. Doy un paso atrás y me tambaleo hasta recuperar el equilibrio. Siento la orden de besarlo desaparecer de mi mente. Shadow se gira, quedando de perfil hacia mí. Tensa la mandíbula y comienza a caminar de nuevo.

Lo sigo en esa especie de desfile y solo puedo observar a todos los que le hacen reverencias. No obstante, muchos comienzan a bajar la cabeza ante mí y a darme entre susurros las gracias. Una convertida se sale del grupo y corre en mi dirección. Por un segundo, creo que me atacará, por lo que me paro en seco; sin embargo, ella se arrodilla frente a mí y extiende sus brazos hacia delante, antes de poner su frente contra el suelo en señal de sumisión absoluta.

—Humildes palabras de agradecimiento no son suficientes, su majestad —su voz se rompe—, así que le ofrezco mi lealtad hasta el final de mis días; sé que soy una simple convertida que vive gracias a su bondad, pero aquí estaré.

—¡Eternidad a nuestra Reina Creciente! —grita alguien entre la multitud, y lo siguen más personas—. ¡Por su gracia, respiramos el aire fresco de este día!

«No. Paren».

Miro mi alrededor y solo veo expresiones agradecidas. Shadow está de espaldas a mí, por lo que no tengo ni idea de su expresión, su control aún no me deja hablar por mí misma, así que hago lo que puedo. Cuando la convertida levanta la cabeza para unirse a las exclamaciones, busco sus ojos para indagar su alma. Quiero saber qué tipo de alma perdida he salvado, no puede ser tan inofensiva como se ve.

La convertida hace una mueca de dolor mezclada con sorpresa, como si no se esperara mi ataque. Aprieto los puños y busco en su alma, pasando por recuerdos de su crianza en un clan pequeño, sus intentos de perfeccionar su elemento: fuego. Busco el momento que manchó su alma, que la marcó como perdida y lo encuentro. La sangre escapa de la nariz y de los ojos de la convertida, pero nadie hace nada, nadie se atreve a intervenir, de manera que continúo. Caigo en ese recuerdo por completo.

La convertida corría desesperada por el Bosque Oscuro. Algo la perseguía, ella llevaba un niño humano de la mano. El pequeño apenas podía seguir el paso, así que ella lo cogió en brazos para correr más rápido. Dos Purasangres se materializaron frente a ella, deteniéndola de golpe. La chica dejó al niño en el suelo y lo puso a su espalda para protegerlo.

—¡Por favor! ¡Ustedes ni siquiera se alimentan de humanos!

Uno de los Purasangres se echó a reír.

—¿Quién puede decir que no a un jugoso niño humano? Sangre dulce.

—Además, lo necesitamos —agregó el otro—, ya se desangró uno de los que teníamos en nuestra colección de juguetes vivientes.

—Aliméntense de mí, por favor, hagan lo que quieran conmigo, pero es… —les rogó—, es solo un niño.

El pequeño salió de detrás de ella y se puso a su lado; su expresión intentaba transmitir enojo. Los Purasangres se rieron y se abalanzaron sobre ellos. La convertida empujó al niño con ímpetu de nuevo a su espalda para ser ella quien recibiera los golpes de los Purasangres. Uno de ellos la agarró del cuello y apretó con fuerza. Con todo, el olor de sangre fresca llenó el ambiente y los distrajo.

—Ah, ya nos arruinó la cena —dijo el Purasangre y la soltó. Ella cayó al suelo rocoso, tosiendo, y los Purasangres se fueron.

La convertida se giró para buscar al niño y lo encontró en el suelo, un charco de sangre debajo de su cabeza. Se había golpeado con una roca cuando ella lo empujó.

—No, no, no, no. —Se arrastró hacia él—. ¡Terry! ¡No! —Le puso la cabeza sobre su regazo, sus manos temblorosas llenas de la sangre del pequeño—. No, por favor. —Lo atrajo a su pecho para abrazarlo—. Lo siento tanto, Terry, lo siento tanto…

Puedo ver la oscuridad comenzar a rodear el aura de su alma. Frunzo el ceño y salgo de su mente porque no puedo soportar verla llorar sin consuelo con el niño entre sus brazos.

Vuelvo a la realidad y me fallan las piernas. Creo que voy a caer, pero el poder de Shadow me envuelve y me ayuda a mantenerme de pie. La chica convertida se limpia la sangre de la nariz y me brinda una sonrisa llena de tristeza, como si entendiera que necesitaba ver. Su recuerdo me ha confundido tanto… Ella no quiso matar al niño, fue un accidente, su alma no pudo ser marcada por eso, no debería ser así, algo está mal, quizá vi el recuerdo mal.

Shadow sigue de espaldas a mí, aunque me mira por encima del hombro. Puedo ver el perfil de su cara, el movimiento de sus labios al susurrar solo para mis oídos.

—Todo es blanco y negro cuando se trata de la naturaleza —eso me confunde aún más—, no hay variantes, no hay accidentes, no hay análisis, no hay razonamiento. Es simple y directo, si la vida de alguien terminó por tu culpa, eres un alma perdida.

«No…».

—Tampoco hay lugar para el arrepentimiento. Si cometes un solo error que te marque, puedes pasar siglos remediándolo, y seguirás marcado como alma perdida cuando llegue la Purificación. —La curva del labio de Shadow se levanta en una ligera sonrisa melancólica—. Bienvenida a la cruel realidad de tu especie, Morgan.

Y, dicho eso, comienza a caminar de nuevo. Yo ya no siento la orden de seguirlo.

—Kain —ordena Shadow—, llévala de vuelta.

Estoy tan confundida que no me quejo cuando Kain me guía de regreso, tengo muchas cosas que pensar. No soy tan idiota para confiar en las palabras de Shadow, pero en lo que sí puedo confiar es en lo que vi en el alma de esa convertida. Ella está claramente marcada como alma perdida, aunque la situación que la marcó no tenga sentido, ella no hizo nada a propósito.

Vuelvo a sentirme en la oscuridad respecto a lo que soy, a mi propósito en este mundo. Quizá en aquel recuerdo con Milosh, yo tenía razón al sospechar que no somos del todo buenos, tal vez no existe nada como la bondad completa o la maldad absoluta. Y, para nuestra desgracia, mi especie no parece ser capaz de entender las áreas grises, solo blanco y negro.

# XIX

# MORGAN

Silencio…

El ruido del viento acariciando la hierba resuena en mis oídos. El sol de verano calienta mi piel, el olor a carne quemada mezclada con sangre me hace arrugar la nariz. Estoy acostada sobre esa hierba, así que echo un vistazo a un lado y veo el sinfín de cadáveres: humanos, convertidos, Purasangres.

¿Esto es todo? Una falsa sonrisa llena mis labios. Mi desprecio por ese sol tan brillante crece, la forma en la que ilumina toda esta muerte me da náuseas, así que levanto la mano y murmuro para llamar a las nubes, y, en unos minutos, grandes gotas de lluvia caen sobre mí.

«Esto está mucho mejor». La lluvia mitiga el olor a muerte y me moja de pies a cabeza. Sin embargo, el silencio es el recordatorio constante de que no hay vida a mi alrededor, de que cada una de las vidas en este campo han sido eliminadas.

¿Cuándo terminará? ¿Cuándo seremos libres de este ciclo de dolor? ¿Cuántas veces más tendremos que perderlo todo? ¿Ver cómo todo se derrumba, cómo todo muere a nuestro alrededor?

Somos Purificadores, creadores, no destructores.

¿De verdad? ¿De verdad es lo que somos?

Abro los ojos de golpe, la sensación de nostalgia, de agonía, oprime mi pecho. Mi memoria es confusa, ¿por qué sigo teniendo recuerdos de otros Purificadores? Me paso la mano por la cara y me levanto para caminar hacia la ventana. El sol matutino ilumina las calles de este lugar, todos sus habitantes mezclándose y compartiendo como si fueran de la misma especie. No tengo una idea exacta de cuántos días han pasado, se han vuelto iguales, y cada noche me quedo dormida más temprano. Sé que toda mi energía se va a mis hijos, puedo sentirlos alimentándose de cada pequeño brote de poder que recupero de la naturaleza.

Afortunadamente, no he visto a Shadow desde el día del desfile, parece haberme dejado tranquila después de lo que pasó. El que sí ha venido a molestarme ha sido Kain, para alimentarme. Las primeras veces me negué, pero con el paso de los días me iba debilitando y fui consciente de que, si quería sobrevivir, tenía que ser más inteligente que orgullosa.

Así que cedí y bebí. Mis bebés se regocijaron con la sangre de Kain, era antigua y mucho más poderosa que la de Milosh, y eran esos momentos los que servían de recordatorio de la diferencia abismal entre los poderes de los primeros y nosotros.

«Tú puedes llegar a ser tan poderosa como él». Mi mente aboga a mi favor al recordar lo que me dijo Everild sobre cómo yo podría llegar a ser rival para Shadow.

He pensado mucho estos días, entre estas cuatro paredes es lo único que puedo hacer. He analizado todo lo que he visto desde que llegué a The Blackness. Shadow no parece mentir con eso de que no puede sentir nada, lo que explicaría la frialdad con la que hace las cosas. Kain lo sigue y lo obedece sin rechistar, su relación no irradia hermandad, sino lealtad; es como si Kain lo respetara y viviera para servirlo y nada más, como si se guiaran estrictamente por el hecho de ser Protector y Purificador, no hermanos. Así que puedo descartar la estrategia de usar a Kain para obtener algo, pues nunca traicionaría a Shadow. Lo que sí puedo hacer es conseguir que hable de más: he notado que no es muy cuidadoso con sus palabras, quizá pueda sacarle alguna información sin que se dé cuenta.

Otra cosa que he entendido es la lealtad que sienten los habitantes de este lugar hacia Shadow, tiene sentido: él cumplió su promesa de salvarlos de la Purificación y les ha brindado un lugar próspero y seguro. Lo importante para ellos es su vida, no la forma asquerosa y retorcida que Shadow usó para salvarla.

Instinto de supervivencia.

Lo que aún carcome mi mente es lo que pasó con esa chica en el desfile, su recuerdo. Necesito encontrar más información sobre mi especie, y no puedo confiar en lo que Shadow dice o me muestra, podría estar todo amañado. Tampoco puedo olvidar mi objetivo al venir aquí: Jericho y el cuarto sellado donde Shadow mantiene información sobre nuestra especie.

Suspiro, mi clan debe de estar preocupado, aunque ellos saben que solo me comunicaré a través de Redwood en caso de emergencia. Solo espero que no vengan a por mí, sería estúpido y arruinaría todo lo que hemos planeado.

—Has despertado pronto hoy. —Kain entra sin avisar como la criatura sin modales que es.

Hoy… es un día especial para The Blackness.

El día de mi coronación. Kain me informó de ello hace poco. Shadow es el creador de este lugar y para poder hacerme su reina necesita celebrar una ceremonia de vinculación entre este lugar y yo. Pensé en negarme, pero lo he meditado con la cabeza fría: enlazarme con este lugar puede llegar a ser una ventaja, siendo reina puedo acceder a todos, puedo tener poder. Puedo usarlo todo a mi favor. Necesito pasar de ser una cautiva a un miembro activo y poderoso de este reino. Kain ha dicho que es una formalidad, que Shadow mantendrá la distancia, que no me tocará, que solo necesita una reina para demostrar unificación de nuestros poderes. El primer Purificador y la última gobernando juntos, un frente falso. En realidad, creo que busca controlarme de algún modo, quizá ya no planee encerrarme en los Durmientes y al vincularme a este lugar, me forzaría a protegerlo.

Me esfuerzo por no insultar a Kain tan temprano y le dedico una sonrisa descorazonadora.

—Tengo muchas cosas que hacer hoy.

—¿Se te ofrece algo antes de prepararte para la coronación?

Esa pregunta me hace reír, como si pedirle que me sacara de aquí fuera una opción. «Espera… Eso es». Empiezo a hablar antes de que la idea se forme en mi cabeza. Pongo la mano sobre mi vientre.

—Necesito aire fresco, necesito salir de aquí. Este encierro nos está afectando, puedo sentirlo.

Kain me observa, como si buscara la mentira en mi pose, en mis ojos.

—Por esa ventana entra mucho aire.

—No es lo mismo y lo sabes: soy una Purificadora, necesito la naturaleza, el contacto con ella.

—Las órdenes de Shadow han sido claras.

—Él no tiene que saberlo.

Kain bufa.

—No voy a caer tan fácilmente, Morgan.

—¿Caer? Solo te estoy pidiendo un poco de empatía por alguien que lleva en su vientre dos criaturas, ¿o es que eres tan desalmado como tu hermano?

Él no dice nada y sé que es mi pequeño agujero para meterme en su cabeza.

—Irás conmigo, llevaré las ataduras de los Durmientes en todo momento —agrego para convencerlo—. Una caminata, por favor.

Odio rogarle, pero sé que no se lo espera y lo desconcierta, porque solo lo he insultado desde que llegué. Casi puedo ver la lucha en su expresión.

—Sabes bien que no puedo escapar, Kain, no tengo fuerzas y me atraparían en minutos si lo intentara.

—De acuerdo —accede de mala gana, como si ya se estuviera arrepintiendo—. Pero a la más mínima, volvemos.

—Gracias —murmuro con honestidad.

Después de reforzar mis ataduras, abandonamos la habitación y salimos al helado pasillo que, por un lado, lleva al trono y, por el otro, al parecer, a una salida, porque es el que seguimos. Después de bajar unas escaleras, dejamos la oscuridad de ese lugar atrás, la luz directa del sol sobre mi cara me refresca y me hace sentir viva. Estamos en los jardines llenos de flores del castillo que Shadow habita como rey de este lugar y, mientras nos alejamos, puedo entender por qué. El castillo está erguido sobre una colina que lo hace sobresalir, como una nube negra constante, observadora, sobre The Blackness. Es un símbolo de poder y superioridad.

Kain no es estúpido, por supuesto que me guía a una parte de los jardines del castillo, pero no muy lejos. Es un comienzo, tengo que ganarme su confianza para que esto de los paseos se vuelva frecuente. Por ahora, debo encontrar la forma de llegar a los Durmientes para sacar a Jericho o a ese cuarto sellado.

La brisa fresca se siente increíble contra mi piel. Observo lo que me rodea, la belleza de las flores, de los árboles frondosos, lo verde de la hierba… Y pensar que la criatura que ha creado algo tan hermoso como esto es capaz de hacer todo lo que hizo. Shadow es la representación de lo cegadora que puede llegar a ser la oscuridad y que todos podemos crear cosas hermosas sin importar nuestra verdadera naturaleza.

Kain se queda observando un árbol en concreto y pasa su mano por el tronco como si estuviera perdido en el recuerdo. De perfil, se parece aún más a Shadow.

—¿Recordando algo? —Rompo el silencio porque la nostalgia en su expresión es demasiado obvia. Kain no me mira, solo sonríe antes de responder.

—¿Lo habrías matado? —Se gira hacia mí, sus ojos observantes—. Si hubieras tenido control sobre la Purificación, ¿habrías eliminado a Shadow?

—Por supuesto.

—¿De verdad? Si aún creyeras que él es ese Purasangre del que te enamoraste y hubieras tenido el control, ¿habrías hecho la Purificación?

Mi mente viaja en el recuerdo de ese «te amo» susurrado sobre los labios de Shadow antes de la Purificación, verlo en la distancia mientras ascendía al cielo para hacer lo que debía. El dolor que sentí en ese instante fue devastador.

—Supongo que nunca lo sabremos —respondo con frialdad—. ¿Por qué lo preguntas? ¿Aún piensas en Everild?

Kain se tensa y su expresión se endurece.

—Veo que ella sigue contando cosas sin sentido, debería dejar el pasado atrás.

—No creo que sea ella la que necesita dejar todo atrás —le comento honestamente, y él entiende lo que quiero decir entre líneas. Se pasa la lengua por los dientes frontales como si le molestara hablar de esto.

—Deberíamos volver. —Se pone delante de mí y no tengo más remedio que seguirlo.

Cuando volvemos, se detiene en la puerta de mi habitación, como si esperara que le diera las gracias, y, cuando no digo nada, solo bufa y se retira. Al cabo de poco, dos Purasangres entran con ese uniforme real oscuro y sé que vienen a prepararme para la coronación.

El vestido es negro, sin mangas, deja al descubierto mis hombros y se aprieta ligeramente alrededor de mi cintura; la barriga del embarazo sobresale ligeramente. Una de las Purasangres sostiene un tarro lleno de ese líquido azul brillante: energía de los Durmientes. Con el dedo índice comienza a dibujar líneas que salen del valle de mis pechos y se extienden por mis hombros hasta bajar por mis brazos y cruzar mis dedos como huesos dibujados de tinta. Al terminar, parecen satisfechas con su trabajo.

—Su majestad está preciosa —me dicen al unísono con una reverencia. Yo me acerco al espejo y no reconozco a la criatura en el reflejo. Jamás fui amante de vestidos o adornos, ni siquiera cuando era una niña y mi madre insistía en que los utilizara. No tengo nada en contra de ellos, pero de pequeña nunca me parecieron cómodos; luego, comencé mi vida como convertida y solo eran un estorbo para pelear, así que mi estilo siempre se orientó hacia lo que fuera más cómodo para moverme en una pelea.

Me han peinado el negro cabello de manera que mi rostro aparezca por completo despejado y lo han adornado con diminutas cadenas de oro que caen hacia atrás. Mis ojos jade me devuelven la mirada, y recuerdo aquella noche que me atacó el *cruentus*, esa noche en que también me miré en el espejo y vi una guerrera llena de sangre con ropas desgarradas después de luchar por su vida. Lo opuesto a la criatura elegante y perfectamente arreglada que tengo ahora frente a mí.

Aquella noche contra el *cruentus*, usé mi fuerza y mis garras hasta el último momento; esta noche tengo que usar mi inteligencia y mi astucia para tener una oportunidad en esta batalla. Supongo que batallas diferentes requieren armas distintas.

Levanto la mano y trazo con el dedo una de las líneas dibujadas sobre mi pecho. El contacto envía una corriente de poder por todas mis extremidades. Parpadeo y mis ojos se vuelven rojos durante un segundo antes de regresar a la normalidad.

—Es la hora. —Kain aparece en la puerta de nuevo, va vestido de manera diferente. Se le ve más formal, pero esa insignia de rosa marchita permanece en su pecho, como si no usarla por un momento deshonrara a su rey.

Me doy la vuelta para mirarlo y él no dice nada más, ni tampoco muestra sorpresa ante mi cambio.

Sin ninguna atadura, emerjo de ese cuarto que se ha convertido en mi prisión. Kain camina detrás de mí con una mano cerrada en puño contra su espalda, al igual que las dos Purasangres, como si caminar a mi lado fuera una ofensa para mí como su reina.

Llego a la oscuridad detrás del trono e inspiro profundamente antes de dar un paso y luego otro para enfrentarme a todas esas criaturas que han venido a la coronación de una reina.

Una reina falsa y con motivos ocultos, pero una reina después de todo.

# XX

# MORGAN

El salón del trono está repleto de súbditos. Sus murmullos y conversaciones susurradas terminan de golpe en el preciso instante en que emerjo de la oscuridad y me paro al lado de Shadow. El silencio nos rodea mientras todos hacen una breve reverencia.

Él está sentado en el trono con esa expresión aburrida que ahora sé que le acompaña todo el tiempo. Me pregunto si es porque no puede sentir o porque ha vivido demasiado y ya nada lo entretiene. Quizá por ambas razones. Al otro lado del trono, Vincent y Kain están juntos de pie, con pose respetuosa cerca de su rey, como siempre. Casi pongo los ojos en blanco, su lealtad ante ese idiota es increíble. Un Purasangre vestido con unas ropas diferentes y una capucha oscura que apenas deja ver su rostro sale de entre la gente y se arrodilla frente al trono antes de girarse y dirigirse a todos los súbditos.

—Bienvenidos, pueblo de The Blackness, gracias por acudir a un evento tan importante como lo es la coronación de nuestra reina. —El carisma de ese Purasangre es evidente, tiene sentido que él lidere todo esto, Shadow no es exactamente una fuente de encanto—. Nuestro Rey Insurgente procederá a comenzar el ritual, así que les pido silencio y concentración para que nuestra reina pueda conectarse con nuestro hogar de forma exitosa.

Shadow se pone de pie y ni siquiera me mira mientras baja las escaleras frente al trono y se queda muy quieto ahí; la gente permanece a los lados de la alfombra, como si acercarse demasiado al rey fuera una ofensa. Shadow alza y estira la mano hacia delante, y una ola de poder lo deja, obligando a todos a dar un paso atrás. Luego, saca una daga y hace un corte profundo en su palma, la sangre gotea y cae sobre la alfombra. De pronto, todo tiembla, y algo viene, puedo sentirlo. El suelo se resquebraja frente a él y de las grietas salen ramas que van a parar a su mano.

Las líneas sobre mi piel se calientan, y cuando las veo me doy cuenta de que están brillando. Shadow me echa un vistazo volviéndose ligeramente y, sin hablar, sé que quiere que vaya hacia él. Bajo las escaleras y me uno, su mano ensangrentada toma mi muñeca con una gentileza que me sorprende y el contacto me hace sentir el vínculo entre nosotros con una fuerza que es difícil de manejar. Sus ojos rojos encuentran los míos, yo lamo mis labios, luchando contra el vínculo con todo mi ser. Gotas de su sangre suben por las líneas dibujadas sobre mi piel y se disuelven en ellas fácilmente.

Shadow guía mi mano hacia las ramas y estas me reciben con calidez y se enredan entre mis dedos. En ese momento, puedo sentir la conexión profunda con la base de este lugar, cada planta, cada río, cada bosque, cada criatura que habita en The Blackness. Puedo sentirlo todo. Levanto la mirada y veo a todos los súbditos frente a mí, puedo ver perfectamente la energía que recorre sus cuerpos, la energía que circula por las ramas frente a mí, y cómo están enlazadas a Shadow, como si él fuera su comienzo y su final.

Y pensar que llegué a amarlo hasta el punto de que quizá él también hubiera sido mi comienzo y mi final…

Es como si mi vista fuera más clara ahora. Vuelvo a mirar a Shadow, quien se centra en las ramas, y me sorprende ver la corona de espinas sobre su desordenado cabello negro. ¿Siempre ha estado ahí, invisible para todos? Presente sobre su cabeza todo este tiempo, y ha decidido mostrarla hoy. Quizá el ritual lo obliga a hacerlo.

El poder y la conexión con este lugar se arrastran por las líneas en mi cuerpo, suben por mi cuello, por detrás de mis orejas, hasta llegar a mi cabeza, y puedo sentir algo pesado comenzar a formarse encima de mi frente y seguir extendiéndose alrededor de mi cabeza. Cuando termina, las ramas liberan mi mano y vuelven a enterrarse en la tierra. No necesito tocarme la cabeza para saber que sobre ella descansa una corona.

Shadow toma mi mano y lucho para no apartarla de golpe, juntos subimos las escaleras al trono antes de girarnos y mirar a todos los asistentes.

—¡Inclínense ante su Reina Creciente! —El Purasangre carismático grita a todo pulmón y todos obedecen, se arrodillan y pegan sus frentes al suelo. Kain y Vincent hacen lo mismo.

Shadow suelta mi mano, así que lo miro y me quedo sorprendida al verlo caer sobre una rodilla y luego la otra para inclinarse y pegar asimismo su frente al suelo. Quizá sea parte del ritual, pero en este momento deseo que se quede así para siempre, que me ruegue por su vida, que me pida perdón por todo lo que me hizo, y, aunque no cambiaría el odio que siento por él, saciaría un poco mi sed de venganza.

«Ahí, de rodillas frente a mí, es donde debes estar, basura».

Aprieto los puños contra mis costados, ya llegará el momento en el que pueda destruirlo y causarle el mismo dolor. Shadow se pone de pie y clava sus ojos en los míos; esa corona visible sobre su cabeza y el poder que emana dejan claro que es el rey y señor de este lugar, pero ahora yo también lo soy. Tengo tanta conexión aquí como él, tanto respeto de la población de The Blackness como él. Sé que él ha hecho todo esto con la intención de controlarme, aunque no tiene ni idea del error que ha cometido.

Así que me esfuerzo por sonreírle con amabilidad, me esfuerzo por olvidar toda la mierda que ha hecho para que mi expresión parezca sincera, porque, aunque él no pueda sentir emociones, puedo ver en sus ojos lo que intenta esconder con frialdad: quiere doblegarme, quiere que baje la cabeza en su presencia, que le sirva sumisamente; no solo en el reino, sino también en su cama, porque sé que me desea, el vínculo me ha dejado ver eso, y aunque sea de una forma carnal y plenamente física sin sentimiento alguno, es lo que él quiere. Saber algo que anhela y que no podrá tener me da una minúscula ventaja.

Todos se ponen de pie y en la distancia escucho las puertas del salón del trono abrirse. Alguien viene, y no está solo, esa energía que le acompaña… «No. No puede ser».

Me congelo al ver a un rubio de ojos violeta caminar hacia nosotros. Su sonrisa está llena de arrogancia y reconozco su rostro de todos esos recuerdos mezclados de Purificadores, porque él es uno. Su nombre… Kace.

—Felicidades por la coronación, Rey Insurgente y Reina Creciente. —Hace una reverencia y se me revuelve el estómago—. Les he traído un regalo para celebrar el acontecimiento.

Kace se gira y agarra por el pelo a la criatura que está encadenada detrás de él para empujarla y hacerla caer sobre sus rodillas ante nosotros. Ahogo un chillido silencioso al verlo: Aidan.

Aidan está arrodillado frente al trono, sus ropas negras están empapadas en sangre, su rostro lleno de cortes que sanan lentamente, sus hombros subiendo y bajando con cada respiración pesada que toma. La rabia que me invade al verlo así no tiene precedentes. Todo se ha ido a la mierda, nuestro plan se ha ido al garete, así que ya no me importa nada. Doy un paso hacia las escaleras del trono y una fuerza invisible me detiene. Miro a Shadow y él sigue a mi lado, su expresión es indescifrable.

—Aidan… —murmuro antes de que mis labios se vuelvan pesados e imposibles de mover por ese poder cegador que tiene Shadow.

Aidan levanta la mirada y sus ojos encuentran los míos. Una sonrisa se dibuja en sus labios ensangrentados.

—Estás bien —me dice, como si eso fuera lo más importante en este momento, no el hecho de que esté tan malherido.

—Me lo encontré merodeando por Redwood —comenta Kace, jugando con un objeto que lleva en la mano—, pero no me ha querido decir qué buscaba por estos lugares el convertido más antiguo.

Frunzo el ceño, ¿convertido más antiguo? Entonces lo entiendo, estoy viendo a Aidan, no a Galen, ellos todavía no saben que ser un convertido es una máscara de Aidan... No saben lo que es en realidad, aún hay esperanza. Shadow sigue sin decir nada y eso me preocupa. La tensión en la sala crece, y, por más que intento moverme o hablar, no puedo.

—La buscaba a ella —afirma la fría voz de Shadow y me señala. Kace alza una ceja y por primera vez esos ojos violeta se posan en mí. Él no me mira como si yo fuera alguien que acaba de conocer, sino como si ya me hubiera visto antes, y vuelve a mirar a Shadow.

—¿Cómo se atreve un simple convertido a desear a tu reina, mi señor?

No soy reina verdadera de este lugar, ni mucho menos suya.

Aidan tose y escupe sangre a un lado.

—Ella no le pertenece a nadie. —Aidan habla y su voz, aunque fría, tiene esa familiaridad, esa calidez de alguien a quien conozco, alguien en quien confío.

—Interesante, te has enfocado en esa parte de la pregunta y no has negado que la deseas —replica Kace.

Aidan se queda callado y lo observo con tristeza, porque verlo así me duele. Siento las miradas sobre mí y me percato de que Shadow me ha estado observando. Se acerca y se para detrás de mí para poner las manos sobre mis caderas y aproxima su boca a mi oído mientras aprieta.

—Dame una razón para dejarlo con vida.

Me quedo callada durante unos segundos y el silencio en el salón del trono es pesado. Tengo que ser inteligente. Si Shadow intenta matar a Aidan frente a todos, existe la posibilidad de que Galen salga a la luz para defenderse. Si queremos tener una oportunidad, tengo que ser fuerte. El recuerdo de las torturas de mi padre y sus palabras susurradas circula por mi cabeza.

«Sé que ahora solo puedes sentir el dolor, hija mía, pero con el tiempo, notarás la fortaleza que el dolor te da; no puedes ser fuerte sin caerte, sin ser pisoteada, sin ser herida. Y cuando te levantes con las cicatrices de las pisadas, con el ardor en el alma por las heridas internas, te darás cuenta de que eres una criatura poderosa, nacida entre dolor y cenizas».

Pese a que este no será mi reino y su creación me costó mi orgullo y mi corazón, es momento de actuar como la reina que soy.

Vuelvo mi cara a un lado, el cálido aliento de Shadow roza la comisura de mis labios.

—Si lo matas, ten por seguro que alguno de tus líderes elementales caerá, o quizá la misma Kaya. Me pregunto cómo se sentiría Kace si eso pasara. —Shadow se tensa detrás de mí, sus manos aflojándose sobre mis caderas—. Que la arrogancia no te nuble la mente y te vuelva tan poco inteligente, porque entonces esto será muy aburrido.

Mis palabras parecen desconcertarlo, porque me suelta y retrocede, su poder mental abandona mi cabeza. Así que doy un paso al frente hasta detenerme en el extremo de las escaleras y estiro mis manos a los lados, las marcas negras comienzan en mis palmas y se deslizan por mis brazos, mi energía llena el lugar, brindándole una sensación natural de paz y alegría a todos los súbditos.

—Hoy están aquí de pie, con vida, gracias a mí.

Murmullos agradecidos resuenan por todo el salón, así que prosigo:

—¿No me han proclamado su Reina Creciente por mi piedad? —Continúan los murmullos—. Bueno, es la voluntad de su reina demostrar piedad por esta criatura. —Miro de reojo a Aidan con frialdad, no quiero que noten cómo me afecta verlo herido—. Como su reina, no debería pedirles aprobación, pero escucho a mi pueblo. Dejaremos con vida a este traidor; sin embargo, estará encarcelado para que no pueda herir a nuestra gente. ¿Están de acuerdo con esta decisión?

El silencio se prolonga un instante hasta que una convertida se arrodilla.

—¡Larga vida a nuestra reina, a su piedad y a su buen corazón!

El efecto dominó hace su trabajo y se comienzan a arrodillar uno tras otro, murmurando su lealtad y respeto por mi decisión. Le echo un vistazo a Shadow por encima del hombro, y disfruto de lo tensa que parece su espalda y lo apretada que está su mandíbula. La rabia en sus ojos es evidente, no se lo esperaba. Vuelvo a mirar a la gente y los escucho entonar su juramento a mí:

«Desde el inicio de mis días,
hasta el sol que brilla en el presente,
sirvo con fervor rugiente,
a mi piadosa Reina Creciente».

Bien, Rey Insurgente, veamos quién puede más, quién acarrea más destrucción, porque esta Reina Creciente nació del dolor y las cenizas que tú creaste.

# XXI

# MORGAN

—¡Su alteza!

Las reverencias se repiten al pasar frente a los guardias en los largos y oscuros pasillos del castillo. Camino con la cabeza bien alta y la espalda erguida, mantengo las manos juntas frente a mí, presionadas contra mi abdomen en un gesto de elegancia. Soy consciente de la magnitud del poder que emano, la energía que viene con esta corona que descansa sobre mi cabeza. Los pasillos se vuelven aún más estrechos y solitarios, y bajo unas escaleras angostas con rapidez.

—¿Tenemos prisa, su alteza? —La molesta voz de Kain suena detrás de mí y me recuerda su presencia. Por supuesto que Shadow no me dejaría venir sola a las celdas. Después de la coronación, dispongo de más libertad, ya no tengo que estar recluida en mi habitación, puedo merodear el castillo sola. Las rejas de poder que me mantenían en mi habitación ahora rodean el castillo. No, no soy libre, es solo que mi jaula es más grande.

Esperé un día para pedir ver a Aidan, no quería que se notara mi desesperación. Kain ha sido designado como mi acompañante, Shadow jamás me dejaría ver a Aidan a solas; con mi arranque el día de la coronación, le confirmé que ambos estábamos involucrados con la desaparición de sus líderes elementales y de Kaya. No me arrepiento, fue la única forma en la que pude desconcertarlo lo suficiente para usar mi poder como reina y dejar a Aidan con vida, con todos de testigos.

Al terminar las escaleras, enfilo un pasillo interminable con celdas a un lado y otro. La mayoría están vacías y las habitadas tienen criaturas encadenadas y dormidas.

—¿Aidan? —lo llamo en medio de tanta oscuridad.

—¿Morgan? —Su voz viene del final, así que me apresuro hasta que lo encuentro.

Aidan está al otro lado de las barreras de hierro, sus ropas negras siguen desgarradas en algunas partes y tiene heridas que sanan lentamente. Frunzo el ceño, ¿por qué no se ha curado? Y caigo en la cuenta de que los convertidos tardan en curarse de heridas hechas por Purasangres, Protectores o Purificadores porque son especies superiores a ellos. Y Aidan, en estos momentos, necesita permanecer como un convertido más, no como el Purificador que es. Sus ojos azules resplandecen en la oscuridad y recuerdo que eso fue lo primero que me gustó de él cuando lo conocí hace ya muchas décadas.

—Me alegra ver que estás bien —me dice con un tono neutral. Su mirada se endurece al caer sobre el pelinegro a mi lado. Kain alza las manos.

—Hagan como si yo no estuviera aquí.

—Como si eso fuera posible…

Aidan y yo nos miramos a los ojos. La impotencia de no poder hablar libremente clara en nuestra expresión. No podré decirle que Shadow descubrió el plan en cuanto llegué, que necesitamos entrar a ese cuarto sellado lo más pronto posible y que no tengo ni idea de cómo liberar a Jericho. Quizá, Aidan tenga alguna idea de cómo entrar a los Durmientes. Si uso mis poderes para hacerle algo a Kain, este irá a decírselo a Shadow, y estoy segura de que ese será el empujón que necesita para interrogarme con su poder.

¿Qué hago?

«Todos los Purificadores estamos conectados… Sangre… Solo un poco, no lo suficiente para establecer un vínculo, solo un puente fugaz de comunicación mental. Eso es».

Kain no me dejará tocar a Aidan, pero solo necesito un segundo. Así que le hago señas para que se acerque a las rejas, mis ojos se posan sobre una herida en la comisura de sus labios que aún sana. Sin pronunciar una palabra, muevo la boca con delicadeza para que entienda la palabra: «sangre». Alcanzo a meter parte de mi cara entre dos barrotes y agarro a Aidan de su ropa para estampar mis labios contra los suyos. De inmediato, pruebo su sangre.

—¡Ey! —grita Kain y viene a por mí. Rápidamente, muerdo mi labio y dejo que Aidan tenga mi sangre antes de que Kain me arranque de golpe de los barrotes—. ¿Has perdido el juicio?

*¿Puedes escucharme?*, pregunto en mi cabeza rápidamente porque sé que este puente no será duradero, y, cuanto más me aleje de él, más difícil será mantenerlo. Kain comienza a arrastrarme lejos de la celda de Aidan.

*Sí. ¿De verdad estás bien? ¿Él no te ha hecho nada?*

*No, pero sabe lo que planeamos, lo descubrió poco después de mi llegada. ¿Cómo están todos?*

*Bien, aunque los cazadores de Shadow siguen merodeando. No podrán mantenerse escondidos por mucho tiempo.*

*¿Tienes alguna idea de cómo entrar a los Durmientes?*

*Para eso he venido, Everild extrajo información importante de Kaya.*

A pesar de que quiero preguntar cómo, no tenemos tiempo, así que espero a que él continúe:

*No puedes entrar a los Durmientes porque escapaste, apenas pongas un pie ahí, te dormirá.*

*Entonces ¿qué hago?*

*Tienes que despertar a Jericho, invocarlo hasta aquí.*

*¿Cómo?*

*Las tierras frías del norte de The Blackness parecen ser el lugar de invocación. Hay un claro en concreto en medio de los árboles secos, muy notable al parecer, rodeado de árboles rojos.*

*Pensé que Shadow era el único que podía despertarlos.*

*Lo es. Necesitas su sangre.*

*Conseguir la sangre del Shadow no será fácil.*

*Ya la tienes.*

*¿Qué?*

*Tus hijos.*

*Eso no es seguro, Aidan.*

*Es lo mejor que tenemos. Necesitamos a Jericho, Morgan. Kace no tardará en tratar de buscar a su hermana por sí mismo.*

*¿Qué hay de ti?*

*No te preocupes por mí, escaparé contigo cuando tengamos a Jericho.*

*¿Por qué no escapas ahora?*

*Tengo que usar mi poder de Purificador para hacerlo y no quiero que me descubran por ahora.*

Kain me tira del brazo para subir las escaleras y siento la presencia de Aidan desvanecerse despacio en mi mente.

*Aidan…*

*Lo lograrás, creemos en ti, Morgan.*

Y, con eso, desaparece de mi mente y vuelvo a la realidad. Escucho las quejas de Kain, pero me suelto de su agarre de mala gana.

—Puedo caminar sola.

—No tienes vergüenza, ¿eh? Tuviste tu ceremonia de coronación, y vas y besas a un insignificante convertido como ese.

—No es asunto tuyo lo que yo haga.

—Sí lo es, cuando tenga que explicarle a mi hermano que su reina se besó con un prisionero.

—No tienes que explicarle nada, él y yo no somos nada, ¿lo has olvidado? Todo esto es un teatro, Kain.

Él se detiene y se para frente a mí, su mandíbula tensa.

—¿Nada? Están vinculados, no solo por sangre, sino a través de este lugar y llevas sus hijos en tu vientre. Pero, bueno, ¿qué respeto puedo esperar de una salvaje como tú?

Eso me hace reír.

—Cuida tus palabras, Kain. —Me acerco a él—. Para tu desgracia, esta salvaje sigue siendo tu reina. —Me separo y cierro el puño para golpearlo en la cara con todas mis ganas. Él da dos pasos atrás y se recupera rápidamente.

—¿Quiere una pelea, su alteza?

—¿Tienes miedo?

—No, pero sigo siendo más antiguo que tú, soy más poderoso.

—Sigues siendo un Protector. —Levanto las manos, con energía en ambas—. Y yo una Purificadora. —Las junto y una ola de energía lo obliga a retroceder—. Guardias, despejen el pasillo.

Estos intercambian una mirada.

—Es una orden —les digo seria, y ellos se escabullen.

Kain se ríe abiertamente.

—No quiero hacerte daño.

—Duelo de fuerza —le digo, él sabe que eso quiere decir que nada de poderes, solo puños y fuerza, como debe ser. Puedo pelear siempre y cuando no sea con poderes que puedan herir a mis hijos. Así que rasgo la parte de abajo de mi vestido para poder mover las piernas con libertad. Su mirada baja por mis muslos ligeramente expuestos entre la tela desgarrada y yo pongo los ojos en blanco. Predecible pero buena distracción.

Corro hacia él a toda velocidad y estiro los brazos para darle una serie de puñetazos que esquiva antes de intentar golpearme. Me inclino hacia delante y lo golpeo en el estómago. Kain tose, aunque se las arregla para darme una bofetada que me envía tres pasos atrás, el ardor en mi mejilla escuece. El desgraciado me sonríe y me hace una reverencia.

«No hay mejor combustible para un guerrero que la rabia».

¡Vaya con mi padre, ha tenido razón en muchas cosas! Grito y corro hacia Kain, quien me espera con los brazos abiertos. Y, justo cuando estoy a punto de llegar a él, me dejo caer al suelo y me deslizo hasta patearlo con todas mis fuerzas en medio de las piernas. Kain gime de dolor y yo aprovecho para levantarme, darle la vuelta y sacar la daga que siempre llevo. Lo agarro del pelo y tiro hacia atrás, exponiendo su garganta. La punta de mi daga dibuja una línea sangrienta en su cuello. Kain se queda muy quieto.

—Vas a respetarme, Kain —le digo al oído—. No necesito poder para derrotarte.

Él alza sus manos lentamente.

—Me has sorprendido —admite—, esto será divertido.

Frunzo el ceño y, en un parpadeo, él envuelve su mano alrededor de mi muñeca y la quiebra de un solo movimiento. Chillo de dolor, viendo caer la daga al suelo. Kain se gira y su mano se enrosca alrededor de mi cuello. Me estampa contra la pared rocosa. Sus ojos están más rojos que nunca. Mi muñeca palpita rota, sus huesos sanando. Uso mi otra mano para atacarlo, pero él limita mis movimientos al presionar su cuerpo contra el mío.

«Estoy atrapada. No. Siempre hay una manera».

Intento mover los dedos de la mano con la muñeca rota y siento un dolor insoportable, pero es la única forma, porque de ese lado es donde la he escondido. Siempre hay que tener armas extras en caso de que pierdas la que usas. Kain aprieta mi cuello con una expresión arrogante, ya ha ganado, solo espera que me rinda. Mis dedos tiemblan mientras los entierro dentro de mi rasgado vestido, la pequeña daga descansa en una tira en la parte posterior de mi muslo izquierdo. La saco y la paso a mi otra mano para poder cortar profundamente la muñeca de Kain, obligándolo a soltarme.

Caigo al suelo sobre una rodilla y toso con desesperación mientras él sisea con agonía y sostiene su muñeca, la sangre mancha su estúpido uniforme.

Me levanto y, con gracia, Kain se rinde. Él comete el error de pasarse la mano por el rostro, ahora también cubierto de sangre: tiene una apariencia siniestra con esos ojos rojos y el carmesí de sangre en sus pálidas mejillas.

—Eres hábil —murmura.

—Se llama instinto de supervivencia —le respondo—, crecer en el Bosque Oscuro con mi clan me obligó a aprender a sobrevivir.

—¿De verdad? Pensé que había sido Brorian —me tenso ante la mención de mi padre— el que te había enseñado lo que sabes.

—No hables como si supieras algo de mí. No sabes nada.

Él bufa y se ríe.

—No eres tan interesante como crees, Morgan.

—Por lo menos he vivido mi vida a mi manera, con mis ideales, no siguiendo a alguien patéticamente como tú. ¿Tienes personalidad propia, Kain? —Su sonrisa se desvanece—. ¿O solo te gustan las cosas que a Shadow le gustan?

—No entiendo cómo has sobrevivido hasta ahora diciendo las cosas que dices, ¿cómo es que no has provocado a la criatura equivocada con tus palabras y terminado muerta?

—Porque solo digo la verdad —le replico—, creo que los demás respetan eso.

—La verdad es relativa, Morgan. Tu verdad no es la mía, ni la de otros. —Ladea la cabeza—. Todo cambia, pierde o adquiere sentido dependiendo de la perspectiva desde que se mira. Una situación puede estar frente a ti y puedes creer verla con claridad porque lo haces desde tu perspectiva, pero la veo yo y es algo completamente diferente.

Es mi turno de bufar.

—¿Estás tratando de decir que todo esto —señalo mi alrededor— tiene algún sentido?

—Ya lo has visto por ti misma.

Sus palabras me llevan al recuerdo que vi en la mente de esa chica y me doy cuenta de lo mucho que no he querido pensar en eso. Me acerco a los grandes ventanales rocosos a un lado del pasillo y observo el pueblo: sus calles, la gente, los árboles que lo rodean y los ríos. Solo veo humanos y Purasangres, ese grandioso sol es el carcelero de los convertidos que deben de estar en las casas sin ventanas que vi el otro día. Un niño humano corre hacia su madre y esta lo recibe con los brazos abiertos. Sin pensarlo, me subo en el alféizar del ventanal.

—Morgan —me advierte Kain—, ¿qué haces?

Sé exactamente lo que hago.

# XXII

# SHADOW

Las peticiones de los súbditos son cada vez más aburridas.

Descanso la barbilla sobre el puño mientras permanezco sentado en el trono. Llevo horas así o, al menos, esa es la sensación. Un humano llega y hace una reverencia.

—Su majestad, la preocupación por las tierras del norte ha crecido, el pueblo solicita su ayuda para revisarlas y liberarlas de cualquier maldición. Son tierras fértiles que podrían servir para sembrar frutas que crezcan en climas fríos.

Suspiro y me incorporo.

—¿Liberarlas de una maldición?

El humano baja la cabeza.

—Sí, su majestad, los que han ido a esas tierras… han vuelto… diferentes.

Bufo porque lo que me faltaba era tener que lidiar con este tipo de creencias ridículas.

—Lo revisaremos —aseguro y él me hace una reverencia antes de irse. Otro humano le sigue, pero, antes de que pueda continuar con su petición, escucho la discusión agitada entre Kain y Morgan en el ala este del castillo.

*—Puedo caminar sola.*

*—No tienes vergüenza, ¿eh? Tuviste tu ceremonia de coronación y vas y besas a un insignificante convertido como ese.*

*—No es asunto tuyo lo que yo haga.*

—*Sí lo es, cuando tenga que explicarle a mi hermano que su reina se besó con un prisionero.*

Tenso la mandíbula y me aferro al trono.

—*No tienes que explicarle nada, él y yo no somos nada, ¿lo has olvidado? Todo esto es un teatro, Kain.*

Dejo de escuchar porque es una molestia. No me importa lo que ella haga o con quién se bese. Además, tiene razón: esto es un teatro, ha sido coronada porque necesitaba atarla a este lugar, controlarla. Es la reina sobre el papel, nada más. Lo único que me importa es que ha ido a ver a Aidan, eso sí necesito investigarlo.

Continúo con tres peticiones más, pero mi humor ha empeorado, Vincent lo nota e informa:

—Las peticiones reales han terminado por hoy. Vuelvan mañana.

Me pongo de pie, les doy la espalda y camino con lentitud hacia la habitación de la reina. Al llegar a la puerta, me encuentro en el umbral a Kain, mirando hacia dentro con una expresión alarmada. Entro y enseguida entiendo la causa de su preocupación, ya que Morgan está caminando hacia la ventana con determinación.

—Morgan.

Mi voz tiene un efecto inesperado en ella porque se tensa, pero también puedo sentir cómo se le acelera el corazón. Ella se gira y esos ojos jade brillan con rabia al mirarme.

—¿Qué? —responde de mala gana. Su cabello está desordenado y el aroma de sangre puede sentirse por toda la habitación. Así que se ha peleado con mi hermano.

Intercambio una mirada con Kain, él asiente y se va, dejándonos solos. Uno las manos detrás de mi espalda, la observo y noto algo más.

—Estás herida.

Ella chasquea la lengua.

—¿Y eso te importa?

Siempre a la defensiva, era de esperar, supongo. Sin embargo, puedo percibir mucho más en ella que rabia. El vínculo entre nosotros se fortalece cuando estamos cerca y me permite sentir destellos de lo intenso que fue todo lo que pasó entre nosotros. Ella no parece darse cuenta de ello. ¿Por qué no? La curiosidad me motiva a dar un paso en su dirección, y ella me mira con cautela.

—¿Qué haces?

No respondo y sigo avanzando hasta que solo un cuerpo de distancia nos separa. La cautela de su mirada se ha convertido en desafío, y me pregunto si siente todo esto con la misma intensidad que yo. Cada vez que estamos solos, el vínculo se amplifica y, si no fuera por mi autocontrol, estaríamos haciendo mucho más que hablar ahora mismo. Y sé que esos sentimientos no me pertenecen porque no soy ese Purasangre básico; aun así, se me hace difícil adormecer esas emociones, aunque no sean mías. Me rindo ante el instinto de sanar su herida, y estiro la mano hacia ella. Morgan la golpea.

—No me toques.

—Quiero sanarte.

—Soy capaz de sanar por mí misma.

Bajo la mano.

—De acuerdo.

Mis ojos descienden a esos labios que besaron a Aidan hace un rato. Me tenso, pero aparto ese pensamiento porque no me incumbe.

—Has ido a ver a Aidan. —Observo su reacción con detalle.

—¿Y? —Defensiva, alerta… Está ocultando algo.

—¿De qué han hablado?

—Kain estaba ahí, puede decírtelo. No hemos hablado mucho, la verdad.

—¿No? Entonces ¿qué han hecho?

Ella entrecierra los ojos.

—Lo sabes —afirma.

—Lo has besado para darle tu sangre, ¿no?

Ella se paraliza.

—No sé de qué hablas.

—Querías comunicarte con él sin que Kain lo supiera.

—Tal vez solo echaba de menos sus besos.

Sonrío con arrogancia porque la verdad se refleja claramente en su rostro, en su lenguaje corporal.

—No sabes mentir.

—¿Estás celoso? —pregunta con un tono burlón y acorta el espacio entre nosotros. Su mano toma mi rostro y lucho por no cerrar los ojos y disfrutar el contacto. Detesto este maldito vínculo—. El frío rey no puede soportar que su reina lo desprecie, ¿es eso?

La tomo de la cintura con agilidad, sus ojos se abren con sorpresa y, en el momento en el que nuestros cuerpos chocan, una corriente nos cruza. *Eso, siente lo que yo siento, Morgan.*

—Creí que te había quedado claro que no debes provocarme.

Ella bufa, y me sorprende que, lejos de escapar de mis brazos, me sonría y siga acariciando mi rostro.

—¿Qué pasa, Shadow? —reta, rozando sus labios con los míos—. ¿El vínculo te está debilitando?

La aprieto aún más contra mí.

—No.

—¿No? —Su boca está tan cerca que solo tengo que moverme un poco y podré besarla. Maldita sea, quiero besarla—. Sé que me deseas, que ahora mismo anhelas sentirme, tenerme otra vez.

—No —miento, pero mi voz ya no es fría, no es segura.

Morgan me mira a los ojos y, de pronto, su boca encuentra la mía y ya no hay razón para controlarme. La beso como un desquiciado, como alguien que ha estado privado de una sensación que ha anhelado durante décadas. Ella trastabilla levemente mientras la giro y la estampo contra la pared. Ladeo la cabeza, profundizando el beso, mi lengua invadiendo su boca porque quiero reclamar cada parte de ella, borrar el rastro de Aidan de sus labios, recordarle con quién tiene un vínculo y quién es el único que la puede hacer sentir de esta forma.

Morgan me responde con pasión y una parte de mi cabeza sabe que eso no tiene sentido, que ella me odia; en cambio, la parte que está repleta del vínculo está disfrutando cada segundo, cada roce de nuestros cuerpos y de la humedad de su boca. Me separo, jadeando, y entierro la cabeza en su cuello, lamiéndoselo mientras estrujo su cintura y sus caderas. Morgan gime por lo bajo y eso me enloquece aún más. Vuelvo a besarla, sepultando mi mano dentro de su camisa, rozando las puntas de sus pechos.

—Shadow… —jadea sobre mi boca y mordisqueo sus labios con deseo. Ella se agarra de mi cuello y la alzo, sus piernas rodeándome mientras me presiono contra ella—. Llévame a la cama.

Su petición es cumplida de inmediato y la llevo en brazos. Una vez allí, me hace un gesto para que me siente con ella a horcajadas sobre mí. Los besos continúan, mis manos avanzan en su exploración sobre sus pechos y sus caderas empiezan a moverse. El roce de su entrepierna sobre mi erección es una tortura.

—Morgan… —murmuro, la deseo tanto que duele. Y no sé qué ha cambiado o qué la ha llevado a dejarse llevar, pero no me quejaré.

Me agarro de sus caderas para guiarla en sus movimientos y ella se quita la camisa por encima de la cabeza. Sus pechos quedan expuestos y no dudo en besar y lamer las puntas mientras ella se arquea en placer.

*Mía, solo mía, hoy y siempre.*

Separo mis labios de su piel, levanto la cara para mirarla a los ojos y perderme en ellos, disfrutando de esto, no debería sentirse tan bien. Volvemos a besarnos, nuestras bocas se mueven de forma torpe, pasional y desesperada porque el deseo ha crecido y ahora impregna el aire que nos rodea.

Y entonces lo siento y todo se detiene.

El dolor es agudo, cortante y asfixiante. Fue tan ágil y rápida que me llevó un segundo sentir la puñalada.

Me despego de ella y bajo la mirada para ver su daga clavada en mi corazón. Toso sangre; ella se levanta como si nada y se limpia la boca.

—Te prometí que te destruiría, Shadow.

Me saco la daga y la lanzo a un lado, respirando agitadamente mientras la herida sana. Ella intenta atacarme y levanto la mano, creando un círculo azulado de protección a mi alrededor. Y, a través de él, la miro, parece del todo asqueada y eso me hacer sentir peor que la herida que sangra en mi pecho.

Morgan se pone la camisa, completamente indiferente y con una expresión helada como si no acabara de besarme hasta intoxicarme de sentimientos que no sabía que podía sentir, como si no acabara de incendiar cada parte de mí para luego helarla con su ataque.

—Juegas sucio —murmuré, poniéndome de pie, con la mano en la herida que, aunque ya está curándose aún me duele.

—Juego sucio como tú, Shadow.

No reconozco esta emoción abrumadora que me consume, porque no es la herida lo que me la causa. Es el hecho de que me dejé llevar y, por unos minutos, no fui el rey o el primer Purificador, fui una criatura guiada por emociones; fue un escape, pero no fue real.

Ella no era sincera conmigo y al parecer eso me hace sentir como la mierda. Por lo visto, sí tuve la esperanza de que algo de lo que se cultivó entre nosotros pudiera salvarse.

*Estas emociones no son tuyas, Shadow.*

Me acuerdo, pero la veo otra vez, con esa expresión indiferente. Aun cuando sus labios están rojos, hinchados por nuestros besos, y su cuello tiene marcas, ella no me desea, solo vio una oportunidad para atacarme y la aprovechó, casi la felicito por ello.

Bajo la cabeza y le paso por al lado.

—Quiero salir —pide y recuerdo encontrarla a punto de saltar cuando llegue.

—¿Por qué?

—Quiero ver el pueblo.

No tengo ánimos de negarle nada, pero tampoco quiero que salga de aquí ahora.

—Mañana. —Prometo y salgo de su habitación.

Los guardias reales del pasillo se dan cuenta de la herida de mi pecho y me miran alarmados.

—Estoy bien.

Mentira.

Morgan jugó conmigo y, aunque mi ego está lastimado, lo que más me duele es habérmelo creído, haber disfrutado de esos minutos con ella como un idiota.

Como un jodido idiota enamorado.

# XXIII

# MORGAN

Necesito salir de aquí…

Estar confinada en esta habitación me asfixia y es un recordatorio de lo que pasó ayer entre Shadow y yo. Nunca pensé que sería capaz de llegar a tanto para tener una oportunidad de herirlo. No puedo negar que la parte de mí que aún se aferra al vínculo y a ese amor imposible lo disfrutó, mucho. Sin embargo, mi objetivo era claro y lo logré. Ver su expresión dolida y de confusión fue satisfactorio porque, por primera vez desde que llegué aquí, él no tenía el control, la que movió las piezas y la que dominó todo lo que pasó fui yo.

Su rostro contraído mientras se sostenía la herida en el pecho es una imagen que ahora repito en mi cabeza con satisfacción, porque es una pequeña victoria, no significa mucho, pero me complace saber que él no es inalcanzable, que derrotarlo no es imposible.

Suspiro y me acerco al borde de la ventana, líneas verdosas transparentes aparecen frente a mí como rejas. Estoy confinada en el castillo, eso lo sé, así que respiro profundamente y cierro los ojos para hacer lo inevitable. Busco a Shadow con mi mente, extiendo mi lado del vínculo hacia él. Al principio, cuando no pasa nada, creo que no ha acudido a mi llamada, pero luego puedo ver sus ojos rojos abrirse despacio en mi cabeza, declarando su presencia.

*Dijiste que hoy me dejarías salir.*

*Lo sé.* Su profunda voz resuena en mi mente.

*¿Cumplirás tu palabra?*

Silencio y luego su voz es un susurro:

*¿Por qué quieres salir?*

*Quiero conocer a la gente, quiero saber… si merecían vivir.*

Silencio. Y pienso que se ha ido y no me dejará salir hasta que siento algo extraño en mi cuerpo.

*Levanta la mano, deja que la luz del sol brille sobre tu palma.* Obedezco y él continúa: *Di que aceptas el brazalete: te dejará avanzar al pueblo, pero no podrás alejarte mucho.*

*Genial, otro tipo de cadena.* No puedo evitar mi tono de desprecio y hago una mueca porque no quiero que se arrepienta. Casi puedo ver la comisura de su labio levantarse en una pequeña sonrisa en mi mente.

*Acéptalo.*

Suspiro.

—Lo acepto —murmuro en voz alta.

De la luz del sol se desprenden líneas de energía que resbalan entre mis dedos y pasan por la parte posterior de mi mano hasta formar un círculo alrededor de mi muñeca. Es como si fuera energía líquida que comenzara a endurecerse alrededor de esta hasta solo dejar un brazalete dorado con detalles verdes. Me lo quedo mirando sorprendida. Las rejas transparentes desaparecen frente a mí, dejándome el camino libre.

La presencia de Shadow se debilita en mi mente y sé que ya ha comenzado a irse, así que, contra todo mi ser, trago saliva y lo digo:

*Gracias.*

*Hay muchas formas de agradecerle a tu rey.*

Él trae a mi mente un recuerdo del Shadow Purasangre, nuestros cuerpos desnudos, mis piernas alrededor de su cintura mientras me hacía suya contra una roca en el bosque. Casi puedo sentir su sabor en mi boca. Y sé que es su venganza por lo que le hice ayer.

*Vete a la mierda, Shadow.*

Su risa es lo último que escucho en mi cabeza antes de sacarlo a patadas. No puedo evitar sonrojarme y enfadarme al saber que él ahora es dueño de mis momentos más íntimos, de mis recuerdos, de todo. Pero no es dueño de mí, y eso lo carcome. Alejo todo pensamiento de ese idiota y doy otro paso hacia el vacío, estos ventanales están increíblemente altos, puesto que el castillo yace sobre una colina que permite ver todo el pueblo.

Vuelvo a enfocarme en lo que quiero saber, y me lanzo al vacío de espaldas.

«La verdad es relativa, Morgan. Tu verdad no es la mía, ni la de otros».

«¿Cuál es la verdad?».

El grandioso cielo se ve majestuoso mientras caigo. Estoy a punto de llegar al suelo y de murmurar algún poder para que detenerme cuando aterrizo sobre algo suave. Su olor natural y fresco me calma y me siento, dándome cuenta de que estoy sobre un montón de gruesas hojas de árboles que acaban de emerger a la superficie.

*Ya estás conectada con este lugar.*

Con cuidado, salto y caigo de pie sobre la tierra. Los árboles se retuercen y vuelven a enterrarse y es como si nunca hubieran estado ahí. Me doy la vuelta y empiezo mi camino para terminar de salir del castillo hacia el centro del pueblo. El atardecer ha llegado y unas nubes cubren lo que queda de sol. Puedo sentir a los convertidos comenzando a llenar las calles en la distancia.

Es hora de averiguar si lo que vi en aquella mente fue solo algo preparado por Shadow, de asegurarme de si estas almas no son perdidas como creí, si todas están aquí por errores, por muertes que han causado sin querer, si Shadow tenía una razón para hacer lo que hizo. Aunque él tenga mil razones lógicas, sé que nunca podré perdonarlo. Sin embargo, no solo es eso; si bien mi curiosidad por saber más de este pueblo es uno de los motivos para salir, no es el principal.

«Las tierras frías del norte de The Blackness parecen ser el lugar de invocación». Eso dijo Aidan. Sé que no podré llegar a ese lugar hoy, pero por lo menos podré trazar el camino, saber hacia dónde ir. Necesitamos a Jericho y espero con toda el alma que podamos despertarlo, que lo de mis hijos con la sangre de Shadow funcione. Lo del cuarto sellado ha pasado a ser objetivo secundario porque Aidan ha dicho que no tenemos mucho tiempo. No importan mucho los secretos de mi especie cuando todo mi clan está en peligro.

Los guardias en la puerta lateral del muro de rocas que rodea el castillo me hacen una reverencia y están a punto de anunciarme cuando yo les hago una señal de silencio poniéndome el dedo sobre la boca y paso entre ellos. Una sirviente humana entra y está a punto de hacer una reverencia cuando yo la tiro a un lado entre unos arbustos.

—Cambia de ropa conmigo. Sé que está rasgada, pero… —Ella no me deja terminar y rápidamente comienza a quitarse su vestido. Por supuesto, soy su reina, ella obedecería cualquier orden sin parpadear—. Ey —pongo mis manos sobre las suyas—, no fue una orden.

Ella solo sigue quitándose su vestido y me lo pasa con una sonrisa.

—Lo sé, pero es un honor usar la ropa de su majestad incluso si está rasgada.

Lealtad ciega… ¿Por qué? Ella debió ver la pregunta en mis ojos. Su sonrisa es genuina cuando me dice:

—Odys es el nombre de mi hijo, acaba de cumplir ocho años, y yo no hubiera estado aquí para verlo si no fuera por usted, su majestad.

—¿Eres…?

—¿Un alma perdida? Supongo que sí.

—¿Qué… hiciste? —pregunto mientras me pongo su vestido y ella el mío.

—Maté a mi esposo. —No parece sentirse culpable al respecto—. Me pegaba los días. Tuve cuatro abortos a causa de sus palizas y luego nació Odys, y esos grandes ojos café lo fueron todo para mí, fueron todo lo que necesité para decir basta. Intenté escapar, pero él siempre nos encontraba; un día incluso golpeó a Odys siendo un bebé y le fracturó la nariz. Así que fingí aceptarlo y volver con él. Lo envenené dos días después.

—¿Y las leyes? ¿Dónde vivías?

—En las granjas productoras del sur, en el territorio humano. No hay mucha ley por allá, su majestad.

He oído hablar de esas granjas, es donde se produce la mayoría de la comida para los humanos. También de los pueblos fuera de la capital humana, están muy aislados y no cuentan con muchas figuras autoritarias.

—Tuve que huir de las granjas y cruzar los Escudos Gulch para llegar al territorio sobrenatural. Así que es un honor servirla —me dice antes de hacer una reverencia y darse la vuelta para irse.

Con su vestido, salgo de los arbustos y camino calle abajo para llegar al pueblo. Espero que nadie me reconozca; dudo que estén familiarizados con mi rostro porque no he salido del castillo y las audiencias que he tenido han sido muy pocas. Quisiera poder cambiar mi apariencia. Aidan trató de enseñarme esa habilidad antes de venir aquí, pero no tuvimos el tiempo necesario para conseguirlo. Cuando practiqué con él, solo logré desfigurar mi rostro y hacer mis orejas más grandes, ni me atrevo a intentarlo de nuevo. Lo que sí puedo hacer es cambiar la forma en la que los demás me sienten: como una convertida más.

Porque para encontrar información real no puedo ir por el pueblo como la reina, sino como una simple convertida que se mezcla entre la gente. Sonrío para mí misma recordando que eso es lo que fui hasta hace un tiempo: una convertida que ni siquiera había alcanzado su madurez, que se preguntaba qué elemento dominaría, que se moría cada vez que veía al líder de su clan y que competía con Ian como si su vida y su honor dependieran de ello. Y, aunque muchas cosas han cambiado, cómo me siento respecto a mi clan no ha variado: ellos fueron y seguirán siendo mi única familia junto con Milosh y mis hijos.

De ahí toda esta rabia, y estas ganas que tengo de matar a Shadow mientras duerme las he contenido junto con las lágrimas que he querido derramar muchas noches; por ese motivo me aguantaré y fingiré todo lo que deba hasta alcanzar mi objetivo. Tengo toda la motivación del mundo: mi familia, mis hijos.

Ya dentro de la plaza principal del pueblo, comienzo a caminar tranquilamente como si formara parte de él, no es tan difícil porque sé que, en el fondo, sigo siendo esa convertida, haciendo lo que tiene que hacer por su clan. Porque un clan no se fundamenta en el poder, sino en estar dispuestos a darlo todo el uno por el otro.

Doy un paso y luego otro, mis labios murmurando:

—Flamas, olas, polvo o viento, sin importar el elemento, mi lealtad yace con las almas en silencio. Y en la noche más oscura no dudaré, no abandonaré, y, de ser necesaria, mi vida daré por los miembros de mi clan.

# XXIV

# MORGAN

La capital de The Blackness es mucho más grande de lo que esperaba. Sus calles largas son interminables; las casas que las flanquean, modernas y bien cuidadas. Y, aunque aún quedan marcas de la frialdad y sequía que imagino que debieron de sufrir mientras Shadow no estaba, algunos jardines ya están floreciendo. La gente camina, ríe y juega en las calles, algunos compran frutas y otros productos de algunos puestos callejeros. No es difícil pasar desapercibida entre tanta gente. Levanto la capucha del vestido que me ha prestado la amable humana y me dirijo al norte: mi objetivo.

Salgo de las ruidosas calles y entro en un solitario callejón. Cuando emerjo de ahí, me detengo de golpe; hay guardias custodiando la entrada al principio de las tierras frías norteñas. Bajo la cabeza y entro en un negocio de flores antes de llegar a los guardias. Ellos son un inconveniente, pero también una confirmación de que estoy en el lugar correcto. Shadow no protegería unas simples tierras si no fueran importantes. Mientras yo miro por la gran ventana del establecimiento, los individuos que hay dentro me observan con curiosidad antes de salir uno por uno; solo queda la que supongo que es la dueña y su ayudante.

—¿Podemos ayudarte con algo? —me pregunta la chica convertida amablemente.

—Eh… —ambos me observan—, solo estoy de paso. Planeaba ir al norte, pero al parecer hay guardias.

Sus expresiones se oscurecen.

—¿Por qué vas a ir al norte?

Tengo que ser cuidadosa con mis contestaciones.

—Tengo algo que hacer allá.

—¿Algo como morir? —insinúa el chico humano mientras hace un colorido arreglo floral.

—¿De qué hablas?

—¿No lo sabes? —Mi expresión es suficiente respuesta—. Esas tierras están malditas. Los que se han atrevido a aventurarse ahí nunca se recuperan al volver, alucinan y se vuelven locos. Dejan de comer y comienzan a hacerse daño hasta morir.

Eso me hace fruncir el ceño.

—Suena como un cuento de fogata. —No me parece muy creíble.

El chico sacude la cabeza.

—Así fue como murió mi padre. —Su mirada se apaga—. No pudimos hacer nada, aunque sé de muchos otros. Al principio pensamos que era porque él era humano y quizá la magia o la mala energía de ese lugar le había afectado, pero también ha pasado con convertidos y Purasangres.

—Lamento mucho lo de tu padre —le digo con sinceridad porque el dolor en su expresión es evidente—, y mis disculpas por ser tan entrometida, no llevo mucho tiempo viviendo aquí, así que desconozco muchas cosas.

La convertida da un paso hacia mí y se pone entre el chico humano y yo. Las aletas de su nariz se mueven rápidamente.

—¿Qué eres? ¿De dónde has venido?

Ha pasado de mantener una conversación informal a sentirse amenazada, y no la culpo. Mis ojos van al chico y noto las marcas de mordidas en su cuello y en sus muñecas. No entiendo la relación que tienen y no es de mi incumbencia, pero debo dejarles claro que no soy una amenaza, porque se nota que ella lo protegería a toda costa.

—Solo soy una convertida más. —Levanto las manos—. De verdad, no busco problemas.

Ella me mira con desconfianza, el chico suspira y toma su mano para ponerla a su lado.

—Ey, ¿qué dijimos de la actitud defensiva? Ya no estás en el Bosque Oscuro, ¿de acuerdo? —Él le sonríe—. Nuestro rey nos protege siempre. —Se gira hacia mí—. Lo siento, ella, al igual que tú, no lleva mucho tiempo aquí. Es difícil adaptarse y acostumbrarse a que estás a salvo después de vivir toda tu vida sobreviviendo en el Bosque Oscuro.

«Créeme que eso lo entiendo muy bien».

—Comprendo —les aseguro—. Estas alucinaciones de las que hablan, ¿sobre qué son?

Ella me echa una mirada reservada, así que el chico es el que habla:

—Nada que tuviera sentido, algo sobre profecías y el fin del mundo. Ahora que lo pienso, no puedo recordar muy bien lo que dijo; cada vez que intento pensarlo es todo muy confuso.

—Creo que los guardias nos hicieron algo para olvidar —agrega la chica.

—No empieces con eso —le reprocha él—, no todo es una conspiración.

Ella nos da la espalda para seguir organizando la mercancía. Yo asimilo esta información: algo pasa en esas tierras y Shadow lo oculta.

—Espero que esto te haya hecho cambiar de opinión sobre ir a esas tierras. —El chico suena preocupado, es un humano muy amable para interesarse por alguien desconocido.

—Por supuesto que no iré —miento—, muchas gracias por la advertencia —les digo antes de salir de ahí y darles la espalda a los guardias.

Esas tierras son la clave, no son solo el lugar de invocación, hay algo más. Considero cruzar por una parte aislada lejana a la puerta, pero a esas tierras las rodea un gran muro y una especie de escudo invisible lo protege. Apuesto que ese escudo está vinculado a Shadow, así él podrá sentir quién entra o no. El único punto sin escudo es donde están los guardias.

Antes de hacer cualquier cosa, debo romper todo contacto con Shadow, él no puede sentir dónde estoy o seguro que vendrá y me sacará a la fuerza. Recuerdo la vez que Milosh me enseñó a bloquear a Shadow de mi mente cuando establecimos el lazo. En un callejón, pego la espalda contra la pared y cierro los ojos para concentrarme. Sé que después de que lo haga debo moverme rápidamente, porque a Shadow no le gustará no poder percibir mis movimientos y enviará al idiota de Kain a buscarme o vendrá él mismo.

Me concentro en hacer circular la energía en mi mente para bloquear intrusos, levantando paredes de energía, una por una. Mi cabeza palpita y me duele un poco cuando termino, así que escalo la pared a toda velocidad y me subo al techo del negocio de flores con cuidado. Salto de techo en techo con la cabeza gacha e intento ser tan silenciosa como puedo. Me estiro sobre el tejado y me asomo para ver cuántos guardias son: dos en la entrada y dos en una torre un poco más adentro. Todos visten el mismo uniforme de Nhyme, pero los símbolos sobre sus brazos son distintos y los identifican como dominadores de los cuatro elementos, cada uno especializado en uno.

«¿Qué protegías tanto, Shadow?».

No puedo atacarlos directamente, corro el riesgo de que avisen de lo que pasa y vengan refuerzos. De nuevo, no quiero que alerten a Shadow. Bajo la mirada a las calles y me siento mal por hacer esto, pero me deslizo por la pared de nuevo y llamo a una humana desde un callejón. Ella frunce el ceño y se me acerca.

—¿Estás bien? ¿Necesitas ayuda?

Me siento horrible por hacer esto cuando todos aquí son tan amables; no obstante, la miro a los ojos para darle una orden. No puedo ir yo misma porque no sé si me reconocerían.

—Ve a la puerta de las tierras del norte y atrae a un guardia hacia ti. Aléjalo de los otros guardias, dile que tienes preguntas sobre lo que ha pasado con un familiar que cruzó hacia esas tierras.

Ella asiente y se va a cumplir la orden. La humana lo logra, atrae al guardia hacia un callejón donde lo espero y actúo rápidamente. Lo agarro del cuello y lo estampo contra la pared antes de indagar en sus ojos y quitarle su fuerza. Le ordeno ir a decirle a sus compañeros algo convincente para que se alejen de la puerta un segundo, es todo lo que necesito, y le ordeno olvidar después de hacerlo.

Mi plan funciona muy bien y eso me asusta: las cosas no suelen ser tan fáciles siempre. Sin embargo, cuando los guardias se alejan, me deslizo por las puertas rápidamente. Lo primero que me golpea es el frío y la pesadez del aire, es increíble cómo cambia todo de un lugar a otro en tan pocos metros. Me escabullo entre árboles secos cubiertos de nieve antes de que vuelvan los guardias a sus puestos; tengo que alejarme bastante porque estos troncos secos no cubren mucho. Galen dijo que había un claro y ese era el lugar clave, así que sigo adentrándome. Camino buscando una señal, un árbol que me indique que estoy en el lugar correcto. Después de horas de montes helados y colinas solitarias, comienzo a desesperarme. ¿Y si Galen estaba equivocado? ¿Y si he cometido un error?

*Morgan.*

Una voz desconocida me hace detenerme y echar un vistazo a mi alrededor. No hay nada. Recuerdo las palabras del chico de la tienda de las flores sobre las alucinaciones. Sigo mi camino e ignoro esos susurros entre los árboles, como voces que liberan al unísono un secreto que no se entiende. Mi pecho se encoge de pronto y lo sostengo porque algo está mal, hay algo extraño en este lugar. Puedo ver el claro en la distancia y, de inmediato, las lágrimas inundan mis ojos. Confundida, me limpio las mejillas con el dorso de la mano para seguir, un dolor profundo me llena, pero no es físico.

*Haría lo que fuera por ti, hoy y siempre.*

Me detengo y se me acelera la respiración, no sé de quién es esa voz o la razón de esas palabras que hacen tanto daño.

*¿Puedes soportar el dolor?*

Esa es mi voz, y caigo sobre una rodilla antes de arrodillarme por completo. Lucho por controlarme, no puedo dejar que nada me detenga ahora, no cuando he llegado tan lejos. Quizá Shadow ha dejado algún tipo de escudo de confusión mental aquí. Pongo las manos sobre la nieve y me inclino hacia delante, respirando agitadamente, las lágrimas sangrientas manchan el blanco suelo debajo de mí. Por un segundo es nieve y, cuando parpadeo, es tierra árida llena de sangre. Levanto la vista y todo el lugar es un campo árido en llamas, árboles caídos, sangre por todas partes. Mi cabeza duele y caigo hacia delante como si me hubieran dado un golpe invisible en el cráneo. Mi mejilla aterriza sobre la fría superficie debajo de mí que ha vuelto a ser nieve. No puedo moverme y grito porque el dolor es insoportable. Mi vista es borrosa y vislumbro a alguien caminar hacia mí con pasos lentos; solo puedo ver pies descalzos, llenos de sangre. La figura se detiene a mi lado, y se inclina, su mano helada acaricia mi mejilla con delicadeza. No puedo respirar, la presión en mi cráneo es tan dolorosa que la sangre brota por mi nariz y por mis oídos.

La figura se desvanece y puedo ver pasos apresurados en la distancia, esas botas de combate negras que conozco tan bien. Aprieto la nieve a mi alrededor porque no puedo moverme y ya no puedo aguantar el dolor, es como si mi mente se estuviera agrietando.

Shadow me levanta en sus brazos y, en este punto, no tengo fuerza ni para hablar. Él corre cargando conmigo, y, cuanto más me alejo de ese claro, menos insoportable se vuelve el dolor. Todo es borroso y confuso después de eso. Mi cabeza sigue estancada en toda la sangre, en los pies descalzos, en lo que quiera que sea que vi, y no puedo deshacerme de este dolor tan absoluto. Mi cuerpo comienza a arder sin control como si algo lo quemara directamente o hubiera estado en contacto con algo que no debía y creo que vuelvo a gritar. Soy un montón de delirios, murmuro incoherencias cada vez que puedo abrir mis ojos. Una superficie dura me recibe, parece tierra. Manos cálidas sostienen mi rostro.

—Morgan, abre los ojos y mírame.

«No puedo».

Lo escucho maldecir y siento dedos intentar abrir mis párpados, pero son demasiado pesados. Las grietas en mi mente siguen creciendo y solo quiero dormir, solo quiero irme, aunque ¿dónde? Mi nombre… ¿Cuál es mi nombre?

—Morgan, necesito que me escuches y que hagas lo que te digo.

«¿Quién eres tú?», quiero preguntarle; sin embargo, soy incapaz de hablar.

—Tienes que romper tu vínculo con la naturaleza —me aconseja, pero no sé a qué se refiere—. ¡Morgan!

Él me sacude y suena desesperado, no sé quién es o qué hace, tampoco entiendo lo que pide. Escucho otra maldición antes de sentir algo cálido sobre mis labios y le sigue el sabor a sangre. Eso me da fuerza para abrir los ojos solo un poco. Un rostro pálido está muy cerca del mío, es… hermoso, pero ¿quién es?

—Rompe tu vínculo con la naturaleza ahora —me ordena firmemente, su sangre le da unos segundos de claridad a mi mente rota, que procesa la orden por sí sola aun cuando ni sé de qué está hablando o cómo hacerlo. Mi cuerpo responde por sí solo e intento aferrarme a la tierra cerrando mis puños sobre ella—. Repite conmigo. —Sus labios rozan los míos de nuevo mientras me da más sangre—. Vamos, tienes que decirlo en voz alta —murmura sobre mis labios—: *Dea neture jaie cese, dea neture jaie recindo.*

—*Dea neture jaie cese, dea neture jaie recindo* —murmuro, y siento algo apretarse en mí.

«De la naturaleza he nacido, a ella renuncio».

—*Dea Blackness jaie cerve, dea Blackness jaie ses tanri* —me dice él, y yo lo repito después.

«A The Blackness yo sirvo, a The Blackness pertenezco ahora».

La tierra a mi alrededor se calienta y pequeñas ramas emergen y se enroscan en mis extremidades.

—*Dea neture namia jaie rytug, dea namia jaie recindo, tanri tya ferpe* —continúa Shadow, y de nuevo lo digo después de él.

«A la energía de la naturaleza rechazo, a su energía renuncio, ahora y siempre».

Las ramas comienzan a llevarse toda mi energía natural poco a poco, a drenarla lentamente, y, cuanta más energía se llevan, más se apacigua el dolor, el ardor y la confusión. Mis ojos se cierran durante unos minutos, mi cuerpo descansa después de haber pasado por tanto en tan poco tiempo. El vínculo con la naturaleza llega a su fin y las ramas vuelven a enterrarse. Abro los ojos para verlo ahí inclinado sobre mí, sus labios manchados de sangre. Mi mente se recupera paulatinamente y asimila todo lo que ha pasado. Él me sonríe y lame la sangre de sus labios. Su nombre… es Shadow, y todo hace clic en mi cabeza. Mi razonamiento ausente vuelve a mí de golpe. Él parece aliviado.

—¿Qué…? —Me duele algo la garganta, como si hubiera gritado mucho —. ¿Qué has hecho?

—Has roto tu vínculo con la naturaleza.

—No… No, no —repito una y otra vez antes de ponerme de pie. Shadow retrocede y me tambaleo levemente.

«¿Todo ha sido una trampa? ¿Me dejó llegar hasta ese claro para debilitar mi mente y hacerme renunciar al vínculo? ¿Por qué? Porque soy la única que podría derrotarlo algún día».

—¡Eres un bastardo! —le grito enfurecida. La expresión de Shadow pasa del alivio a la confusión en unos segundos. Estoy a punto de correr a golpearlo cuando él empieza a sangrar por la nariz. Levanta la mano para limpiarse y observa incrédulo el carmesí, y luego sus ojos y oídos comienzan a destilar sangre.

«¿Qué está pasando?». Él tampoco parece saberlo.

Shadow da un paso atrás tambaleándose y cae de rodillas, tosiendo sangre. Yo solo lo observo y, aunque no tengo idea de lo que está sucediendo, mi mente iracunda reconoce este momento de debilidad. Ahora que mi vínculo con la naturaleza está roto, quizá nunca pueda tener una oportunidad como esta, encontrar a un Shadow vulnerable y acabar con él de una vez por todas. Saco la daga del cinturón de mi muslo y me acerco a él. Shadow tose de nuevo y levanta su mano para que me detenga.

—Morgan…

Su expresión se contrae como si estuviera sufriendo un gran dolor. Su rostro ensangrentado le hace ver vulnerable y tengo que recordarme que este es el monstruo que me engañó, que me usó y hasta me embarazó para alcanzar sus objetivos egoístas. Frente a él, me inclino, lo agarro del pelo y lo obligo a enfrentarme.

—Te dije que algún día te destruiría —le digo entre dientes antes de cortar su cuello con la daga en un tajo profundo que lo hace sangrar sin control de inmediato y que, en su estado, tardará en sanar.

Shadow se echa las manos al cuello y cae de lado, desangrándose. Sé que me llevará mucho más tiempo matarlo, pero es un comienzo. Así que me subo encima de él y lo golpeo una y otra vez. La sangre salpica mi rostro, mis ropas. No me importa, necesito esto, necesito descargar mi rabia. Él me ha quitado tanto… Mis puños arden de tantos golpes que le he dado y me detengo por un momento.

Shadow yace debajo de mí con las manos extendidas a los lados; la herida en su cuello ha sanado y el sangrado de sus ojos, nariz y oídos se ha parado. Su cuerpo se está recuperando rápidamente, pero, aun así, no se mueve. Me doy cuenta de que, todo este rato, me ha dejado golpearlo. Sus ojos rojos me observan con una intensidad que no he visto antes y se sirve de sus codos para incorporarse y sentarse, dejándonos en una posición demasiado íntima, ya que estoy a horcajadas sobre él. Me vuelvo muy consciente de la cercanía de cada parte de su cuerpo con el mío. Estoy tan confundida que, cuando sus manos sostienen mi rostro, no lo detengo.

—*Tanri jaie areia* —murmura en ese idioma que ahora puedo entender perfectamente.

«Ahora recuerdo».

—¿Qué estás haciendo? —le reprocho antes de intentar empujarlo, pero él baja una de sus manos de mi rostro y la envuelve alrededor de mi cintura para mantenerme ahí—. Shadow, suéltame, suelta…

Él entierra el rostro en mi pecho, como si estuviera muy agotado.

—*Fente… jaie hatem.*

«Finalmente estoy en casa».

¿Es que se ha vuelto loco? Acabo de intentar matarlo y ahora ¿está murmurando toda esta locura? Quizá la pérdida de sangre le ha afectado. Intento soltarme, pero él me aprieta contra sí.

—*Jaie senne.*

«Lo siento».

¿Qué?

Cuando se separa un poco de mí, me sonríe de una forma sincera que no había visto desde que me despedí del Shadow Purasangre, y me deja sin aliento durante un segundo. Él está ensangrentado, vulnerable y su mirada carga con una intensidad consumidora. Y, entonces, sus labios se presionan contra los míos, algo dentro de mí me grita que esto está bien, que él no es el malo del cuento, aunque esto no tenga sentido. Shadow me agarra de una mejilla y me besa con lentitud, el roce de nuestros labios profundiza el vínculo y su conexión recorre todo mi cuerpo como pequeños destellos de electricidad. Me envuelve y me abruma por completo. Jadeo y lo beso con rabia como ayer en el castillo, porque es lo único que él merece, sin importar lo que mi instinto me grite, él solo recibirá mi furia.

Shadow se separa y mirándole a los ojos, lo dice:

—*Jaie draerisk, Morgan* —«Te amo, Morgan». Me quedo congelada—. *Tanri tya ferpe.*

«Ahora y siempre».

Antes de que pueda decir algo, él parpadea con lentitud antes de cerrar los ojos por completo y caer sobre su espalda inconsciente. Por su cuello suben líneas negras hasta su cara y un golpe de energía me aleja de él. A su alrededor un líquido acuoso verde que me recuerda al hogar de los Durmientes comienza a encapsularlo.

Y, en ese momento, Kain aparece a un lado de nosotros.

—¡Shadow! —Kain se apresura; sin embargo, apenas toca ese líquido, este lo repele con una fuerza que lo obliga retroceder unos cinco pasos—. ¡Mierda! ¿Qué ha pasado? —Su tono acusatorio es obvio cuando me mira y nota toda la sangre en mis manos. Quiero hablar y decir algo, pero no sé qué.

No tengo ni la mínima idea de qué es lo que acaba de suceder. Solo sé que algo ha cambiado y algo muy grande ha pasado.

# XXV

## REA

Es muy poco lo que se puede hacer en una celda.

He repasado mi vida un montón de veces mientras estoy acostada en el frío suelo de mi prisión y juego con un mechón de mi cabello. Es increíble la cantidad de errores que puedes detectar cuando tienes tanto tiempo para analizar tu vida. He sido idiota tantas veces que me sorprende estar viva. Es aún más difícil pasar por alto los errores que he cometido cuando uno de ellos no me quita la mirada de encima desde la celda de enfrente: Nyxe, alias mi ex.

—No voy a desaparecer si dejas de mirarme —le reprocho y giro mi cabeza a un lado para verla. Maldigo internamente porque, aun en una mugrosa celda, ella se ve sexy. Está sentada con la espalda contra la pared en el fondo de dicha celda y su brazo descansa sobre su rodilla levantada. Ella no dice nada, y yo suspiro, odiando lo mucho que me gusta esa estrella tatuada debajo de su ojo izquierdo—. Debo de estar loca —murmuro para mí misma, el encierro me está afectando, así que me repito en la cabeza: «Nyxe es un error, sufriste mucho, es un error, un sexy error, un error que besa muy bien, no, no, no».

Aparto la mirada de ella y sostengo mi rostro frustrada. Agradezco no estar en la misma celda que ella porque eso sí sería una tortura.

—¿Cuánto tiempo piensan tenernos aquí? —comenta Jyle desde la celda al lado de Nyxe.

—Hasta que Kace venga —responde Kaya a mi lado—. Somos carnada. Bueno, soy carnada.

—Eso no tiene sentido, ¿por qué querrían que Kace viniera? Él puede derrotarlos con facilidad.

—No lo sé —admite Kaya—. Deben de tener un plan.

—Vaya mierda —comenta Ryde desde la lejanía de su celda.

Yo observo los barrotes de nuestras celdas y el escudo que los cubre.

—¿Qué usaron para sellar estas celdas?

—La energía de Galen.

—¿Galen? Ah, Aidan, el falso convertido. —Recuerdo—. A los Purificadores les encanta confundirnos.

—Kaya —le llama Ryde—, ¿has intentado atravesar el escudo?

—No puedo. —La molestia en su tono es clara, no le gusta ser superada—. Galen no es tan poderoso como Kace o Shadow, pero sigue siendo un Purificador, su fuerza es superior a la mía.

—¿Has intentado conectarte con Kace? —me veo obligada a preguntar.

—No puedo, han sido inteligentes, nos trajeron inconscientes y solo nos despertaron cuando los escudos estaban listos porque bloquean toda conexión.

Suspiro.

—Everild es una traidora, aunque es muy buena en esto —reconozco.

Silencio.

Me aclaro la garganta.

—Quiero decir, nuestro rey es superior, pero Everild es... —No sigo al escuchar pasos.

—Gracias por el cumplido. —Everild aparece en el pasillo en medio de las celdas; a su lado, Calum, Milosh y Lyla—. Lamento las condiciones del lugar, si supiera que no van a intentar nada, los retendría en un sitio más cómodo.

Kaya bufa.

—No esperamos mucho de una traidora como tú.

Yo me siento y los observo. Milosh me ojea con indiferencia y Calum no me dedica ni una sola mirada. Resentido.

—Cuánta rabia —replica Everild—. Tampoco espero mucho de un títere de Shadow.

Kaya se acerca a los barrotes y sisea con furia.

—Te crees muy fuerte al otro lado de estos barrotes, ¿no?

Everild se acerca con una sonrisa.

—¿Cuál es tu definición de fuerza, Kaya? ¿Poder? ¿Violencia? —Everild ladea la cabeza—. Para mí, la fuerza radica en nosotros mismos, en el valor al decidir lo que queremos ser y mostrarnos tal como somos sin miedo. Yo no sigo ciegamente a un rey tirano, yo no trato a mis compañeros de batalla como soldados desechables. Yo sigo mis ideales, en lo que creo que es el bien común. Yo conozco, respeto y valoro a cada una de las criaturas que están a mi lado. Así que sí, soy mucho más fuerte que tú, y por esa razón estás detrás de los barrotes en estos momentos.

«Ella es increíble».

Sacudo la cabeza porque ahora puedo entender a Kain: Everild tiene algo… que te inspira a seguirla hasta el fin del mundo. No es belleza física: es su sabiduría, su tono de voz, su presencia. Everild es una líder nata. Y no puedo evitar comparar, el liderazgo de Shadow viene del miedo a su poder. Sí, muchos lo seguimos por lo que ha hecho por nosotros y nuestras familias, pero no puedo recordar ni una sola vez que él haya sido cálido o se haya dirigido a nuestro pueblo directamente con palabras de aliento, siempre usa a su Purasangre comunicador como mediador.

—¿Crees que soy como esos seres inferiores que te siguen? —le recrimina Kaya con desprecio, echándole un vistazo a Calum y a Lyla—. Siempre has sido buena manipulando a los demás.

—Y tú siempre has sido buena para dejarte manipular por tu rey.

—Kace va a destruirte y le pediré que lo haga lentamente. —Kaya aprieta los puños a sus costados—. Te veré tragarte cada una de tus palabras.

—Guarda todo ese odio irracional para alguien a quien le importe.

Kaya abre la boca para responder cuando algo parece cortarle la respiración y empieza a toser de manera descontrolada. Al principio creemos que se trata de Everild o Lyla haciéndole daño, pero, cuando ellas intercambian una mirada confundida, entendemos que no es el caso. Todos los líderes elementales se ponen de pie en sus celdas, preocupados.

—¿Kaya? —la llamo, acercándome a los barrotes que separan nuestras celdas.

—Algo está mal —murmura Milosh.

—¿Kaya? —Everild también la llama cuando ella da un paso atrás y se echa las manos al pecho mientras sigue tosiendo. Todos observamos con sorpresa cómo cae de rodillas y tose sangre.

—¿Qué demonios está pasando? —pregunta Everild, y se gira hacia Lyla—. Abre el escudo.

—¿Y si está fingiendo para que la dejemos salir? —plantea Lyla.

Calum hace un gesto de negación con la cabeza.

—No, algo está mal, hay una energía extraña… Es… —No termina de hablar porque Kaya grita al comenzar a sangrar por la nariz y los oídos. Se sostiene la cabeza y libera otro alarido de agonía cuando sus ojos también comienzan a sangrar.

—¡Lyla! ¡Abre la celda! —ordena Everild y Lyla levanta la mano, pero de repente tose sangre, que tiñe sus manos.

Horrorizada, Lyla observa a Milosh, que se apresura hacia ella; con todo, no logra alcanzarla porque él también tose y ve brotar sangre de su nariz y de sus oídos.

—¿Qué mierda está pasando? —maldice Everild y sus manos brillan con energía curativa, pero, cuando intenta acercarse a Lyla y a Milosh, una fuerza indescriptible la aleja, haciéndola estrellarse contra los barrotes y dejándola desorientada durante unos segundos. Los líderes elementales y yo solo podemos observar con impotencia. Calum intenta acercarse y yo grito.

—¡No! —le advierto—. Esté pasando lo que esté pasando, no te dejará tocarlos.

—¿Qué se supone que debo hacer? ¡Mierda! —gruñe Calum, las facciones de su rostro se vuelven más feroces y lobunas.

Lyla y Milosh caen de rodillas uno frente al otro. Milosh extiende la mano y toma la de Lyla en lo que supongo que es un gesto de «estoy aquí» y que hubiera encontrado adorable si no fuera por las circunstancias.

—¿Kaya? ¿Puedes escucharme? —pregunto. Ella levanta la mirada y sus ojos se han convertido en rojo absoluto. Miro a Milosh y a Lyla y compruebo que les sucede lo mismo. Ellos... Los tres son Protectores, lo que quiera que sea que esté sucediendo, está pasándole a los Protectores. Por un instante, los gritos paran y ellos se quedan muy quietos. Calum y yo intercambiamos una mirada. Milosh, Lyla y Kaya se inclinan hacia delante y ponen las manos en la tierra, quedándose a gatas. Sus voces comparten el mismo tono automático y mecánico.

—*Dea neture jaie cese, dea neture jaie recindo* —murmuran, y yo no entiendo nada, ¿qué idioma es ese?—. *Dea Blackness jaie cerve, dea Blackness jaie ses tanri.* —Pequeñas ramas emergen y se enroscan en sus extremidades—. *Dea neture namia jaie rytug, dea namia jaie recindo, tanri tya ferpe.*

A lo largo de mi vida he cometido errores y he presenciado cosas que quisiera olvidar, pero este momento tan bizarro y extraño quedará grabado en mi memoria, porque no entiendo absolutamente nada. Las ramas en sus extremidades se tornan azuladas, como si estuvieran drenando la energía de los Protectores, y, cuando terminan, vuelven a enterrarse en la tierra. Lyla es la primera en cerrar los ojos y caer hacia delante, la siguen Milosh y Kaya. Y, cuando creo que todo ha terminado, alrededor de cada uno de ellos se forma energía acuosa y los levanta de la tierra, se quedan flotando por un momento frente a nosotros y comienzan a desvanecerse lentamente.

—¡No! —Calum intenta tocar las cápsulas, pero lo repelen con mucha fuerza antes de desaparecer por completo.

El escudo de los barrotes se esfuma con ellos, y eso solo quiere decir que a Galen debe de haberle sucedido algo, porque él fue quien los creó. El silencio reina entre nosotros y nuestras expresiones reflejan la misma pregunta: «¿Qué acaba de pasar?».

# XXVI

# MORGAN

Apenas estoy procesando lo que acaba de pasar con Shadow cuando Kain también cae de rodillas.

Kain es encapsulado por ese líquido. Miro con horror cómo empiezan a difuminarse. Corro hacia Shadow e intento agarrarlo, pero el líquido me repele y caigo al suelo. Ya casi no puedo verlo y, por fin, desaparece del todo. Me quedo sola en el jardín lateral del castillo.

—Su majestad. —Los guardias bajan la cabeza cuando paso corriendo por su lado. Antes de llegar a las escaleras, el pasillo se distorsiona y mi cabeza palpita. Los guardias ya no están y algo cambia. Escucho risas y con sorpresa veo cómo Milosh sale de una puerta de uno de los lados, riéndose con Kaya. Sus figuras son transparentes y ambos llevan el uniforme de Nhyme. «¿Qué?». Me detengo de golpe y parpadeo una y otra vez. ¿Es una alucinación? Mi desconcierto crece cuando veo a Kace y a Aidan emerger de ahí, sus uniformes son parecidos a los de Nhyme, pero tienen detalles dorados diferentes, como si necesitaran destacar. Detrás de ellos, salen cada uno de los Purificadores: Jericho, Rangahar, Prisca, Harsha, Anthea… Ignoro la sangre que brota de mi nariz y el ardor en mi cabeza.

«Esto no es real».

Shadow emerge el último; sus ropas son diferentes, en su mayoría negras con detalles circulares dorados y rojos. Una corona azulada descansa en su cabeza. Se detiene frente a la puerta y jadeo sorprendida cuando él gira su rostro hacia mí. Una sonrisa curva sus labios y estoy a punto de hablar cuando alguien me atraviesa y va hacia él. No me estaba mirando a mí. Observo con asombro cuando me doy cuenta de que la persona que va hacia él es una versión transparente de mí, aunque no…, no me veo como yo. Su cabello negro está recogido en un elegante moño y una corona azulada está sobre él; no lleva un vestido, sino ropas cómodas negras con esos símbolos dorados y rojos.

«Me estoy volviendo loca», sacudo la cabeza una y otra vez. Esa versión de mí y Shadow siguen a los demás y creo que ha terminado cuando una última figura sale del salón.

Sus ropas indican que es otro Purificador, pero su poder es diferente, incalculable. Ni siquiera Shadow emite un poder así. Eso no tiene sentido, nadie debería ser más fuerte que el primer Purificador o yo, porque somos los únicos que hemos hecho la Purificación. Su cabello es oscuro y cobrizo, la parte posterior de sus manos está llena de marcas negras circulares, al igual que su cuello. Lentamente, gira el rostro y sus ojos encuentran los míos, uno es violeta y el otro es rojo sangre. Nerviosa, echo un vistazo detrás de mí y no hay nadie. ¿Puede verme?

—*Dea mant ge arrave.*

«El momento ha llegado».

Y, tras estas palabras, todo desaparece y vuelvo a estar en ese solitario pasillo. ¿Qué ha sido eso? ¿Me lo he imaginado?

—¿Su majestad? —Los guardias suenan preocupados a mis lados—. ¿Se encuentra bien? —Señalan la sangre en mi nariz, que me limpio con el dorso de la mano.

—Estoy bien.

Continúo mi camino hacia los calabozos. Bajo las escaleras empinadas y corro a la celda de Aidan.

—Oh, no —murmuro cuando lo veo encapsulado—. ¡Aidan! —Abro los barrotes con ambos brazos y me adentro; no obstante, antes de que pueda tocarlo, también se desvanece—. ¡Mierda!

*Morgan…*

Giro sobre mis talones ante ese susurro, pero no hay nada. Sin embargo, ahora que estoy solo conectada a The Blackness puedo percibir el movimiento de energías en estas tierras con una exactitud impresionante. Una gran concentración de energía viene del territorio del norte, esas tierras malditas que probablemente sean la causa de mis alucinaciones.

Con rapidez, corro escaleras arriba y por los largos pasillos del castillo. Por alguna razón, sé que ese lugar tiene las respuestas sobre lo que está pasando y me sorprende la normalidad de las calles a mi paso por ellas: la gente charla y sigue en su día a día como si nada. Nadie se ha dado cuenta de lo que está pasando. Me pongo frente a los guardias de la puerta a las tierras del norte y no necesito decir nada, se hacen a un lado. No lo entiendo. Entonces, recuerdo que Shadow ya no está y puedo sentir todo el poder y la lealtad recayendo sobre mí en su ausencia.

Ante un rey ausente, la reina lidera.

Mi pecho sube y baja con cada respiración pesada que tomo, este lugar me trajo mucho dolor y miseria hace un rato y me aterra que vuelva a pasar lo mismo. Cuando llego al claro, no siento ese dolor o esa presión en el cráneo. Sin embargo, me paralizo ante lo que ven mis ojos. En un círculo están todas las cápsulas con ese líquido acuoso que recuerdo de los Durmientes; no obstante, no son solo Purificadores. Todos los Protectores están ahí al lado de su Purificador. El único Protector que está solo es Kain, porque Shadow no está. Aprieto las manos en puños al notar a Milosh, Lyla y Aidan, pero sé que intentar romper esas cápsulas es imposible, así que pienso con cuidado mis movimientos.

Doy un paso dentro del círculo y la tierra se estremece, una rama emerge en el mismo centro sosteniendo una daga.

Camino hacia ella y la tomo: tiene grabados todos los nombres de los Purificadores que están aquí: Kace, Jericho, Galen, Rangahar, Prisca, Harsha y Anthea. Entonces recuerdo que Aidan me dijo que este era el lugar de invocación, aquí es donde despiertan a los Purificadores con la sangre de Shadow.

*Tis lagia, wu lagia.*

«Tu sangre, su sangre».

Ese susurro parece provenir del bosque mismo. ¿Puedo despertarlos a todos? No entiendo por qué a algunos los dormiría para despertarlos aquí, no tiene sentido. Entonces, recuerdo las palabras de renuncia a la naturaleza, yo las pronuncié junto con Shadow, Kain las dijo antes de caer. Quizá la razón de adormecerlos era para traerlos aquí después de que rompieran su vínculo con la naturaleza. Pero ¿por qué aquí?

Mis pensamientos son interrumpidos por la sensación de una respiración en la parte de atrás de mi cuello. Sendos brazos aparecen a los lados de mi cuerpo, como si me abrazaran desde atrás; esas manos con marcas circulares que vi en la alucinación toman las mías. Es la última figura que vi, ese Purificador desconocido.

—*Nan frere, nith Purifier.*

«No temas, novena Purificadora».

Su voz es un susurro lejano en mi oído. No puedo moverme, solo puedo obedecer. Él abre una de mis manos y usa la daga para cortarme profundamente la palma. Chillo ante el dolor, él me cierra la mano y la sangre gotea sobre la rama frente a mí. Observo cómo todas las cápsulas comienzan a cristalizarse, ese líquido acuoso se endurece.

—*Dea mant ge arrave* —me dice de nuevo, «el momento ha llegado». Y, de algún modo, palabras que desconozco se forman en mi cabeza como si él me las estuviera transmitiendo para decirlas.

—*Dea namia jaie polese, dea invakt, Purifiers* —murmuro. «Con la energía que poseo los invoco, Purificadores—. *Arysa, dan Purifier, Jericho.* —«Despierta, segundo Purificador Jericho». Su cápsula se agrieta y continúo—: *Tric Purifier, Kace.* —«Tercer Purificador, Kace»—. *Calte Purifier, Rangahar.* —«Cuarto Purificador, Rangahar». Inspiro hondo, las cápsulas de los que ya he nombrado tienen grietas que comienzan a colapsar.

La figura detrás de mí me aprieta la mano en señal de que debo proseguir.

—*Quent Purifier, Prisca. Saist Purifier, Harsha. Septe Purifier, Galen. Octam Purifier, Anthea.* —«Quinta Purificadora, Prisca. Sexta Purificadora, Harsha. Séptimo Purificador, Galen. Octava Purificadora, Anthea». Las palabras dejan mis labios y con ellas se desprende mucha de la poca energía que me queda. Las grietas de sus cápsulas se hacen cada vez más profundas y noto que las de los Protectores siguen el mismo camino.

—*Finnet.*

«Termínalo».

—*Kec wu ceserat, nith Purifier, cese dea petvye, erye, fekmye tya ajye* —«Como su sucesora, como la novena Purificadora, hecha de polvo, aire, fuego y agua»—, *jaie invakt, jaie derete arysar.* —«Yo los invoco, yo les ordeno despertar».

Las cápsulas se quiebran una por una de un solo golpe, el ruido del cristal al romperse resuena por todo el claro. Los cuerpos de los Purificadores y Protectores son liberados y aterrizan en el suelo, todos tosen desesperadamente. Esas manos que sostienen las mías me sueltan y los brazos dejan de envolverme. Quiero preguntarle quién es, pero una parte de mí parece segura de que eso ya lo sé. Me giro ligeramente para echar un vistazo y ya no hay nadie.

Me preparo para enfrentarme a los recién despiertos Purificadores y Protectores porque no tengo ni idea de qué ha pasado y cómo hemos llegado a esto, pero, como reina de este lugar, tengo que afrontar esta situación. Ese Purificador desconocido me ha dado mucha fortaleza y seguridad, es como si aún me guiara. Su nombre… Yo sé su nombre, ¿por qué no puedo recordarlo? Un susurro débil acaricia mi oído.

*Dea ken nan ge cese, dea dekemo Purifier.*

«El que no ha nacido, el décimo Purificador».

Y lo recuerdo, su nombre… es Ethos.

# XXVII

# MORGAN

«Esto me sobrepasa», pienso, con la respiración agitada. El viento se descontrola y azota el pequeño claro, la tierra se agrieta, los truenos resuenan a nuestro alrededor. Los Purificadores gruñen y se retuercen estirados en la tierra. Sus huesos crujen, como si la vida estuviera volviendo a sus cuerpos en un proceso lento y doloroso. Esas líneas negras se arrastran por sus extremidades y se desvanecen en sus pechos. La primera ola de poder se libera, yo levanto los brazos y los cruzo frente a mí, usando mi propia energía para protegerme. Mis ojos se posan sobre Jericho, quien levanta su cuerpo ligeramente al retorcerse; sus colmillos se alargan, dos líneas negras cruzan sus mejillas y su gruñido es animal.

Y todo cobra sentido: los Purificadores que han estado durmiendo a lo largo de décadas deben estar hambrientos, por eso los Protectores han sido traídos aquí, para alimentarlos. Los únicos que se comportan de manera racional son Aidan, Kace y Harsha. Quizá porque ellos estuvieron despiertos hasta hace poco, a diferencia de los demás, que llevan dormidos quién sabe cuánto tiempo. Observo cómo Jericho salta y se gira en el aire para caer sobre sus manos y rodillas con habilidad, su largo cabello blanco como el de todos los Durmientes cae a sus lados. Gruñe, sus ojos están completamente rojos. A unos metros de él, yace su protector, Jad, aún despertando. Las expresiones feroces y descontroladas de los Purificadores me indican que no hay ningún razonamiento en ellos, y eso no es bueno.

Kace y Harsha se ponen de pie y, aún tambaleándose, levantan una de sus manos. Dos líneas de poder azulado dejan sus palmas y retienen a Jericho, quien gruñe como un salvaje. Aidan, por su parte, usa su poder para paralizar a Rangahar; no obstante, puedo ver que esto no está funcionando. Los están reteniendo, pero no los están calmando ni están recuperando la razón, y Prisca y Anthea también están listas para atacar a sus Protectores sin nadie que las detenga.

—¡Morgan! —me llama Aidan, y señala a Prisca y Anthea, así que levanto las manos y dirijo mi poder a ambas.

—¡No podemos retenerlos por mucho tiempo! —grito entre el viento y las gigantescas gotas de lluvia que han comenzado a caer sobre nosotros.

—¿Dónde está Shadow? —pregunta Harsha, ella es la guardiana de los Durmientes.

—¡No lo sé!

Jericho es el primero en liberarse y correr sobre sus manos y pies como un animal hasta Kace.

—¡Kace! —No sé por qué me preocupa, Kace es alguien malvado, seguidor de Shadow; así pues, ¿qué es esta preocupación que siento por él y por todos los Purificadores?

Jericho salta y estira los brazos en el aire, de los dedos de sus manos emergen garras afiladas con las que golpea a Kace con todas sus fuerzas. El aroma a sangre de Purificador intoxica todo el ambiente, pero, cuando la sangre de Kace toca el suelo, no nace nada, solo disuelve la tierra creando un pequeño hueco oscuro. Eso me hace entrecerrar las cejas, eso no ha pasado antes.

Kace retrocede unos cuantos pasos y apenas le da tiempo a levantar los brazos cuando recibe otro golpe de Jericho. Por un momento, con la lluvia cayendo sobre nosotros, puedo ver todo desarrollarse con lentitud: Milosh y Lyla se levantan desorientados, al igual que el resto de los Protectores; Kace lucha contra un feroz Jericho y Harsha lo ayuda; Aidan cae sobre una rodilla, su poder flaqueando ante Rangahar, y Prisca y Anthea están cerca de escapar de mi poder. Tampoco ayuda que todos hayamos pasado por tanto en tan poco tiempo, nuestro poder no está al máximo. ¿Qué puedo hacer? La desesperación fluye por mis venas y una presión en mi cabeza me hace entrecerrar los ojos.

Risas lejanas suenan en mi mente como un recuerdo perdido y reconozco mi propia voz.

*Eres una reina, actúa como una.*

Recuerdo que he roto el vínculo con la naturaleza, pero también he jurado mi lealtad a The Blackness. Y en este claro en concreto es donde se concentra la mayor cantidad de energía del lugar, energía que me ha sido cedida a mí a raíz de la desaparición de Shadow.

*Dea Blackness jaie cerve, dea Blackness jaie ses tanri…* «A The Blackness yo sirvo, a The Blackness pertenezco».

Mi cuerpo se mueve de manera mecánica, como si esto fuera algo que yo ya he hecho antes. Libero a Prisca y Anthea para arrodillarme y concentrar mi fuerza en mis manos al cerrar los puños. Grito y de un golpe entierro las manos en la tierra mojada por la lluvia.

«Estas son mis tierras ahora. Este es mi reino ahora».

—¡Blackness! ¡Invoco tu energía! ¡Tu fuerza! —exclamo tan fuerte como puedo—. ¡Como tu reina y señora, te lo ordeno! —Un relámpago ilumina el claro y le sigue un estruendoso trueno.

La tierra debajo de mí tiembla y algo comienza a fluir por debajo de ella desde mis manos hasta los Purificadores. Ramas de lo que parece lodo emergen debajo de Jericho y se envuelven alrededor de sus extremidades con rapidez hasta inmovilizarlo. Las siguientes son Prisca y Anthea, quienes sueltan un chillido al ser capturadas, y por último Rangahar es paralizado también. Cierro los ojos y me concentro en transmitirles paz y calma a través de sus ataduras de lodo, imparto razonamiento a sus inestables mentes. La lluvia se convierte en una llovizna pacífica.

Cuando ya se han calmado, los libero. Se quedan de pie confundidos, observando a su alrededor antes de que todas las miradas caigan sobre mí. Respirando con dificultad, saco las manos de la tierra y me pongo de pie, con agua y lodo goteando de mis dedos. No sé qué decir mientras enfrento la mirada inquisitiva de todos.

—Me presento ante la Reina Creciente. —Jericho baja la cabeza antes de caer sobre una rodilla y poner su puño en el pecho—. Segundo Purificador, Jericho.

Eso me toma por sorpresa.

—Cuarto Purificador, Rangahar —dice el siguiente, haciendo lo mismo.

—Quinta Purificadora, Prisca.

—Sexta Purificadora, Harsha.

—Octava Purificadora, Anthea.

Kace y Aidan no necesitan presentarse, así que solo se ponen la mano en el pecho y se arrodillan. Los Protectores los imitan y yo no sé qué hacer o qué decir ante todos ellos. Hasta Milosh y Lyla se arrodillan, brindándome una sonrisa.

Estas de verdad son mis tierras ahora, y, aunque estoy muy confundida, una parte de mí sabe que todos ellos fueron, son o serán parte de mi familia.

El cansancio y la locura que ha sido este día me pasa factura y me tambaleo ligeramente.

—¿Morgan? —Milosh se pone de pie y se apresura hasta mí, seguido de Lyla y Aidan.

—Estoy bien —les aseguro—, estoy bien.

Veo un poco borroso y parpadeo varias veces; durante un segundo, en la distancia entre Jericho y Jad vislumbro la figura arrodillada de Shadow. Cuando endereza la cabeza y sus ojos rojos encuentran los míos, me sonríe. Sus labios se mueven en un susurro. Doy un paso hacia delante y cuando parpadeo de nuevo ya no hay nadie ahí.

«¿Me estoy volviendo loca?».

Mis piernas fallan y Milosh me atrapa para levantarme y cargarme en sus brazos. Respiro con dificultad y descanso mi rostro contra su pecho.

—Milosh…

—Chisss, te tengo, vamos, es hora de descansar, has hecho suficiente.

Cierro los ojos y las palabras de Milosh revelan el significado del susurro del Shadow que creí entender.

*Ge donme il pert trecce.*

«Has hecho un buen trabajo».

Y, con esas palabras, me dejo sucumbir por la inconsciencia y el descanso.

# XXVIII

## LYLA

—¿Cómo está? —Es la pregunta inmediata de Milosh cuando salgo de la habitación de Morgan y cierro la puerta detrás de mí.

—Está bien, solo cansada —le aseguro—. Ha pasado por mucho últimamente, eso no puede ser bueno para ella o para los bebés.

Milosh se pasa la mano por la cara aliviado. Aidan aparece en el pasillo y, antes de que pueda preguntar lo mismo, le digo que Morgan está bien.

—¿Cómo están los Purificadores? —pregunto.

Aidan suspira.

—Desorientados, algunos ya se han podido alimentar de sus Protectores, pero es lo que me temía.

—¿No tienen recuerdos claros de cómo llegaron a estar en los Durmientes?

Aidan sacude la cabeza. Me lo imaginaba…

—Tenía la esperanza de que tuvieran más respuestas, pero están igual que nosotros, solo recuerdan algunas cosas de sus infancias y alguna que otra cosa más. No tienen ningún sentido cronológico de sus vidas o qué hicieron en ellas.

—No entiendo qué está pasando —murmuro—. ¿Sabemos algo del paradero de Shadow?

—Nada, es como si lo hubiera tragado la tierra.

—¿Kain ha intentado sentirlo?

Aidan asiente.

—Su lazo de Protector y Purificador parece estar congelado: cuando intenta conectar, llega hasta cierto punto y se rompe.

Milosh se recuesta contra la pared a un lado de la puerta de Morgan.

—Nada de esto tiene sentido.

—¿Estamos a salvo aquí? —Técnicamente nos encontramos en territorio enemigo.

—Sí, Morgan está al cargo ahora —confirma Aidan—. Los Purificadores son leales a la reina de estas tierras, los súbditos también. Incluso Kain, Kace, Kaya, Vincent y Harsha no tienen opción. Todo aquel ligado a The Blackness es ahora súbdito de Morgan Von Buzten.

—Nuestro vínculo con la naturaleza… —Levanto la mano y muevo mis dedos frente a mí.

—Se ha ido —termina Milosh por mí.

—Entonces —Aidan cruza los brazos sobre su pecho— ¿por qué no nos sentimos débiles? ¿Notan alguna diferencia?

Yo sacudo la cabeza en señal de negación.

—Aunque en mi cuerpo aún corren restos de la energía de la naturaleza, algo más me está supliendo ahora. —Cierro la mano—. Quizá sea The Blackness.

—Eso no tiene sentido. —Milosh se despega de la pared—. Somos seres creados por la naturaleza, ¿no es así? Deberíamos ser completamente dependientes de ella.

—Al parecer no lo somos —afirmo—. Tal vez eso tenga que ver con la razón por la que todos fuimos traídos hasta aquí cuando rompimos el vínculo con ella, para que The Blackness pudiera ocupar su lugar al darnos energía.

—Pero ¿por qué? —Aidan dice en voz alta lo que todos nos estamos preguntando—. ¿Cuál es la razón de todo esto? ¿Por qué Shadow desaparecería? ¿Por qué dejaría que Morgan despertara a todos los Purificadores para que le fueran leales a ella? ¿Por qué abandonaría su reino y se lo daría a ella?

—Y ¿por qué hacernos romper el vínculo con la naturaleza? —agrega Milosh.

—Eso mismo me gustaría saber. —Una Purificadora de cabello blanco e imponente figura aparece a nuestro lado, lleva puesta una túnica negra con capucha, y recuerdo que cuando Morgan habló de la guardiana de los Durmientes mencionó una vestimenta parecida—. Nuestro rey parece ser una caja de sorpresas, ¿no es así?

—Harsha, ¿no? —Ella parece asombrada de que sepa su nombre. En un movimiento rápido, la golpeo con el puño en la cara, algo que no se espera. Entonces retrocede y sostiene su nariz, que ahora sangra; parece estupefacta—. Eso es por intentar dormir a Morgan sabiendo que estaba embarazada.

Harsha baja su mano ensangrentada y gruñe para venir a mí. Aidan se atraviesa en su camino, pero ella estira la mano a un lado y lo aparta con una facilidad que me recuerda que ella es su antecesora, por tanto, más fuerte que él. Milosh también se interpone y ella aprieta la mano y le quiebra ambas piernas. Yo me adopto una posición defensiva; no va a intimidarme, por lo menos, ya le he dado un golpe.

—¡¿Cómo te atreves?! —me grita en la cara y levanta el puño para pegarme. Una brisa fugaz pasa entre nosotros y alguien aparece de pronto. Es muy alto, con el cabello blanco que ha recuperado algunos mechones rubios. Lleva puesto el uniforme negro de Nhyme. De espaldas a mí, no puedo ver su rostro, pero la expresión impotente en la cara de Harsha me indica que es alguien con más poder que ella—. ¡No te metas en esto, Jericho!

Pum… Pum… Pum…

Mi corazón se desboca en mi pecho ante la mención de ese nombre y al darme cuenta de que está ahí frente a mí. No estoy lista para hacerle frente, para verlo, no ahora. En el claro, mantuve la mirada lejos de él en todo momento. Jericho da un paso hacia Harsha y la hace retroceder.

—*Herte Grakt.* —«Sal de aquí». Su voz es áspera, ruda y ronca. Espera… ¿Cómo he entendido lo que dijo? Harsha me dedica una mirada de desprecio antes de darse la vuelta e irse. Ignorando al rubio de espaldas a mí, paso por su lado para ayudar a Milosh, que está en el suelo. Aidan le está ayudando a ponerse de pie. Sin embargo, cuando paso junto a él, una mano fría agarra mi brazo con fuerza—. Gystha.

Debí saber que no sería tan fácil. Sacudo el brazo para zafarme de su agarre.

—Es Lyla —le digo. Él me gira y me obliga a mirarlo, yo mantengo los ojos en su pecho.

—¿Lyla? —La voz de Milosh detrás de mí hace que quiera poner más distancia entre Jericho y yo.

—Vienes conmigo. —Jericho aprieta mi brazo. Es una afirmación, no es una pregunta, así es él en mis escasos recuerdos.

—¿Todo bien? —se interesa Aidan.

—Suéltame —murmuro por lo bajo.

Jericho se inclina sobre mí, su mejilla roza la mía cuando acerca sus labios para susurrar en mi oído:

—Puedo matarlo en un segundo —sé que se refiere a Milosh—, y lo sabes.

Él se endereza y, de mala gana, contesto a Aidan:

—Todo bien, ya vuelvo.

Me libero del agarre de Jericho y lo sigo al final del pasillo, donde cruzamos unas puertas y entramos a un salón vacío con vistas al pueblo de The Blackness. Dentro, inspiro hondo y le hago frente, mi corazón no está listo para ver ese rostro, esa línea de la barbilla que he delineado con mi dedo en mis recuerdos, esos ojos verdes claros que parecen no encajar con la madurez de sus facciones. La intensidad de su mirada es suficiente para desbocar el corazón de cualquiera.

«¿Cómo estás tan amargado con esos ojos tan bonitos?». Recuerdo haberle dicho eso en mi adolescencia. He recuperado algunos recuerdos y, aunque escasos, la mayoría lo incluyen a él. Jericho y yo pasamos de pelearnos todo el tiempo a besarnos a escondidas sin ninguna explicación, sin palabras. No hablábamos al respecto, solo seguíamos nuestros instintos, así que sí, me divertía ponerlo celoso, poner a prueba su autocontrol. Jericho era posesivo y controlador y, en parte, era culpa mía por permitir ese comportamiento, por disfrutarlo. Solo ahora puedo ver lo dañino que fue no haberlo parado, no haber dicho: «No, ya basta». Está en su naturaleza ser de esa forma, pero eso no significa que esté en la mía aceptar semejante trato.

Jericho da un paso hacia mí, y luego otro hasta que levanto la mano y lo detengo. Me observa por unos segundos que se me antojan una eternidad.

—No vuelvas a amenazar la vida de nadie frente a mí de ese modo —le exijo—. Entiendo que acabas de despertar y que tus… emociones están muy inestables en estos momentos, pero las amenazas no son algo que vaya a tolerar.

Él no dice nada.

—Creo que debemos mantener nuestra distancia por ahora, están pasando muchas cosas y deberíamos enfocarnos en entender esta situación —le explico, y Jericho ladea la cabeza. De nuevo, el silencio reina entre nosotros y trago con dificultad porque él y yo nunca hemos sido de muchas palabras. Hemos sido de sensaciones, de discusiones explosivas que terminan en besos, de miradas que transmiten más que cualquier palabra, como la que él me está dirigiendo ahora—. Ahora debo volver. —Le informo antes de pasar por su lado y dirigirme a la puerta.

Cuando estoy a punto de alcanzarla, la puerta se cierra de golpe frente a mí. Aprieto los labios.

—Jericho.

Lo puedo sentir caminar hacia mí, su calor y presencia contra mi espalda. Con suavidad, echa mi cabello a un lado y puedo sentir su respiración en la curva entre mi hombro y mi cuello. Mis piernas se debilitan ligeramente cuando deja un beso húmedo ahí y sube para susurrar en mi oído.

—*Jaie fekmyre brak tis, Gystha*. —«Yo ardo por ti, Gystha». Sus palabras me ponen la piel de gallina, su voz ronca no debería tener permitido hablar ese idioma tan gutural. Jericho me da un breve beso en el cuello antes de romper todo contacto conmigo—. Pero sé esperar.

Y, con eso, abre la puerta y no dudo en salir de ahí. He subestimado muchísimo la conexión que tenemos Jericho y yo, pero no tengo tiempo para esto. Así que me centraré en entender lo que está pasando ahora y no en el rubio que confunde mi mente, porque mi prioridad es mi clan y mantener a salvo a los míos, y la única forma de hacer eso es comenzar a investigar y a entender qué fue lo que pasó esa tarde y dónde está el único que podría tener una idea o información clave.

«¿Dónde está Shadow?».

# XXIX

# MORGAN

Fuego…

Árboles en llamas, humo desprendiéndose de ellos. Yo estoy en medio de la destrucción, el terreno a mis lados cede, creando abismos oscuros, mientras camino por una línea fina de tierra. El cielo es rojo, los relámpagos se estrellan contra las paredes de los abismos y humo gris oscuro se mezcla con una neblina tóxica que rodea todo el lugar. Levanto las manos frente a mí, gotea sangre de ellas.

«Hemos fallado, ¿por qué? ¿Por qué hemos fallado?».

Abro los ojos de golpe. El techo rocoso de la habitación que se ha convertido en mi hogar en estos dos meses me recibe. Esa pesadilla ha sido recurrente desde que pasó lo de las tierras del norte, desde que desperté a todos los Purificadores. Y, aunque han sido dos largos meses acostumbrándome a mis responsabilidades como reina de The Blackness, no hemos obtenido muchas respuestas sobre lo que pasó o sobre el paradero de Shadow.

Me incorporo y me apresuro a ponerme mis ropas. Me niego a usar el informe de Nhyme, así que di la orden de confeccionar trajes cómodos negros para mí: pantalones semiajustados negros y prendas superiores del mismo color. El embarazo ya es notable, por lo que en la parte del estómago dan de sí. Al principio, pensé que el pueblo de The Blackness rechazaría el hecho de que no usara el uniforme, pero lo aceptaron, tomándolo como si yo estuviera de luto por la pérdida de mi rey. Y, la verdad, tengo otras prioridades ahora como para preocuparme por aclararles algo; si quieren pensar eso y eso les da paz mental, por mí está bien.

Frente al espejo, recojo mi largo cabello en una cola alta y me pongo una gargantilla negra y a continuación deslizo los brazaletes negros con detalles rojos sobre mis muñecas. Cuando decido no llevar mi corona, debo usar estos accesorios; al parecer, hay una ley no escrita en The Blackness que obliga a sus soberanos a llevar algo que los identifique como tales en todo momento, así que tomo el último accesorio: una rosa marchita de oro, los pétalos hechos de rubí. La engancho a un lado de mi pecho y salgo de mi habitación. Los guardias que flanquean mi puerta hacen una reverencia.

—¡Su majestad!

Les sonrío y camino derecho a ese salón que se ha convertido en un punto de visita diario. Cada vez que entro a ese pasillo, recuerdo la visión o lo que quiera que sea que tuve el día de la liberación de los Purificadores.

Entro al salón, que carece de ventanas y se ilumina únicamente con las antorchas que hay en sus paredes. Una mesa inmensa tallada de madera antigua se halla en el centro; deslizo los dedos por su rústico borde hasta llegar a la cabecera, donde sobresale mi silla, ya que es más alta que las demás que rodean la mesa. Mi clan comienza a entrar, todos me hacen una reverencia antes de tomar asiento: Lyla, Milosh, Ian, Luke, Tori, Jenny, Drake, Aidan, Calum y Everild. En cuanto tomé el control de este lugar, mandé a buscarlos, y ellos han estado viviendo en The Blackness conmigo. Necesito a mi familia aquí, son los únicos en los que puedo confiar. Los Purificadores no suelen venir a las reuniones, y los demás —Rea, los líderes elementales, Kaya, Vincent y Kain— son fieles seguidores de Shadow, de manera que la única razón por la que se ven obligados a seguirme es porque no les queda opción y eso es algo que no olvido.

—¿Cómo están? —pregunto antes que nada. Cada día me aseguro de que sepan que nuestra relación no ha cambiado solo porque ahora cargo con el peso de esta corona.

—No voy a negar lo mucho que me molesta llevar este uniforme. —Ian es el primero en responder. Lo sé, pero, como recién llegados a The Blackness, el pueblo y los guardias les tienen cierta desconfianza; si los vieran vistiendo ropas diferentes a los colores del reino, sería un problema. Una cosa es que su reina decida modificar su vestimenta y otra que los nuevos no lleven sus uniformes, lo verían como un insulto.

—Es temporal, lo sabes —le aseguro.

—Dos meses no es temporal —refuta él.

—Dos meses son un suspiro para seres inmortales como nosotros —susurra Drake.

—¿Tú cómo estás? —Lyla me observa con atención.

—Muy embarazada —le digo con una sonrisa—, cada día puedo sentirlos más.

—¿Ya se mueven? —Luke suena sinceramente curioso.

—No mucho, creo que es muy pronto.

—¿Me dejarás tocarte la barriga cuando se muevan? —Luke me sonríe abiertamente. Lyla le golpea el hombro.

—¿Acabas de preguntarle a la reina si puedes tocar su barriga, así como así?

—Ey, sigo siendo yo —le aclaro antes de devolverle la sonrisa a Luke—. Por supuesto que sí.

Ian bufa.

—¿Disculpa? Luke, recuerda tu lugar: yo soy como un hermano para Morgan, así que yo debería ser el primero en tocar su barriga.

Drake pone los ojos en blanco.

—Ya estamos…

—Yo soy su hermano *real* —interviene Milosh—, parecen olvidarlo muy a menudo.

Y ellos siguen su discusión. Tori y Jenny nos miran confundidas, Everild, en cambio, tiene una expresión seria. Les dedico una sonrisa afirmativa, sé que la confianza que existe en el clan puede parecer algo sorprendente para ellas, o tal vez solo les parece extraño que puedan tener estas discusiones tan triviales frente a la reina. Sé que Shadow jamás permitiría algo así, todo su reinado se basaba en el miedo y el respeto frío y lejano que imponía a sus seguidores.

—Por favor, recordemos el punto de esta reunión —interrumpe Everild. Ha sido difícil para ella no tener el control; después de todo, ha sido la líder de la rebelión contra Shadow durante décadas—. ¿Alguna noticia?

Aidan y Lyla son los primeros en intervenir:

—Hemos hablado con cada uno de los Purificadores y hemos creado una línea cronológica con lo que recuerdan —Lyla extiende un largo papel que abarca todo el centro de la mesa que han ido llenando y arreglando todo este tiempo—, y… no tiene sentido.

Eso me hace fruncir el ceño.

—¿A qué te refieres?

—Sus recuerdos no encajan —me explica Lyla—. Muchos recuerdan cosas de tiempos en los que se supone que estaban dormidos.

—¿Cómo podemos saber que estaban dormidos durante esos tiempos? —pregunta Milosh.

—Harsha —Lyla señala ese nombre en el papel— ha sido la guardiana de los Durmientes desde que nació y ella recuerda con claridad en qué año fue dormido cada uno de ellos porque Shadow le dio la información, incluso de como durmió a aquellos que nacieron antes que ella. —Ahora señala las fechas—. Todos fueron dormidos un año antes de alcanzar su madurez, un año antes de cumplir cien años, por eso ninguno hizo la Purificación.

Todo está cobrando sentido en mi cabeza.

—Eso quiere decir… que es imposible que se conocieran entre ellos —pienso en voz alta.

Aidan toma la palabra:

—Los Purificadores nacen cada trescientos años, lo que quiere decir que los que hayan nacido antes de ese Purificador estaban ya dormidos a la hora del nacimiento de otro. Por ejemplo, Jericho —señala el nombre en los documentos— fue puesto a dormir cuando cumplió noventa y nueve años, pasan trescientos años y nace Kace, y cuando Kace cumple noventa y nueve años también es adormecido, y así sucesivamente, lo que hace imposible que Jericho y Kace se hayan encontrado en algún momento o que alguno de los Purificadores se haya conocido. Y, sin embargo, todos tenemos recuerdos compartidos; Lyla y yo, por ejemplo, tenemos recuerdos de nuestra adolescencia con un Jericho y Jad ya maduros y con control de sus poderes.

—Lo cual no tiene sentido, porque tú y Lyla nacieron muchos siglos después. Jericho debía de estar dormido —termino por él.

Everild usa su dedo para seguir las líneas en el papel.

—Si la única fuente de confirmación de que todos estaban dormidos durante ese tiempo es Harsha, no deberíamos confiar.

—Pensé lo mismo —Aidan asiente—, así que bebí su sangre y pude acceder a su memoria sin alteraciones, lo vi todo.

—Shadow ha despertado a Purificadores antes, ¿o no? —les recuerdo—. Despertó a Kace hace un siglo para llevar a cabo su plan y volvió a despertarlo hace poco; quizá Shadow despertó a los Purificadores a su antojo en diferentes tiempos.

—También lo consideramos —Lyla habla de nuevo—, pero los Purificadores son capaces de recordar cuánto tiempo estuvieron dormidos. Shadow dejó despierta a Harsha como guardiana de los Durmientes y el único a quien Shadow despertó a su antojo fue a Kace, y no por mucho tiempo, solo en momentos muy puntuales y lo volvía a dormir. Creo que no quería arriesgarse a que pasara un año y Kace madurara por completo y pudiera hacer la Purificación.

—Mientras exista un Purificador vivo capaz de realizar la Purificación, no nacerá otro —digo en voz alta—. ¿Acaso eso también era mentira?

—Si Shadow los dormía para evitar la Purificación, entonces ¿por qué a ti sí te dejó hacerla? —inquiere Milosh.

—Porque ya estaba listo. —Everild nos sorprende con la seguridad de su voz, y es como si todo el rompecabezas se hubiera armado en su cabeza—. Ahora lo entiendo. Al observar este papel, ¿qué ven?

Todos compartimos una mirada confundida.

—Tiempo, siglos —nos responde ella—. Shadow necesitaba tiempo para construir todo esto, tiempo para recoger suficiente energía de los Purificadores y prepararse para una Purificación de la que él y su reino pudieran salir inmunes. Él usó a los Purificadores para crear el escudo más poderoso de la historia alrededor de este lugar, los usó para crear su propia fuente de energía, sin necesidad de la naturaleza.

—En este lugar no se siente la presencia de la naturaleza en absoluto —Calum habla por primera vez, ha estado muy callado, asimilando todo—, es como si estuviera...

—Completamente desligado de la naturaleza —termino por él.

—Y por eso la Purificación no afectó a este lugar —confirma Lyla—, porque técnicamente no existe para la naturaleza. Y quizá por eso mismo él nos hizo romper nuestro vínculo con ella.

—Y por eso hizo que los Purificadores, al despertar, rompieran sus vínculos con la naturaleza, para que, al pasar un año, no fueran capaces de hacer la Purificación —culmina Aidan por ella. Y eso me hace confundirme aún más.

—En ese caso, ¿por qué ha desaparecido? ¿Por qué se esforzó tanto en construir todo esto y cuando ha funcionado se ha ido y me ha dejado al cargo? Ha dejado el fruto de siglos de trabajo en mis manos, así como así.

—Puede que no lo haya hecho voluntariamente. —Drake se pasa la mano por la nuca—. Quizá algo le salió mal.

—Ya me está doliendo la cabeza —gruñe Luke—, nada de esto es fácil de entender.

—Aún nos faltan por entender tantas cosas… pero, poco a poco, lo haremos —les prometo.

Milosh acerca su mano al papel.

—Hasta ahora tenemos recuerdos que son inexplicables por parte de los Purificadores y seguimos sin tener idea de dónde está Shadow y por qué hizo lo que hizo.

—Y ni siquiera hemos hablado de las visiones de ese Purificador —susurro, recordando a Ethos—. Everild, ¿encontraste algo en el cuarto sellado?

Ella suspira. Logramos abrir el misterioso cuarto unos días después de la liberación de los Purificadores y, aparte de polvo, hallamos unos cuantos libros que parecen estar sellados porque sus páginas están vacías. Aún estamos intentando averiguar la forma de poder leerlas.

—¿Sigues teniendo esas pesadillas? —me pregunta Lyla y yo asiento. Ella se acerca para tocar mi frente y tomarme el pulso—. Eso no es bueno para los bebés.

—Lo sé.

Tori y Jenny contribuyen con su parte:

—Revisamos los libros y visitamos a algunos historiadores, el idioma que los Protectores y Purificadores usan es muy antiguo y se llama Purkai. Fue creado en una tribu que veneraba la naturaleza hace más de dos mil años, la tribu en la que nacieron Kain y Shadow. Lo que no sabemos es cómo la adquirieron los Purificadores después de ellos, o por ejemplo tú, Morgan, que nunca has sido expuesta al idioma.

—Siento que la falta de sentido en los recuerdos de los Purificadores y la razón por la que pueden hablar un idioma al que nunca han sido expuestos tiene relación —comenta Everild—. Es como si hubieran vivido una segunda vida de la que no sabemos nada.

—También descubrimos que Shadow tuvo un papel muy importante en el final de la primera guerra sobrenatural —continúa Tori—. La que llevó al pacto entre los humanos y los seres sobrenaturales y dividió los territorios.

—La creación de los Escudos Gulch.

—Él fue el que detuvo el derramamiento de sangre, muchos de los sobrenaturales que él salvó lo han seguido desde entonces, por eso tiene la lealtad de muchos Purasangres antiguos aquí.

—¿Pudieron hablar con alguno de esos Purasangres?

—No —contesta Jenny—, se negaron, ni siquiera cuando les dijimos que eran órdenes de su reina. Ofrecieron sus cabezas si así lo decidías.

Everild suspira.

—Si estuvieron con Shadow desde el principio, y pelearon a su lado en la guerra que él finalmente terminó, le serán leales para siempre, pueden dar sus vidas sin parpadear.

—Pensé que eras la Purasangre más antigua —le digo a Everild.

—La más antigua de los tiempos modernos, diría yo —matiza ella—. Esos antiguos Purasangres ya ni dejan sus cuevas, nadie los ve, es como si no existieran. Ninguno quiso tomar el título y las responsabilidades que venían con él, así que aquí estoy.

—Yo iré a hablar con ellos —propongo.

Everild hace una mueca.

—No creo que esa sea una buena idea, Morgan, la zona donde están no es la más segura de The Blackness y no son amantes de los guardias reales o de las visitas inesperadas.

—Y por eso no llevaré guardias. —Todos abren la boca en el acto para protestar—. Y no, no iré sola. —Le echo un vistazo a mi hermano y él asiente—. Iremos después de la audiencia de hoy, Milosh.

Como reina de The Blackness, debo tener una audiencia semanal con los líderes del pueblo y mis súbditos para escuchar sus inquietudes y problemas. Hasta ahora, no he tenido que lidiar con problemas muy grandes.

—Creo que es todo por hoy —suspiro, porque ahora me canso con mucha facilidad haciendo las cosas más simples.

Todos comienzan a salir, uno detrás de otro, hasta que solo quedamos Calum y yo.

# XXX

# REA

—Te doy cinco darks por ello y es mi oferta final.

La anciana observa las monedas en mi palma y sacude la cabeza tras la mesa donde exhibe sus artesanías y joyas hechas a mano.

—No hay ofertas, Rea, mis joyas lo valen y lo sabes.

Suspiro porque tiene razón, pero en los últimos tiempos no me han sobrado las monedas precisamente. Desde que nuestro rey desapareció, no he tenido trabajos de su parte, y, aunque el Rey Insurgente era un bastardo, pagaba muy bien.

—Lo sé —le aseguro—, y créeme que no negociaría si estos cinco darks no fueran lo único que tengo. Es el cumpleaños de mi madre y he visto cómo mira esta pieza. —Le señalo el colgante, hecho de *tekr*, un mineral muy raro que extraen de la parte sur de The Blackness, con un pendiente que luce como un copo de nieve estrellado. Mamá ama el agua, es su elemento favorito, así que supongo que por eso le gusta.

—Lo siento mucho, Rea, pero mis hijos también tienen que comer y esta pieza llevó mucho trabajo y ayuda de Purasangres.

Sé a lo que se refiere: la mujer es humana, así que muchas veces contrata los servicios de convertidos o Purasangres para que la ayuden a crear dijes elementales preciosos.

Suspiro, dándome por vencida, cuando una palma abierta con doce darks aparece a mi lado.

—Me lo llevo.

Reconozco esa voz y me vuelvo para ver la dueña de esa mano. ¿Por qué no me sorprende?

—Nyxe.

La anciana recibe las monedas con una sonrisa amable. Los líderes elementales son muy respetados en nuestro pueblo. Nyxe toma el colgante y lo examina con cuidado.

—No necesito tu ayuda —le digo entre dientes.

Nyxe mantiene esa fría expresión cuando me enfrenta, con el colgante próximo a su cara, donde tiene esa pequeña estrella tatuada al lado de uno de sus ojos.

—¿Quién ha dicho que te estoy ayudando? —replica—, solo me parece que hace juego con mi tatuaje.

«Esta…».

Me muerdo la lengua y finjo una alegría exagerada.

—¡Que lo disfrutes!

Me alejo de ella porque no sé qué condena estoy pagando para tener que verla con tanta frecuencia. Me he quedado sin trabajos y sin amigos. Calum no me quiere ni ver, completamente comprensible, y el Shadow Purasangre… dejó de existir y ahora ni siquiera sabemos dónde está el Shadow Purificador. Así que lo menos que necesito es lidiar con mi ex.

Camino entre la gente en la calle principal de The Blackness, el sol aún brilla radiante en el cielo, así que no hay ningún convertido por ahí, solo Purasangres y humanos. Una mano tira de mí con brusquedad y me mete en un callejón. Nyxe me arrincona contra la pared y yo me libero de su agarre de mala gana.

—¿Qué es lo que quieres?

Sus ojos buscan los míos y quisiera decir que su cercanía ya no me hace sentir nada, pero ¿cómo podría? Con lo guapa que es y ese cabello corto que favorece lo perfilado de su ángulo facial.

—Tienes que acercarte a la reina.

Alzo una ceja.

—¿Ah?

—Se ha corrido la voz de la desaparición de Shadow, sobre su ausencia, fuera de The Blackness y esos grupos rebeldes que sueñan con colarse aquí están preparando algo.

—Antes que nada —toco su pecho y la empujo un poco—, espacio personal.

Nyxe entorna los ojos.

—Rea, ¿tengo que recordarte todas las ocasiones en las que tu espacio personal se ha convertido en el mío? —Yo me aclaro la garganta—. Como cuando…

—Ya, ya, ya lo he entendido —Hago una mueca—. Segundo, ¿por qué me estás diciendo esto a mí? Como líder elemental, deberías poder hablar con la reina directamente.

—Ella no confía en mí.

Eso me hace reír un poco.

—¿Y crees que en mí sí? —De verdad que Nyxe está diciendo locuras—. ¿Se te olvida que antes me odiaba porque pensaba que me estaba follando al rey? ¿Y que ahora me odia porque fui parte del plan que le causó tanto daño?

—El lobo.

—¿Calum? —Ella asiente.

—Él es de su círculo y tú solías ser su amiga, ¿no?

—Déjame ver si entiendo… ¿Quieres que le diga esto a Calum para que él informe a la reina? —Tuerzo mis labios—. Calum también me odia.

Nyxe me observa durante unos segundos.

—Nadie podría odiarte, Rea.

—No hagas eso.

—Rea…

—No, no me mires con esos ojos y digas cosas como esa, Nyxe. Si quieres que haga algo por ti, solo dilo como lo estás haciendo y págame. Quiero que me veas como una rastreadora más, alguien que vive de sus servicios e información.

—No estaba intentando nada, Rea. Estoy respetando tu espacio y tu decisión.

—¿De verdad? Entonces ¿por qué siento que te veo en todos lados?

—Casualidad. —Se encoge de hombros—. Y está bien, en ningún momento te dije que no te pagaría. —Alza su mano con el colgante y yo lo tomo sin más.

—Quiero diez darks más.

Ella sonríe por primera vez desde que apareció en el puesto de la anciana y me desarma. Nyxe debería tener prohibido sonreír, es algo a lo que nunca te acostumbras, uno de sus colmillos resalta más que el otro cuando lo hace. Me pasa diez darks más y yo me vuelvo muy consciente de su presencia.

—¿Qué quieres que le diga exactamente?

—Los grupos ya están en Morten —es el pueblo más cercano al nuestro—, y estoy segura de que intentarán entrar pronto.

—¿No puedes encargarte de ellos?

—Sí, pero recuerda que no podemos matarlos. —Sí, esa ley de nuestro rey de no asesinar criaturas sin su permiso—. Y, si tomamos rehenes, vendrán otros; si los enviamos de regreso a sus pueblos, se seguirá corriendo la voz. ¿Qué crees que pensarán de este lugar si es constantemente atacado por rebeldes?

—¿Qué quieres que haga la reina entonces?

—Lo que Kain hizo cuando tomó el poder en la ausencia de Shadow, lo que Shadow hizo cuando volvió: una demostración de poder.

—¿Quieres que la reina los asuste?

—Es más que eso, Rea, es dar la cara por este lugar. Decirles frente a frente que ella podría aplastarlos con solo levantar la mano, que este reino no está vacío, que su soberana está aquí.

Mis recuerdos de Morgan no son muy violentos.

—No creo que ella haga algo así, su carácter es más… pacífico.

—¿Crees que les llevará galletas y les dedicará una sonrisa? No, no la subestimes. La he observado, Rea, al principio con rencor porque la consideraba el enemigo, pero luego con curiosidad. Ella no es frágil, en su mirada se nota que ha pasado por mucho y que haría lo que fuera por defender a los suyos.

—Ahí está el quid de la cuestión, no creo que ella considere a nadie de The Blackness, incluidas nosotras, los «suyos».

Nyxe sonríe de nuevo y yo aparto la mirada.

—Lo hará con el tiempo, Rea; seremos un pueblo desastroso, pero no somos malos.

—No somos los malos según nosotros, apuesto a que ellos no piensan igual.

Ella no dice nada y retrocede.

—Solo hazle llegar la información.

—Por supuesto, vivo para cumplir con lo que se me encomienda. —Me despido con la mano.

—Rea —me llama Nyxe—, felicita a tu madre de mi parte, espero que le guste. —Señala el colgante.

Dicho lo cual, se va abandonando el callejón en dirección a la calle principal. Observo cómo se encuentra con uno de los guardias reales y sigue su camino antes de mirar las monedas en la palma de mi mano junto al colgante. Y caigo en cuenta: Nyxe no me necesita para esto. Incluso si Morgan no confía en ella, sé que la escucharía. Esa idiota se ha enterado de que no estoy en mi mejor momento, y ha montado todo ese teatro para darme monedas y un regalo para mi madre, ¿o me lo estoy imaginando todo? Ah, eso es lo que odio de Nyxe: me confunde hasta con las cosas que parecen más claras. En cualquier caso, agradezco tener algo para mi madre y corro hacia mi casa.

Sin embargo, esa sonrisa continuará plasmada en mi mente por muchos días y ella lo sabe, y quizá ese fue objetivo desde el principio.

# XXXI

# MORGAN

Calum y yo estamos solos en el salón de reuniones.

Él se queda de pie a un lado de la mesa con las manos cruzadas en la espalda y muy erguido. El uniforme de Nhyme le queda ajustado, por lo que se ciñe a sus torneados músculos. Su cabello blanco ha crecido en estos últimos meses. Durante unos segundos, él no dice nada y solo me observa con esos ojos grises que emanan tanta paz.

—Has nacido para reinar. —Su voz profunda irrumpe el silencio—. Llevas todo esto con mucha naturalidad.

Eso me hace sonreír y sacudir la cabeza.

—No he tenido opción.

—No bajes la guardia solo porque estás en la cima —me aconseja—, he escuchado de líderes de clanes benevolentes y bondadosos que han sido asesinados y traicionados. Ser una reina buena y justa no te garantiza seguridad.

—Lo sé —le aseguro y me levanto para dar unos cuantos pasos hacia él. Me subo en la mesa para sentarme, las piernas me cuelgan. Él hace lo mismo y se sienta a mi lado a una distancia de un cuerpo entre nosotros. Calum y yo hemos compartido mucho últimamente, él me ha ayudado a entrenar y a buscar un balance interno con mis poderes. Sin embargo, han pasado varios días desde nuestra última conversación a solas—. ¿Cómo estás?

—No muy bien —admite, y agradezco su honestidad, nadie de mi clan expresa en voz alta lo difícil que ha sido adaptarse a este lugar, llevar el uniforme del que consideramos nuestro enemigo durante mucho tiempo, dormir y vivir en su castillo—. Echo de menos el Bosque Oscuro, la libertad, la naturaleza. Añoro poder quitarme la ropa, transformarme y correr durante días si así lo decido.

Percibo la agonía en su tono, supongo que es cierto lo que siempre he escuchado de que los lobos son criaturas libres a las que les encanta vivir en la naturaleza y no en un lugar poblado o específico. Su semblante me motiva a ofrecerle algo:

—Calum, no tienes que quedarte aquí —es la verdad—, puedes vivir fuera de The Blackness y venir a visitarnos cuando quieras, ¿qué te detiene?

Él no dice nada, pero su mirada se intensifica sobre mí. Y yo aprieto la boca porque esa pregunta ha sonado más personal de lo que esperaba. Aparta la mirada, sonríe para sí mismo y se lame los labios antes de volver a mirarme.

—Tienes razón, ¿qué me detiene?

No sé qué decir. Aunque imaginar que él se vaya me oprime el pecho, no lo obligaré a estar en un lugar en el que no es feliz.

—Exacto, quiero que estés bien.

Es mi turno de mirar al frente, esquivando sus ojos, no quiero que vea algo en mi rostro que le quite poder a mis palabras. No quiero presionarlo a quedarse si no es lo que desea. Calum hace lo habitual cuando no quiere hablar de algo, desvía el tema.

—A veces quisiera ir atrás en el tiempo —susurra, y yo lo observo de nuevo. Está mirando al frente, sus manos aferradas al borde de la mesa mientras sus piernas danzan hacia delante y hacia atrás, se ve tranquilo y confiado—, a esos días donde todos vivíamos en el bosque, esos días en los que tenía dos amigos que consideré hermanos. —Sonríe con tristeza—. No es fácil para los lobos confiar y relacionarse con otras especies, y, por alguna razón, Shadow y Rea fueron esa excepción para mí. Vaya mierda, siempre he sido intuitivo y he alardeado de leer muy bien a otras criaturas, y los únicos amigos que tuve me engañaron como a un idiota.

—Calum —estiro mi mano y la descanso sobre la suya en la mesa—, lo que ellos hicieron es despreciable, pero eso no dice ni cambia nada de ti: tú eres increíble; ellos son basura.

—Lo peor es que una parte de mí quiere escucharlos, Morgan —admite con una sonrisa burlona—, quiere explicaciones, quiere entender. Supongo que, cuando pasas tanto tiempo con alguien, es difícil no querer justificar sus actos por despreciables que estos sean.

Acaricio la parte posterior de su mano con delicadeza.

—No te sientas mal por eso; si yo, que fui la que salió más perjudicada, también tuve esos pensamientos, es normal que tú los tengas. Creo que está en nuestra naturaleza.

—¿Qué?

—Tener esperanzas en aquellos que hemos amado profundamente.

Calum gira su mano sobre la mesa y la entrelaza con la mía. Yo trago con dificultad y mis ojos encuentran los suyos.

—¿Aún lo amas?

—No.

—No tienes que mentirme, Morgan, no voy a juzgarte, créeme.

Suspiro.

—Amé con todo mi corazón al Shadow Purasangre, a quien pensé que él era, me enamoré de alguien que no existe. Para mí, él murió en la Purificación y quiero que mi último recuerdo de él sea ese beso, esa mirada llena de amor puro y esas palabras antes de que yo me elevara a hacer mi misión. Y sí, el Shadow Purificador tiene su misma apariencia física, pero *no es él*, Calum.

Se queda callado por unos segundos antes de hablar de nuevo:

—¿Y si él vuelve? —Me tenso ante su pregunta—. Si el Shadow Purasangre vuelve a ti, ¿lo recibirías?

—Eso es imposible.

—Eso no es lo que te he preguntado.

Abro la boca y la vuelvo a cerrar. Los labios de Calum se alargan en una línea formando una sonrisa tensa, y suelta mi mano para bajarse de la mesa.

—Su majestad debe de tener un día muy ocupado. —Me hace una reverencia—. Me retiro.

Él me da la espalda para caminar hacia la puerta.

—¿Por qué siempre haces esto? —Calum se detiene, pero no se da la vuelta.

—¿Esto?

Me bajo de la mesa y me quedo ahí parada, agradezco que esté de espaldas, así me siento más valiente.

—Irte de la nada cuando te enojas y no me explicas la razón.

Él se gira ligeramente, quedando de perfil con respecto a mí, y no puedo leer su expresión, su rostro no me dice nada.

—Está en mi naturaleza, deberías saberlo.

—¿Qué?

—Aunque tenga una conexión pacífica con la naturaleza, sigo siendo un lobo, Morgan. Mi temperamento es volátil, así que, cuando siento que me estoy enojando, prefiero retirarme de la situación antes de que empeore.

—¿Cómo te he hecho enojar? No lo entiendo.

—Y es mejor que no lo entiendas.

—Calum.

—Morgan, hemos pasado por muchas cosas estos meses, ha sido una cosa tras otra, no hemos podido respirar sin tener que preocuparnos por nuestra seguridad a cada rato y aún seguimos tratando de descifrar qué está pasando y si de verdad estamos a salvo aquí. Tienes suficientes asuntos con los que lidiar. No seré algo más en tu lista de problemas. —Y me ofrece una sonrisa con la boca cerrada antes de irse.

Me quedo sin entender qué ha pasado por unos segundos, y mi corazón salta esperanzado cuando escucho la puerta abrirse de nuevo. Sin embargo, mi alegría es fugaz al ver a Milosh asomar la cabeza en la puerta.

—Es hora de las audiencias reales.

Me esfuerzo por sonreírle y enderezo la espalda cuando me encamino a cumplir con mi deber. Inhalo profundamente y me dirijo a gobernar porque The Blackness depende de su Reina Creciente y aún me queda mucho por aprender.

# XXXII

# MORGAN

Purificadores…

¿Por qué siento que puedo confiar en ellos?

Porque son familia.

«No, no lo son», me recuerdo al observar a los Purificadores mientras entrenan en el patio trasero del castillo desde mi alto ventanal. El sol brilla en lo alto del cielo. Ninguno usa poderes elementales, solo practican sus habilidades físicas: golpes, patadas y cómo esquivar ataques. Aidan me dijo que ellos lo habían pedido para estirar y ejercitar sus cuerpos después de haber dormido durante tanto tiempo. Están divididos en parejas para pelear uno a uno: Kace y Anthea, Aidan y Rangahar, Prisca y Harsha. Jericho es el único que está a un lado solo, con los brazos cruzados sobre el pecho. Kace levanta la mano con la palma hacia Anthea y ella presiona su palma contra la suya, salen líneas negras de la unión de sus manos y bajan por sus brazos hasta subir por su cuello y llegar a su rostro. Una pequeña marca negra en forma de diamante aparece en medio de las cejas de ambos. Ellos se separan y se mueven en círculos con los puños levantados, listos para pelear, pero ¿qué ha sido eso de la marca?

—*Braktar.*

La voz de Jericho me hace dar un brinco porque aparece a mi lado de la nada. Lo observo con cuidado, el uniforme negro de Nhyme no le quita ese aire de que no pertenece a esta época. Su largo cabello rubio descansa a los lados de su cara;

aunque está de perfil, me doy cuenta de que su mirada está sobre el patio.

—Kace y Anthea son *Braktar*. —Frunzo el ceño porque por primera vez no entiendo una palabra de ese idioma. Jericho siente mi mirada y, probablemente, mi confusión—. Al igual que Aidan y Rangahar, que Prisca y Harsha. Son hermanos de energía, parecido al lazo entre Purificadores y Protectores —me explica—. Todos los Purificadores tenemos un *Braktar*. Y va en un orden —señala a Kace y Anthea—: el tercer Purificador con el octavo —señala ahora Rangahar y a Aidan—, el séptimo con el cuarto —y termina por señalar a Prisca y a Harsha—, la quinta y la sexta.

Eso quiere decir… Me lo quedo mirando y Jericho se da la vuelta para verme directamente. Sus ojos verdes encuentran los míos.

—El segundo y la novena —dice lo que pienso—. Tú eres mi *Braktar*.

Eso explicaría los recuerdos que he tenido que pertenecen a Jericho y también la razón por la que no me siento para nada amenazada con él aquí en mi habitación; es como si nos conociéramos de toda la vida, pero eso es imposible.

—Todo esto es… tan confuso… —confieso—. No puedo confiar en ti, ni en ellos, pero todo en mi ser, muy dentro de mí, confía y se siente…

—En casa —termina Jericho por mí.

*Fente… jaie hatem.* «Finalmente estoy en casa».

Las palabras de Shadow vuelven a mi mente y doy un paso atrás porque ahora entiendo esas palabras un poco más. ¿Era a esto a lo que él se refería? Y me doy cuenta de algo.

—Eso quiere decir que cuando Ethos nazca será el *Braktar* de Shadow.

—Sí.

Ethos y Shadow tienen una conexión predestinada y siento que eso tiene que ver con todo lo que está pasando.

—Jericho, ¿tú puedes ver mis visiones o recuerdos? Ya ni sé qué son —confieso—. Yo he visto algunos de los tuyos.

Él asiente.

—¿Qué has visto? —Me atrevo a indagar.

—No estoy seguro, siempre hay sangre y destrucción. —Vuelve su rostro para mirar por el ventanal como si recordara algo—. Solo hay uno muy claro.

—¿Cuál?

Jericho camina hacia mí y me ofrece sus manos.

—Puedo mostrártelo.

—Si intentas algo…

—Morgan, eres mi *Braktar*, cada vez que sientes dolor o te pasa algo, yo puedo sentirlo. —Sus ojos verdes emiten paz—. ¿Tienes idea de lo mucho que sufrí mientras dormía cada vez que te hacían daño?

—Igualmente no confío en ti —le aclaro al tomar sus manos—. Milosh —llamo y mi hermano entra a la habitación—, no le quites el ojo de encima.

Milosh asiente. Jericho le dedica una mirada triste que no entiendo.

—¿Estás segura? —Él ladea la cabeza—. Será doloroso, no físicamente.

Yo asiento. Jericho levanta nuestras manos y las une justo como lo hicieron Kace y Anthea. Murmura algo por lo bajo y las líneas se desplazan entre nosotros. Siento algo parecido a lo que cruza mi cuerpo cada vez que me conecto con Milosh. Parpadeo varias veces y ya no estoy en mi habitación.

*Estoy en esas tierras malditas, en ese claro árido, todo a nuestro alrededor es un desastre: viento, fuego, esa neblina tóxica, humo. El cielo está completamente rojo como lo estuvo en la Purificación. Camino hasta ver a alguien frente a mí en medio de todo. Él está de espaldas a mí, su cabello cobrizo y su energía delatan su identidad: Ethos. Extiende sus manos en el aire y yo corro hacia él en el recuerdo, pero su energía me aparta con facilidad y puedo ver a Milosh al otro lado, frente a Ethos. Grito con horror al ver cómo Milosh se retuerce en el suelo. Ethos eleva su mano y crea millones de agujas de poder y se las lanza, traspasándolo, su sangre salpica la arena debajo de él.*

*—¡No! —chillo junto con la Morgan de la visión, me muevo como ella lo hace—. ¡Milosh!*

*Ethos estira su mano extendida hacia Milosh y de todos los minúsculos agujeros que creó en él cuando lo traspasó con las agujas de poder comienza a extraer sangre y energía de mi hermano. Milosh suelta un alarido de agonía pura. Lloro, grito con desesperación e intento una y otra vez acercarme a él solo para ser repelida con fuerza. Me cubro la boca con la mano para llorar abiertamente. Milosh cierra los ojos y puedo sentir cómo toda sangre y toda energía han abandonado su cuerpo, dejando un cascarón vacío y muerto. No, no. Corro hacia él y esta vez nada me detiene, sorteo a Ethos y caigo arrodillada frente a mi hermano.*

*—No, no, no. —Lloro y sostengo su pálido rostro sin vida, hay un charco de sangre debajo de él—. Por favor, Milosh, por favor, no. No, te lo ruego. —Concentro energía en mis manos para intentar sanarlo, muerdo mi propia muñeca y dejo mi sangre caer en sus labios—. ¡Milosh!*

*«¿Me odias?».*

*«Eres mi hermanita, por supuesto que no te odio».*

*Se me escapan murmullos de negación mientras los sollozos sacuden mi cuerpo. Dirijo la mirada al área de detrás de Milosh; a unos cuantos metros, yacen los cuerpos sin vida de Aidan, Lyla, Jericho, Jad y Kace y los del resto de los Purificadores y sus Protectores. El único que no está es Shadow. Me vuelvo para mirar a Ethos porque sé que ahora es mi turno, pero, cuando estoy a punto de verlo, la visión termina.*

Regreso a la realidad de golpe, separo mis manos de Jericho y doy dos pasos atrás. El dolor de la pérdida de mi hermano aún oprime mi pecho, tan real. No me extraña encontrar lágrimas en mis mejillas, y corro hacia Milosh para abrazarlo con todas mis fuerzas. Milosh se tensa al principio por la sorpresa, pero luego se relaja y envuelve sus brazos a mi alrededor.

—¿Qué pasa? —Milosh acaricia la parte de atrás de mi cabello—. ¿Te hizo algo?

—Solo… dame unos minutos. —Le pido, enterrando mi cara en su pecho. No puedo arrancarme la imagen de su rostro sin vida ni el sonido de sus gritos de agonía de la cabeza. De repente, una sensación de paz me invade, calmando mis emociones, mi malestar. Proviene de Jericho, puedo sentir su energía rozando la mía, susurrando: *Hat pertia.* «Todo está bien».

Me separo de Milosh y le echo un vistazo a Jericho, sus labios se estiran en una sonrisa triste.

*Tú eres mi* Braktar.

—¿Puedes sentir mi dolor?

Él asiente.

—Y puedo ayudar a apaciguarlo.

—¿Cómo sabes todo esto? —le pregunto directamente.

Él se lame los labios.

—Lo desconozco, solo lo sé… —responde—. ¿Cómo puedes tú ver algo que aún no ha pasado?

Su pregunta me hace entender que, en esto, todos estamos en la oscuridad.

—Vamos. —Le hago un gesto a Jericho para que me siga fuera de la habitación.

—¿Adónde vamos? —Él me sigue escaleras abajo.

—A entrenar con los demás.

—Pensé que no confiabas en nosotros.

—Y no lo hago, pero eso no quiere decir que no pueda aprender de ustedes y de nuestras habilidades como Purificadores.

Haré cualquier cosa que despeje mi mente de ese recuerdo y del hecho de que existe la posibilidad de que Ethos sea el final de todos nosotros. Salgo al patio y los Purificadores se detienen y se muestran sorprendidos de verme. Todos hacen una reverencia antes de continuar con su entrenamiento. Y, durante unos segundos, me los quedo mirando.

«Ellos son como yo…».

Hay cierto sentido de pertenencia cuando descubres que hay más criaturas como tú, que ya no estás sola. Me vuelvo para mirar a Jericho y levanto las manos. Él me observa curioso.

—¿Estás segura de esto?

—¿No quieres entrenar con tu *Braktar*? —No puedo evitar sonreír al decir esa palabra. Jericho me devuelve la sonrisa y asiente para comenzar.

# XXXIII

## MORGAN

—Se llama *creakia* —me explica Prisca. Jericho y yo nos hemos tomado un descanso del entrenamiento físico y ella se me ha acercado para explicarme algunas cosas—. Concentras tu energía en los cuatros elementos, los dejas fluir y creas un escudo a tu alrededor que repele cualquier ataque. Es parecido a los Escudos Gulch que protegen los territorios humanos.

—Por como lo dices, parece muy simple, pero ¿cómo lo hago?

Ella toma mis manos e instintivamente doy un salto para soltarme, y luego dos pasos para alejarme de ella.

—No voy a hacerte daño, Morgan. No lo hice cuando nos encontramos en los Durmientes, ¿por qué lo haría ahora? —No me muevo, y ella suspira—. Bien, escucha: cierra los ojos, invoca los cuatro elementos de la forma más reducida que puedas: *Petvye, Erye, Fekmye, Ajye*. Tierra, Aire, Fuego, Agua.

Cierro los ojos.

—*Petvye, Erye, Fekmye, Ajye* —murmuro y una oleada fuerte de viento nos sacude. La tierra se eleva del suelo, rodeándome.

—¡Para! —Prisca me detiene y yo abro los ojos para frenarlo todo—. Dije de la manera más reducida que puedas, Morgan.

—Esa es la manera más reducida que ella puede lograr —interviene Kace a unos cuantos pasos de nosotros, con una expresión aburrida en su rostro— porque no tiene ningún control sobre sus poderes.

—Nadie te ha pedido tu opinión, Kace —le suelto de mala gana.

—Él tiene razón —afirma Anthea, la octava Purificadora, al lado de Kace; por supuesto que defendería a su *Braktar*—. ¿Qué hiciste durante los noventa y nueve años antes de que hicieras la Purificación? Es como si no hubieras tenido ningún entrenamiento, ninguna experiencia con tus poderes.

Porque no lo tuve.

—Ella pasó todo ese tiempo pensando que era una convertida, sin acceso a sus poderes —le explica Kace.

«Por tu culpa», casi lo digo, pero no me sirve de mucho recordar lo involucrado que estuvo Kace en el plan de Shadow. Ya no quiero sentir esa gran rabia.

—Eso explica muchas cosas. —Anthea camina hacia mí. Es alta, de cabello negro trenzado y piel oscura, y caigo en la cuenta de que ella es la Purificadora que nació antes de mí—. Comencemos desde el principio, ¿cómo está tu dominio de elementos?

—No les he pedido su ayuda.

—Lo sé —responde Anthea—. Para bien o para mal, estamos aquí y somos tus súbditos, como los demás. Además, el entrenamiento para que puedas controlar tus poderes puede volverse… desastroso si no tienes a Purificadores a tu lado que puedan controlarlo.

—Prisca y Jericho están a mi lado.

Kace bufa.

—¡Ey! ¡No empieces! —le gruñe Prisca.

Parpadeo y de pronto todos han desaparecido, justo como en esa visión, y en su lugar me pasa por el frente un sonriente Kace adulto y transparente cargando a una Prisca niña sobre sus hombros. Prisca le tira del cabello de forma juguetona. Bajo la mirada a mis manos y no son las mías, ¿de quién es este recuerdo?

—¡Jericho! —Alguien me llama y miro hacia arriba, y en uno de los ventanales del castillo está Shadow. Me congelo porque no es el Rey Insurgente, no muestra esa expresión fría, ni esa aura vacía. Es… Su mirada es cálida, su sonrisa enaltece e ilumina sus facciones. Se ve como él, como el Purasangre. Eso no es posible.

Doy un paso atrás y la visión se desvanece en millones de partículas frente a mí.

—¿Morgan? —Prisca se me acerca mientras me tambaleo—. Ey, ey. —Me sostiene de los antebrazos—. ¿Qué pasa?

Puedo sentir la presión en mi nariz, la sangre rodando por mis labios. Kace me gira hacia él y levanta la mano para ponerla frente a esta, sanándola con sus poderes. Y eso desata otra visión.

—Puedo derrotarte. —Una versión infantil de mí le gruñe a Kace mientras él está inclinado sobre mí, sanando una herida en mi cabeza—. Puedo derrotarlos a todos —digo señalando a Jericho, Rangahar y Shadow.

Kace se ríe.

—Bien, niña salvaje, déjame sanarte para que podamos seguir con el entrenamiento.

Me suelto del agarre de Kace de un manotazo, la confusión reina en mi cabeza y me tambaleo de nuevo. Unos brazos cálidos me reciben y esa voz me calma.

—*Hat pertia.* —«Todo está bien». Jericho me sostiene con firmeza—. *Nektre, Morgan.* —«Respira, Morgan».

—¿Visiones? —Anthea me dirige una mirada triste—. Son… confusas, ¿no?

Jericho me suelta y me paso la mano por la cara.

—Ustedes… ¿también tienen estas visiones?

Todos asienten.

—Es como… —Harsha habla por primera vez, la que solía ser la guardiana de los Durmientes— si cada día que pasa… se desbloqueara otra visión, como una cuenta regresiva a algo.

Cada día recordamos o tenemos más visiones, ya no sé cómo decirlo.

—Tú deberías tener las respuestas —le replico—, tú fuiste la que los durmió a todos. Por cierto, ¿ustedes están aquí tranquilos entrenando con la responsable de controlar que estuvieran dormidos todo este tiempo?

—Morgan… —comienza Aidan. Levanto la mano.

—Kace planeó todo con Shadow para embarazarme y engañarme, Harsha casi me duerme sabiendo que estaba embarazada, Shadow y ella los mantuvieron dormidos por siglos a su antojo y… ¿aquí están junto a ella como si nada? —La rabia circula por mis venas porque recuerdo lo mucho que sangré por culpa de Harsha y el peligro que eso supuso para mis hijos—. ¿Han perdido la cabeza o la capacidad de razonar?

Rangahar se materializa frente a mí y me gruñe. Es un Purificador de mi misma estatura, pero increíblemente musculoso; no lleva puesta la camisa del uniforme, solo los pantalones negros y las venas se abultan en sus músculos al tensar sus manos. Él arruga la boca y la nariz con rabia encarándome; sin embargo, yo no retrocedo ni un centímetro.

—Me he enfrentado a monstruos en luna llena con tan solo una daga sin apoyo alguno, sin respaldo de los dichosos poderes que ustedes crecieron cultivando —le digo entre dientes—. *Nan tis frere, Calte Purifier.* —«Tú no me asustas, cuarto Purificador».

Sus ojos son de un extraño azul que parece casi transparente y resalta mucho en su bronceada piel. Ladea la cabeza.

—Rangahar. —Aidan lo toma del brazo—. Suficiente.

Rangahar acerca su rostro al mío y yo lo miro con superioridad. Si cree que su salvajismo y sus aires violentos van a intimidarme, está equivocado. Su voz es tosca, incómoda y para nada amable.

*—Tis nan savi nepte* —dice en mi cara. «Tú no sabes nada»—, *meppte rayne.*

«Reina títere».

Sin pensarlo, cierro mis puños y lo golpeo en la cara una, dos y hasta una tercera vez. Rangahar da tres pasos atrás y Aidan trata de meterse.

—No —le ordeno—. Nadie se mete.

Rangahar se limpia la sangre de la herida del labio con el dorso de la mano y sonríe. Él corre hacia mí, levanta las manos en el aire para golpearme y yo me protejo con los antebrazos. En el momento en el que su puño conecta con ellos, el golpe emite una ola de poder que obliga a todos los demás a alejarse. La fuerza de su golpe me tira hacia atrás, mis pies enterrándose en la tierra ligeramente. Abro los brazos, susurro «*Erye*» y soplo, usando el viento para quitarlo de mí.

La guerrera que hay en mí está emocionada, hambrienta de pelea, de acción. Estar sentada en un trono todo el día, tener reuniones y comportarme son cosas que he tenido que hacer, pero esa no soy yo. Sigo siendo una convertida criada en el bosque que se alimentaba de la adrenalina de no saber si sobreviviría al día siguiente; de saber que su daga, su clan y sus habilidades eran lo único que tenía para sobrevivir. Por lo bajo, murmuro palabras de protección para que un escudo interno proteja a mis hijos de los golpes.

Los Purificadores se alejan, y noto cómo empiezan a crear escudos a nuestro alrededor, iguales a los Escudos Gulch. Ellos se quedan en el interior con nosotros, como si quisieran asegurarse de que esto no se salga de control. Rangahar y yo nos movemos en círculos, observándonos con cuidado.

—*Dea raspekt cel giane.* —«El respeto se gana», él escupe a un lado—. *Jaie nan cerve minorke.*

«Yo no sirvo a débiles».

Eso me hace sonreír y moverme hacia él con todas mis fuerzas. Él esquiva mi primer golpe y se gira en el aire para darme una patada en la cara que me hace retroceder. Me recoloco la mandíbula y vuelvo a él con rapidez. Nos golpeamos, esquivamos y pateamos a una velocidad increíble hasta que él eleva la mano en el aire y una red de tierra me levanta, enroscándose en mis piernas, inmovilizándome. Rangahar forma una bola de fuego en su mano, luego pone la otra sobre ella y tira, estirando la bola de fuego en una especie de látigo que lanza hacia mí y enrolla alrededor de mi cuello. Jadeo ante el contacto contra mi piel y cómo me quema.

Siseo de dolor al agarrar el látigo para despegarlo de mi piel. Susurro «*Ajye*», y el agua apaga el látigo y gruño al arrancar mis piernas de la tierra y saltar fuera de esa trampa. Sin embargo, debí mantener mis ojos sobre Rangahar porque, apenas me libero, él me ataca con viento: lo lanza con mucha fuerza y hace pequeños cortes en mi piel con tanta rapidez que a mi cuerpo no le da tiempo de sanarse. Su uso de elementos es superior, y ni siquiera parece cansado. Recuerdo que todos estos Purificadores entrenaron toda su vida, perfeccionando sus habilidades, sus usos de elementos, mientras que todo lo que yo tenía era mi corto entrenamiento con Calum y Shadow y nunca me había especializado en elementos. Me queda mucho por aprender, pero no me voy a rendir sin pelear.

—¡Morgan! —La voz de Milosh al otro lado del escudo me alerta de su presencia y no está solo: Lyla e Ian llegan con él, sus miradas analizan la situación—. ¿Qué está pasando?

—¡Es solo una pelea! —les informo porque la alarma en sus expresiones es obvia—. Estaré bien.

Intento crear ese escudo que Prisca me acaba de enseñar, pero fallo, así que corro contra el viento, sintiendo cada corte en mi piel. Estiro la pierna hacia delante para patear a Rangahar en el estómago y lo envío hacia atrás, acabando con el viento. No pierdo tiempo y vuelvo a atacarlo físicamente porque ya sé que, en cuestión de elementos, él tiene ventaja. Recibe cada golpe sin parecer afectado y me los devuelve con la misma fuerza. En ese segundo me doy cuenta de que las probabilidades de que pueda ganarle son muy pocas. Si no estuviera debilitada por el embarazo, estoy segura de que podría darle más pelea. Aunque estoy en contra de las probabilidades, no me rendiré tan rápido. Concentro fuego en mis manos para asestarle unos puñetazos que queman al hacer contacto con su piel. Rangahar sisea y retrocede, las quemaduras sanando en su rostro y en su pecho desnudo. Eso parece hacerle enfadar porque gruñe y levanta la mano; una ola de poder me obliga a retroceder. Rangahar eleva los brazos, sus ojos se enrojecen y murmura algo.

La tierra tiembla y a los lados de Rangahar emergen dos bloques inmensos que desprenden arena hasta adoptar la figura de dos monstruos con brazos y piernas; sus ojos son llamas encendidas y sus bocas se abren exageradamente cuando gruñen, mostrando dientes y colmillos hechos de rocas afiladas. Me quedo sin palabras porque nunca he visto algo así, ¿acaba de crear vida de un elemento? Rangahar parece notar mi sorpresa.

—*Recindo* —me dice de mala gana. «Ríndete».

Levanto los puños en posición de pelea y le sonrío porque sé que me va a derrotar, pero daré lo mejor de mí hasta el final. Rangahar cierra los puños y los monstruos se apresuran hacia mí, usando sus manos para impulsarse y correr. Son mucho más grandes que los *cruentus* y también más rápidos. El primero me lanza un golpe y me agacho para escabullirme debajo de él, pero al emerger al otro lado me espera el segundo y su puño es tan grande que, al pegarme, golpea la mitad de mi cuerpo y este cruje por el impacto. Nunca he sentido un dolor tan intenso. Siento unos grandes pitidos en mis oídos y aterrizo a unos cuantos metros de ellos. Mi vista es borrosa y el aire ha dejado mi cuerpo; puedo sentir mis costillas rotas comenzando a repararse, intentar respirar es una pura agonía.

Esto es suficiente.

Rangahar se para a mi lado, las bestias de tierra sumisas detrás de él, y me agarra de la ropa por delante, obligándome a levantarme. En su rostro se dibuja claramente una expresión de victoria, puedo sentir la mirada de todos los Purificadores, de mi clan preocupado al otro lado de los escudos. Una guerrera también puede aceptar una derrota con honor. Toso un poco de sangre y me preparo para rendirme.

Abro la boca, pero las palabras no llegan a salir porque una mano azul transparente se enrosca alrededor de la muñeca de Rangahar. Él arruga sus cejas confundido y la mano le quiebra la muñeca en un movimiento rápido. Rangahar chilla de dolor y retrocede, yo caigo al suelo, mis hombros suben y bajan al recuperar mi respiración de nuevo. Cuando levanto la mirada, hay dos figuras transparentes de un color azulado sin facciones frente a mí, como si me protegieran, solo parecen figuras hechas de energía. Rangahar brama una maldición y envía a los dos monstruos, pero las figuras ni siquiera se inmutan, ni siquiera se mueven y los desintegran en un parpadeo. Las piedras y tierras aterrizan sobre el suelo como si nada.

Rangahar intenta atacar, pero se detiene en el aire como si lo hubieran congelado. Puedo escuchar el crujir de cada hueso; él grita de agonía y cae de rodillas, la sangre comienza a evaporarse a través de sus poros y solo puedo imaginar lo doloroso que eso debe resultar. Una de las figuras se echa a un lado y eleva su mano para arrastrar a Rangahar hasta dejarlo frente a mí, desangrado, roto y respirando con gran dificultad.

—*Jaie senne, rayne*. —«Lo siento, reina». Ruega entre gemidos de dolor.

Yo observo las figuras y no puedo creer que sean lo que estoy pensando; la confirmación, no obstante, no tarda en llegar. Una de ellas se gira hacia mí, emite un susurro dulce que me llega transportado por la suave brisa antes de que ambas figuras desaparezcan:

—*Makter*.

«Madre...».

# XXXIV

# MORGAN

*Seis meses después*

*Lo siento.*

Ese murmullo se repite en mi mente cada vez que vengo a este lugar. La voz que lo susurra es la del décimo Purificador, Ethos. Estoy en las tierras malditas, en ese claro donde pasó todo. Vengo una vez por semana porque ya nos hemos quedado sin caminos que investigar, sin pistas que seguir. He estado entrenando con los Purificadores y, aunque no debería confiar, cada día me siento más cómoda con ellos. Hasta Rangahar se ha relajado un poco conmigo. Recuerdo ese día que peleé con él, el día que mis hijos se manifestaron de alguna forma para ayudarme. Al parecer, nadie más los vio aparte de mí, y les dejé creer que había sido yo la que había derrotado a Rangahar; no quería revelar mucho sobre mis hijos, quería protegerlos, y la idea de que los demás Purificadores conocieran su poder no me agradaba.

El tiempo ha pasado y más recuerdos o visiones inundan mi mente, y no soy la única, los otros Purificadores también están pasando por lo mismo. Mi mente es un caos constante. Recuerdo las palabras de Lyla y Everild, quienes lo han estado analizando todo:

«Cuanto más avanza tu embarazo, más cosas recordamos».

¿Estas visiones tienen algo que ver con mis hijos? Sé que

están relacionadas con Ethos, y, después de presenciar la muerte de Milosh, no me queda duda de que es peligroso. Y el hecho de que él apareciera en las visiones justo antes de que Shadow desapareciera de la faz de la tierra no es coincidencia.

Todo es tan confuso en estos momentos… Es como si estuviéramos frente a un rompecabezas inmenso donde las piezas no encajan, donde las visiones no tienen sentido ni razón. Es como si al descubrir el plan de Shadow hubiéramos rasgado la superficie de algo mucho más profundo, mucho más peligroso. Pero ¿qué es? ¿Qué es lo que está pasando?

Mi clan y yo hemos hecho todo lo posible por conseguir respuestas sin mucho éxito y la frustración crece con cada día que pasa, con la llegada de cada visión sin explicación. La mayoría del clan se está acostumbrando a la vida aquí. Con la excepción de Calum, quien se fue hace unos meses. No lo detuve, él necesitaba libertad y no lo culpé. Además, prometió que volvería cuando pudiera, dijo que intentaría regresar antes de que mis hijos nacieran.

Levanto la mano y observo el brazalete con los colores reales alrededor de mi muñeca. Ser la reina de este lugar no ha sido tarea fácil, he lidiado con las rebeliones de los pueblos cercanos y con las miradas furtivas e inseguras de muchos habitantes de The Blackness. Suspiro, sintiendo la brisa helada que atraviesa los árboles secos de las tierras malditas. Estoy exhausta, pongo las manos sobre mi barriga, estar embarazada de mellizos me ha dotado de una barriga inmensa, así que me siento en un tronco. Observo cómo no ha crecido nada en el claro, es como si el poder de la liberación de los Purificadores lo hubiera secado por completo, ahora solo queda arena árida. La luz del atardecer le da un toque nostálgico, el cielo se convierte en esa mezcla entre gris y naranja.

Escucho risas infantiles y echo un vistazo por encima de mi hombro: nada. Y recuerdo a ese humano de la tienda de flores que hace meses me advirtió que los que venían a este lugar se volvían locos. Quizá a esto se refería, ¿qué es lo que tiene este lugar? Es como si estuviera embrujado, como aquellas historias que Milosh solía contarme de pequeña para asustarme y evitar que yo me escabullera en la noche. Me acaricio la barriga, cierro los ojos y deseo con todas mis fuerzas entender lo que está pasando.

—¡Ethos!

Abro los ojos de golpe, una voz infantil femenina grita y yo me pongo de pie al instante. Observo los alrededores y no veo nada hasta que una niña casi transparente asoma la cabeza fuera del tronco de un árbol. Mi pecho se calienta; su cabello es negro como la noche, sus ojos rojos… exactamente como los de Shadow. Su parecido con él es increíble. Ella sonríe y es la niña más hermosa que he visto en toda mi vida. En su frente hay un símbolo circular casi imperceptible. Su mirada está fija en algo detrás de mí, así que me giro y veo a un niño de su edad, ese cabello cobrizo, esos ojos de colores diferentes: Ethos.

—¿Dónde está tu hermano? —La voz de ese Ethos niño suena tan diferente a su voz de adulto… Es suave y juguetona.

—¡Aquí arriba! —Un niño cae desde el aire y casi aterriza sobre Ethos, pero este levanta su mano y lo deja suspendido encima de él—. ¡Eso no es justo!

Yo me cubro la boca porque ese niño en suspensión es idéntico a la niña, la única diferencia es el jade de sus ojos. Él también tiene ese símbolo circular en la frente. El niño patalea y gruñe intentando bajar, pero Ethos no lo libera. Los labios de la niña se curvan en una sonrisa decidida.

—¡Suéltalo!

Ethos ladea la cabeza.

—¿O qué?

La niña gruñe y aprieta los puños a sus costados, sus ojos se enrojecen. Levanta un puño en el aire y de la tierra emerge una criatura inmensa hecha de lodo. Ella abre su puño y la criatura suelta un alarido que resuena por todo el lugar. Yo la observo maravillada porque, aunque presencié algo parecido cuando Rangahar lo hizo, jamás me lo esperaría de una niña tan pequeña. Se requiere demasiado poder para crear, mantener y controlar algo así. Y esta niña lo ha hecho sin parpadear, con un solo movimiento de su mano y ni siquiera se ve cansada.

Ella mueve la mano hacia delante y la criatura gruñe y se apresura hacia Ethos, quien no parece para nada preocupado. Ethos extiende los brazos a los lados y los cierra de golpe, sus manos uniéndose en un aplauso que desintegra a la criatura de un solo golpe. Las partículas de tierra flotan en el aire y Ethos sonríe victorioso hasta que una daga es presionada contra su garganta; la niña está detrás de él y lo ha arrinconado.

—Mamá siempre dice que la arrogancia es la peor debilidad en batalla.

Eso me paraliza, casi puedo escucharme a mí misma diciendo eso. Ethos libera al niño, él flota hasta aterrizar con suavidad sobre el suelo. La niña suelta a Ethos y da un paso atrás, poniendo su daga en su cinturón.

—Buen monstruo, era más alto que el último. —Ethos desordena el cabello de la niña de manera juguetona. Ella le golpea la mano.

—Sigue siendo más pequeño que el dragón de agua de mi hermano.

—El agua es más ligera —le explica el niño como si quisiera hacerla sentir mejor—, el lodo y la tierra son pesados, eso los hace más difíciles de manejar. Apuesto a que podrías hacer un dragón de agua inmenso.

Todos comienzan a caminar en dirección a mí, supongo que hacia la salida. Al ver a la niña y al niño juntos no cabe duda de que son hermanos, de que son… Sostengo mi barriga; eso es imposible. Y no tiene sentido, Ethos no debería tener la edad de mis hijos, los Purificadores nacen cada trescientos años y ese tiempo todavía no ha pasado y mis hijos aún no han nacido.

Los que creo que son mis hijos me pasan por un lado y siguen su camino, pero Ethos se detiene a mi lado, gira su rostro y me mira. En el momento en el que sus pequeños ojos de colores diferentes encuentran los míos, una punzada recorre mi vientre.

—Por fin lo entenderás todo —susurra antes de seguir su camino como si nada.

Ellos se disuelven, y otra punzada ataca mi vientre. Sostengo mi barriga y me agarro de un árbol. No puede ser, ¿ha llegado el momento? Es muy pronto. No, solo ha sido la conmoción de lo que acabo de ver. Tomo una respiración profunda y exhalo lentamente, pero la presión en mi bajo vientre crece.

—¡Morgan! —Jericho aparece a unos cuantos metros de mí, por supuesto que sintió este dolor—. ¿Estás bien?

—No lo sé…

Los demás Purificadores llegan detrás de él. Prisca es la primera en acercarse.

—Vamos, respira. —Me toma de los hombros con ternura—. Respira. ¿Qué ha pasado?

Los ojos de Ethos siguen viniendo a mi mente, sus palabras martilleando algo dentro de mí: *Por fin lo entenderás todo.*

—¡No se queden ahí parados! —Aidan se apresura hacia mí—. Vayan a por Lyla.

—¡No! —interviene Harsha—. Cárguenla y llevémosla dentro del castillo. La reina no puede dar a luz aquí.

No me sorprende de Harsha, tiene un sentido de lo que debe ser o no bastante cerrado, pero ahora no tengo tiempo para contradecirla, no cuando un líquido caliente sale de mí y empapa mis muslos. Prisca baja la mirada y la sube de nuevo aterrorizada.

—No creo que debamos moverla.

La presión crece y la siguiente punzada me hace jadear de dolor. Todos intentan venir para ayudar; sin embargo, una ola de poder los aparta de un solo golpe.

—Pero ¿qué es esto? —Aidan me mira con preocupación.

Una línea de fuego se enciende a unos metros de mí y se desliza por la arena, creando un círculo de fuego a mi alrededor. Le siguen los demás elementos, como si estuvieran creando un escudo de los cuatros elementos: fuego, agua, tierra y viento. La barrera me rodea y yo me inclino hacia delante sosteniendo mi barriga, el dolor cegándome. Milosh y Lyla aparecen al otro lado de la barrera y me siento aislada y desprotegida. No puedo hacer esto sola, no puedo dar a luz así, pero tampoco puedo controlar esa barrera.

—¡Morgan! —me grita Lyla—. Respira, vamos, tú puedes, estamos aquí contigo.

«Tengo que respirar, vamos, puedo hacerlo». Me siento en el suelo dolorida, mi pecho sube y baja con rapidez. No entiendo el poder que me envuelve ni mucho menos las gruesas paredes oscuras que se empiezan a formar de la combinación de los cuatro elementos.

—No… No… —murmuro al ver cómo el círculo elemental edifica paredes negras que emergen desde el suelo hasta encontrarse lejos por encima de mí, envolviéndome en una oscuridad levemente interrumpida por la luz del fuego. Ya no puedo ver a Lyla, ni a Milosh, ni a nadie de mi clan. Ni siquiera puedo escucharlos, y eso incrementa mi miedo. Y no es el dolor lo que me aterra, sino la posibilidad de hacer las cosas mal y complicar el nacimiento de mis hijos.

Estoy sola y aun así me armo de valor por mis hijos, tengo que poder con esto. Gruño agónicamente y me rasgo los pantalones para quedar desnuda de la cintura hacia abajo. Puedo sentirlos moverse dentro mí, retorcerse, listos para salir. Y me doy cuenta de que, cada vez que se mueven, olas de energía se desprenden de mí y se estrellan contra las paredes del escudo.

El calor fluye por mis venas y mi piel arde ligeramente, mi cuerpo lucha por ser el conducto de todo el poder que mis hijos están liberando. Miro los escudos; cada golpe de energía se vuelve más poderoso y me percato de que el objetivo de esas paredes no es protegernos durante el parto, sino proteger el mundo exterior del poder de mis hijos.

Con cada punzada y pulsación, algo se agrieta en mi mente, como si alguna cosa se quebrara, deseando liberarse y salir. De mi piel emergen pequeñas líneas azuladas de poder y se anclan al suelo. Mis piernas se abren por sí solas y me preparo para empujar. La necesidad de sacarlos, de expulsarlos de mí, se vuelve insoportable. Todo mi cuerpo está listo y se ha preparado para eso.

—¡Aaah! —El chillido me desgarra la garganta y me resuena en los oídos mientras empujo.

Uno de mis hijos ya viene, puedo sentirlo abriendo mi cuerpo para salir. Parpadeo y, en mi lucha por dar a luz, una visión borrosa y similar a este momento aparece. No estoy sola, Shadow está a mi lado, en su estoico y pálido rostro se dibuja una mueca de seriedad y fortaleza, pero sus labios esbozan una sonrisa reconfortante. Sostiene mi mano, y a mi alrededor están todos los Purificadores, animándome, cuidándome.

La visión se desvanece y vuelvo a estar sola en medio de estas grandes paredes oscuras, la necesidad de continuar empujando no me deja detenerme a analizar lo que he visto y sigo, cierro los ojos y me esfuerzo con todas las ganas. Sosten-go el aire y me agarro de la tierra para darlo todo. Me inclino hacia delante y el primero de mis hijos asoma su cabeza y la sostengo con cuidado hasta que sale por completo de mí. Mi cuerpo se estremece porque no he sentido un amor tan instantáneo, tan hermoso, en mi larga existencia. Su pequeña carita está contraída, sus ojos cerrados.

Un rayo aterriza a unos cuantos pasos de nosotros, y, aunque la piel de mi hijo está manchada con sangre y restos de placenta, resplandece con poder. Lo pongo con cuidado en la tierra frente a mí porque aún no he terminado y empujo con la misma fuerza para expulsar y recibir a mi hija. Ella es aún más pequeña que su hermano, y su rostro no está contraído, su expresión es pacífica. Corto sus cordones umbilicales con una línea de energía y ambos lloran abiertamente. Los levanto para sostenerlos contra mi pecho y se calman de inmediato. Estoy exhausta, unas lágrimas sangrientas de felicidad ruedan por mis mejillas porque son perfectos. Hay sangre debajo de mí, mi cuerpo se sacude en espasmos y mi piel aún arde un poco, pero nada importa porque estos dos bebés se han convertido en mi todo en tan solo un instante, lo demás es irrelevante.

La piel del niño resplandece con más intensidad y su hermana lo imita. Su poder traspasa mi cuerpo y percibo cómo están reparando todo lo que se ha rasgado y sangrado en mí durante el parto. Me recupero con una velocidad increíble e incluso el cansancio se desvanece, es como si no acabara de dar a luz. Las paredes oscuras comienzan a desintegrarse hasta que los Purificadores y mi clan quedan visibles al otro lado. Y entonces pasa.

*Por fin lo entenderás todo.*

Mis hijos lloran de nuevo y los observo confundida. Las marcas sobre su frente comienzan a brillar y de ellas se extienden líneas gruesas de energía azulada que buscan a los Purificadores y a mi clan. Todos están sorprendidos y tratan de esquivarlos; sin embargo, las líneas son veloces y los traspasan uno a uno. No les están haciendo daño, los están… ¿conectando?

Mi cabeza palpita bruscamente, como si algo se agrietara en mi mente. Y lo primero que escucho es mi propia voz, como si viniera de un recuerdo lejano.

*Sus nombres…*

*Mis hijos se llaman Nea y Shade. Y son la clave para entenderlo todo.*

En ese instante, Nea y Shade desbloquean la mente de todos los presentes y nos sumen en un interminable bucle de recuerdos y de *verdad.* El primer recuerdo que arrasa mi mente es aquel donde presencio cómo Ethos asesina a Milosh; sin embargo, esta vez el recuerdo no termina cuando estoy a punto de mirar el rostro de Ethos, continúa y lo que veo frente a mí me desconcierta.

*Ethos está llorando.*

*Sus mejillas manchadas de sangre, sus hombros se sacuden con cada sollozo, su expresión se contrae en dolor puro mientras levanta la mano para atacarme a mí, como si fuera una marioneta obligada a hacer esto.*

*—Jaie senne, makter. —«Lo siento, madre». Su voz es un susurro de agonía.*

Él no quería matarnos, él no quería hacernos daño porque creció con nosotros, porque él nos quería, porque éramos su familia. En mis recuerdos que aún no entiendo, yo crie a Ethos junto con Nea y Shade, y, aunque no fuera mi hijo biológico, lo era de crianza y lo quería mucho. Ethos nació el mismo día que nacieron mis hijos, no pasaron trescientos años porque, aunque Ethos tenía el aspecto de un Purificador, no era como nosotros, él no había nacido para Purificar el mundo y por eso no tenía Protector. Y así como Shadow había sido el comienzo de nuestra especie, Ethos había sido el final.

Él había nacido para eliminarnos a nosotros: Purificadores y Protectores. Él no era un Purificador, Ethos era un *exterminador*.

# XXXV

# MORGAN VON BUZTEN

*Vidas fragmentadas.*

En el momento en el que mis hijos nos conectaron a todos, que su poder nos devolvió la verdad, lo primero que entendimos fue que todas las visiones que tuvimos, las que no tenían explicación, no eran visiones, sino recuerdos, fragmentos de lo que vivimos juntos como familia, en una vida que fui recordando desde el comienzo.

En esa vida, el mundo era diferente, no existían los Escudos Gulch porque los humanos estaban cerca de la extinción, afectando la cadena alimentaria de gran manera. Algunos sectores Purasangres y convertidos habían creado granjas de reproducción de humanos para solventar el problema, y había funcionado hasta que la siguiente Purificación acabó con muchos más humanos de los que nacían. Todos los Purificadores habían hecho la Purificación cada trescientos años, como debía ser, y porque el proceso estaba lleno de defectos y de errores, la línea entre lo que era un alma pura o perdida se desdibujó cada vez más, llevando a varias especies al borde de la extinción.

Nací en el hogar de una familia Purasangre a punto del colapso, el mundo entero era gobernado por un solo rey y los Purificadores a su lado. Cuando cumplí seis años, mis padres me llevaron al inmenso castillo por orden de él: Shadow, el aclamado Rey Insurgente. Voluntariamente, todos los Purificadores eran conducidos a él cuando cumplían seis años, porque él los entrenaba e intentaba prepararlos para una Purificación exitosa y sin tantos errores. Con la esperanza de que, con la preparación correcta, se pudiera minimizar la extinción humana.

Shadow creó leyes de protección de la vida humana, no estaba permitido tomar más sangre de la necesaria de un humano y se controlaba el número de humanos que eran convertidos en vampiros, ya que no se podía prohibir por completo, porque los Purasangres necesitaban alimentarse de convertidos.

—¿No te parece irónico? —me había preguntado Milosh en un atardecer que observábamos desde la ventana del castillo.

—¿Qué?

—Los humanos son los más débiles, los que están al final de la cadena alimentaria, y ahora de ellos depende la existencia de todos nosotros.

Sonreí con tristeza.

—Creo que es una lección de la naturaleza —suspiré—, es su manera de decirnos: no importa tu tamaño, tu forma, tu fortaleza o debilidad, eres igual de importante que aquellos por encima de ti. Formas parte de este mundo por una razón y eres tan indispensable como cualquier criatura poderosa.

Crecí y entrené junto a los Purificadores, junto a Shadow. Y en esa vida también me enamoré de él hasta los huesos y me convertí en su compañera, reiné a su lado. Hice la Purificación y luego di a luz a mis hijos: Nea y Shade. Pero con ellos nació Ethos. Lo trajeron a nuestro castillo después de encontrarlo recién nacido por las tierras malditas. Al principio, no entendíamos lo que pasaba: la energía de Ethos se percibía como la de un Purificador; sin embargo, eso no tenía sentido porque no habían pasado los años suficientes para que naciera otro. Lo que nos confundió aún más fue que Ethos se conectó con Shadow como su *Braktar*. Yo traté a Ethos como un hijo más, pero sabía que él era diferente en muchas áreas, una de ellas era que Ethos no era capaz de sentir emociones.

Toda expresión de cariño o afecto era una conducta aprendida para él, y ningún Purificador había pasado por algo así antes. Sí, las emociones se adormecían días después de la Purificación, pero eventualmente volvían a la normalidad. Entonces ¿por qué él no era capaz de sentir? Y la respuesta a esa pregunta llegó en un sueño revelador que tuvimos todos los Purificadores sobre la profecía de Ethos:

*Bajo el firmamento de brillantes estrellas,*
*de pie él estará, nuestro comienzo y nuestro final,*
*marchitando y deplorando, la luna roja por él sangrará.*
*Y cuando la madre haya caído, cuando el fruto se haya ido,*
*los cielos aclamarán, los vientos rugirán, la ira comenzará.*
*Aquello susurrado en el viento, escrito en la tierra,*
*en su profundidad, finalmente llegará.*

El silencio reinó en el salón. El fuego de las antorchas colgadas en las paredes se reflejaba en nuestros rostros. Estábamos sentados alrededor de la mesa creada de una combinación de los cuatros elementos, tenía bordes de madera y cristal, y en el medio estaba tallado el mapa de todas las tierras… Hasta los ríos corrían con agua real. Prisca lo llamaba su obra de arte. Todos habíamos tenido el mismo sueño, todos sabíamos lo que venía porque por fin habíamos entendido muchas cosas.

La naturaleza finalmente se había dado cuenta de los defectos con la Purificación, así que había creado una solución igual de radical: Ethos. Él había nacido para eliminarlos, acabar con nuestra especie y cualquier rastro de nosotros, y, por esa razón, Ethos era incapaz de sentir emociones. La naturaleza había sido lo suficientemente inteligente para infiltrarlo entre nosotros sin que pudiera encariñarse o amarnos genuinamente. Sin embargo, Ethos no había crecido para ser el monstruo frío que debía ser. Imitando, aprendiendo y copiando conductas había desarrollado más humanidad que cualquier Purasangre frío.

Ethos se puso de pie y nos dio la espalda.

—No lo haré.

—No podrás evitarlo —dije con tristeza.

—No soy un títere de la naturaleza.

—Lo serás cuando llegue el momento —aseguró Shadow.

—Tenemos tiempo, Ethos —recordé—. No te desesperes ahora, te…

—¿Que no me desespere? Voy a matarlos a todos, ustedes son mi familia, ¿cómo esperas que esté tranquilo?

Jericho suspiró y trazó una línea en el mapa distraído.

—Desesperarnos no va a ayudar en nada.

—Tiene que haber una manera —intervino Harsha—. Toda profecía tiene una salida, ¿no?

Ethos se giró hacia nosotros y, durante un segundo, se quedó mirando sus manos. Sabíamos lo que estaba viendo, el sueño que todos compartimos, donde vimos el final, vimos sus manos llenas de nuestra sangre.

—¿Por qué ahora? —preguntó Kace—. El desbalance lleva mucho tiempo existiendo.

—Estoy segura de que tiene que ver con la luna roja —explicó Prisca—. Quizá la naturaleza necesita la energía o la magia que transcurre durante ese eclipse.

—Vaya mierda que es la naturaleza —murmuró Nea—. Los creó para purificar el mundo y como no pudo lidiar con los defectos de la Purificación decide eliminarlos en masa.

—Después de todos esos asesinatos masivos, ¿aún tenías fe en la naturaleza? —replicó Shade con una sonrisa burlona.

—Encontraremos una forma. —Galen habló por primera vez—. La encontraremos.

—¿Cuándo es la siguiente luna roja? —Miré a Calum en busca de una respuesta.

—Diría que en unas tres o cuatro décadas.

—Tenemos tiempo. —Quise darle un enfoque positivo a la situación, pero la expresión sombría en los rostros de todos no cambió. Y quizá la parte más dolorosa de todo era que nosotros no habíamos hecho nada malo, solo lo que se esperaba de nosotros: no podíamos evitar hacer la Purificación, era algo que pasaba naturalmente al tener la edad necesaria. E incluso Shadow y los demás habían intentado arreglar las cosas de alguna forma u otra. Y, aun así, seríamos eliminados como si nada, como si no hubiésemos formado una familia grandiosa o gobernado con las mejores intenciones.

Habíamos creado acuerdos entre especies, colaborando por el bien mayor entre todos: Purificadores, Protectores, Purasangres, lobos, convertidos y humanos. Siglos de trabajo por fin daban su fruto, no había necesidad de murallas o escudos entre nosotros y nada de eso importaba. Y todo había colapsado por culpa de las Purificaciones defectuosas. La naturaleza nos había dado la vida, y, cuando las cosas no salieron bien, decidió quitárnosla.

Tuvimos décadas para rebuscar profecías, poder y magia. Incluso fuimos más allá de los límites del mundo sobrenatural: consultamos oráculos, espectros que vivían en la oscuridad porque estábamos seguros de que encontraríamos una forma porque tenía que haber una. Vivimos cada día, cada hora de esos años como si fueran los últimos porque lo serían. Nada de lo que encontramos funcionó, y la noche de la luna roja se acercaba cada día más, y con ella, nuestro final. Ethos había intentado de todo, incluso hacerse daño a sí mismo. En uno de sus tantos intentos, lo detuve:

—¡No! —le grité y empujé su pecho.

Él lo había probado varias veces ya, e incluso cuando se quemaba hasta quedar en cenizas, su cuerpo era reconstruido como si no pasara nada. Ethos no podía terminar con su existencia hasta que cumpliera su objetivo.

—Basta con esto —le ordené. Él apretó sus labios en una línea y apartó la mirada.

—*Jaie nan kert, makter.* —«No puedo herirte, madre».

—Y no lo harás —le aseguré—. Quiero que te quede claro

que esto no es culpa tuya, Ethos. La naturaleza te ha designado como un arma contra nosotros, ella es la culpable, no tú. Tú no eres responsable de acciones que te serán impuestas.

Días antes de la luna roja, Ethos se fue del castillo, queriendo atinar a la última esperanza de que, cuanto más lejos estuviera de nosotros, más oportunidades teníamos de no morir bajo su mano durante el eclipse. En el fondo, sabía que no funcionaría.

Ese último atardecer, me quedé de pie al lado de la ventana del gran salón con los Purificadores detrás de nosotros: mi familia. Hubo abrazos, lágrimas y sonrisas llenas de tristeza. Sabíamos que no caeríamos sin luchar, sin pelear por los nuestros, pero también sabíamos la magnitud del poder de Ethos y cómo nos sobrepasaba. La naturaleza tenía que dar vida a una criatura superior a los Purificadores para que nos pudiera eliminar.

Viendo el sol ponerse entre las colinas en la distancia de este lugar sentí una sensación de nostalgia y dolor. Recordé cada momento vivido, cada risa, cada entrenamiento, cada broma y, sobre todo, cómo aprendimos a ser una familia y a cuidarnos mutuamente. Shadow se paró a mi lado, todo de negro, esa rosa marchita bordada a un lado de su pecho. Él me había contado el significado de esa rosa para él. En el lugar donde creció, llamado Nhyme, había un campo de rosas. Su madre había sido humana y sus manos siempre estaban marcadas con cicatrices de cortes por recoger rosas para venderlas. Shadow la describió como una mujer dulce que posiblemente falleció al envejecer. Y, en honor a ella, él lo había convertido en el símbolo real; era la representación de que la belleza no era eterna ni invencible, ni tampoco lo eran las personas que amábamos. Alguien tan preciosa y preciada para él como lo era su madre también se había desvanecido en el tiempo.

Shadow dejó salir un largo suspiro y unió sus manos detrás de la espalda.

—Haría lo que fuera por ti, hoy y siempre —murmuró.

—¿Puedes soportar el dolor?

Giré mi rostro para mirarlo, se veía tan imponente como el rey que era: alto, de espalda recta y belleza etérea sobrenatural. Él me miró, sus ojos rojos encontraron los míos y una sonrisa triste curvó sus labios.

—No puedo verte morir.

Le había pedido que me dejara morir primero, que me dejara ser la primera en el camino de Ethos porque no podía, *no quería* verlos morir, ni a él, ni a mis hijos ni a mi familia de Purificadores. Por supuesto, Shadow tampoco quería presenciarlo.

—Si hubieras podido ponerle un nombre a este lugar, ¿qué nombre habrías escogido?

Pensé en nuestro idioma, los Purificadores y Protectores nacíamos con el conocimiento de nuestra lengua, supuse que para comunicarnos entre nosotros. Recordé que la palabra «Shadow» no existía en nuestro idioma porque no había algo como «sombra», solo existía luz y oscuridad, tan blanco y negro como la naturaleza a la hora de calificar almas como perdidas.

—Blackness —susurré—, así lo llamaría.

Shadow dio un paso hacia mí y tomé su rostro entre mis manos. Me puse de puntillas y presioné mis labios contra los suyos. El contacto fue suave y gentil, pero lleno de tristeza y miedo. Cuando me separé, me di cuenta de que el último rastro de luz del atardecer se desvanecía entre nosotros y Shadow me estaba mirando con una intensidad profunda. Fue en ese momento cuando noté que él estaba comenzando a desvanecerse.

—¿Shadow?

—Lo siento. —Había una tristeza profunda en su voz.

—¿De qué estás hablando?

—Te amo.

—Shadow…

—Y haría cualquier cosa por ti y por nuestros hijos, nunca lo olvides.

—¡¿De qué estás hablando?! ¡Shadow! —Traté de agarrarlo, pero mi mano lo traspasó y la desesperación me invadió—. ¡Shadow!

—¡Shadow! —Milosh y los demás también corrieron hacia nosotros—. ¿Qué…?

Él me sonrió antes de convertirse en un montón de luces azuladas que desaparecieron. Confundida e histérica, intenté sentir su presencia a través de nuestro vínculo, pero no había nada. Los demás estaban tan confundidos como yo, con excepción de Nea y Shade.

—¿Ustedes saben algo?

Ellos sacudieron sus cabezas, pero no necesitaba ningún superpoder para saber cuándo mis hijos me mentían. Antes de que pudiera interrogarlos, un fuerte estallido estremeció el castillo entero y Milosh apenas pudo empujarme a un lado y esquivar una bola de fuego gigante que entró por la ventana y se estrelló contra las paredes del salón.

Y luego vino la fuerza que nos empujó a todos hacia fuera. Luché, pataleé y, aun así, fui arrastrada fuera del castillo junto con los demás hasta las tierras malditas. Y en ese claro los vi a todos morir a manos de Ethos bajo la reciente luna roja. Ese chico que había criado, que se suponía que no podía sentir, se las había ingeniado para desafiar su naturaleza y llorar abiertamente por todos nosotros.

—*Jaie senne, makter.*

—*Hat pertia.* —«Está bien».

El cielo estaba teñido de una oscuridad consumidora, el viento arremetía contra los árboles que rodeaban el claro. Yo era la última que quedaba de nosotros, los cuerpos inertes de todos los Purificadores y Protectores me rodeaban; comenzaban a florecer con ramas y pequeños árboles que sin duda se volverían frondosos en cuestión de días. Me di cuenta de que aún no me había golpeado el dolor de sus muertes, era como si mi mente estuviera atrapada en un estado de congelamiento, como si todo mi cuerpo lo estuviera, y levanté la mirada para verlo: Ethos estaba haciendo eso, estaba adormeciendo mis emociones para que no sufriera, para que mis últimos segundos en esta tierra no estuvieran llenos de dolor y tristeza. A cambio, él estaba sintiéndolo; era una habilidad que había aprendido recientemente, intercambiar emociones con los demás le permitía sentir durante segundos.

—*Jaie keintre il petje.* —«Encontré una manera». Su afirmación me confundió—. *Tis wek letv, makter, tes wek letv.* —«Tú vivirás, madre, todos vivirán».

Eso fue lo último que escuché antes de morir.

# XXXVI

# REA

# VIDA RECUERDO

*Tres días antes de la exterminación*

—Señor.

Hice una reverencia al entrar a la cabaña abandonada a las afueras del reino y hacer frente al Rey Insurgente. Shadow no llevaba su uniforme real, sino ropas oscuras y una túnica que estaba segura que se ponía sobre su cabeza para ocultar su rostro y escabullirse cada vez que venía aquí. Él estaba de pie al lado de una antigua chimenea. Esa cabaña parecía inhabitable, las telarañas y el polvo decoraban sus paredes de madera. Un par de velas estaban encendidas en el borde de la ventana para dar un poco de luz y aun así la elegancia y la altura de Shadow resaltaban inmensamente en un ambiente tan tétrico. Pero él no estaba solo.

Cerca de la ventana estaba Ethos, casi de la misma altura que Shadow. Su cabello cobrizo se veía negro bajo tan poca luz. No obstante, sus ojos de colores diferentes brillaban al recibir el reflejo de la luz de las velas.

Esa cabaña había sido el punto de encuentro durante los pasados tres años, desde que Ethos encontró una forma poco probable de salvarlos a todos, y habían sido años de preparación, porque algo tan complejo no se podía planear en dos días. ¿La razón de no contárselo a los demás? No teníamos ni idea de si funcionaria y lo menos que queríamos era darles esperanzas vacías. Nunca se había hecho algo como esto en la historia de nuestro mundo, y todo apuntaba a que era imposible a pesar de los sacrificios que requería, pero Shadow y Ethos estaban dispuestos a intentarlo.

Comienzo y final.

Primer Purificador y último.

Una sonrisa melancólica se formó en mis labios al recordar la primera vez que Ethos nos explicó su descabellado plan:

—Volver al pasado.

—¿Qué?

—Escúchame, volver atrás y evitar que se hagan todas las Purificaciones. Evitar que la naturaleza sienta el impulso de eliminarlos. Sé que no es tan simple, pero mira —señaló un pergamino lleno de un ritual—: *dea Derment*, «los Durmientes», es un lugar que se puede crear donde se pueden dormir Purificadores durante décadas, con una combinación de energía del primero y el último.

—Ethos.

—Escucha…

—Sé que estamos desesperados, pero no puedes volver al pasado, es imposible.

—Es que no sería volver, sería estar: tú ya estabas en el pasado, eres el primero. Tú y yo somos un puente entre el principio y el final. No estoy hablando de volver físicamente al pasado, sino de usar nuestro puente para enviar una parte de nosotros a ese Shadow del principio.

Shadow arrugó las cejas y Ethos continuó:

—Después de que ese Shadow haga la primera Purificación, podemos, de alguna forma, implantar el plan en su cabeza disfrazado.

—¿Disfrazado?

—Todos los Purificadores tienen un vínculo con la naturaleza; si enviamos todo claramente, la naturaleza lo sabrá y será en vano. Podemos hacer que el plan en la cabeza de ese Shadow sea algo básico, como crear un reino de forma egoísta y evitar la Purificación porque piensa que su alma está perdida. La ambición y la maldad también son parte de la naturaleza de cada criatura. Eso no levantaría sospechas.

—Y ¿crees que la naturaleza no intervendrá cuando vea que no se está realizando la Purificación y que todos sus Purificadores están dormidos?

—No lo sabrá.

—¿Qué?

—*Dea Derment* es un lugar que crearemos a base de tu energía y la mía enviada desde aquí, energía limpia. La naturaleza no podrá percibirlos y asumirá que murieron sin alcanzar la madurez para realizar la Purificación.

—No pueden dormir para siempre.

—Y no lo harán, encontré —Ethos sacó otro papel y lo extendió sobre la mesa llena de polvo— en este punto, al norte, que en las tierras malditas hay una pequeña fuente de energía. Mientras los Purificadores estén dormidos, tú recolectarás su energía, filtrándola de la esencia de la naturaleza; te convertirás en el receptor y, cuando llegue el día, los Purificadores despertarán, romperán el vínculo con la naturaleza y tú serás la fuente de su energía infinita.

Shadow observó el punto en las tierras malditas.

—Me convertiré en el corazón de ese reino.

Ethos asintió y se quedó viéndolo por unos segundos. La energía cambió y fue como si en ese silencio nos diéramos cuenta de que ese no sería un plan sin sacrificios, sin dolor.

—No tienes que…

—Por supuesto que lo haré —afirmó Shadow—. No eres el único héroe aquí, Ethos. ¿Crees que no me he dado cuenta de que si esto funciona, si lo logramos, la naturaleza no sentirá la necesidad de eliminarnos, así que existe una gran posibilidad de que no nazcas?

Ethos suspiró.

—Siempre tan perspicaz, su alteza.

Silencio de nuevo. Me lamí los labios y los miré. No había duda en sus expresiones.

¿Qué no haríamos por aquellos que amamos?

—Continúa —lo alentó Shadow, y Ethos siguió:

—Para que el puente sea sólido, tenemos que acoplarnos perfectamente como *Braktars*, tenemos que… ser idénticos en patrones de energía, de… emociones.

—Perderé la capacidad de sentir. —Shadow terminó por él, porque Ethos no era capaz de sentir y, si iban a acoplarse, debían ser iguales en todo.

—Sí, y podemos explicar esto en la mente de ese Shadow del principio como un efecto secundario de la Purificación, que crea que perdió la capacidad de sentir por eso y no porque estamos implantando todo en sincronía en él.

—¿Qué pasará con Morgan? ¿Mis hijos? Si pierdo la capacidad de sentir… no podré amarla, no podré…

—Ya he pensado en eso —afirmó Ethos—. Incluí en el plan falso enviar una parte real de ti que sí siente, que se haga pasar como Purasangre para «embarazarla» según el plan, pero solo estaríamos asegurándonos de que Nea y Shade sean creados.

—¿Le haré daño? —preguntó Shadow con honestidad.

—Físicamente no, emocionalmente…

—Me odiará, ¿no es así?

—Sí.

—Está bien. —Shadow sonrió—. Prefiero que ella viva aunque me odie.

—Necesitamos que ella realice la Purificación para apaciguar a la naturaleza y hacerle creer que todo está pasando como debería, que las demás Purificaciones no fueron hechas porque los Purificadores murieron. Una vez que ellos renuncien a su vínculo con la naturaleza y tú pases a ser la fuente de energía, nacerán Nea y Shade y ellos serán los que cargarán con los recuerdos de esta vida.

—¿Morgan sabrá la verdad sobre este plan?

—Sí.

—No quiero que sufra.

—Ella merece saber la verdad, todos lo merecen.

Yo no había podido pronunciar palabra hasta ese momento, así que me animé:

—Pero llegado el caso lo entenderán —le aseguré a Shadow—. No había otra forma, y ustedes… —se me encogió el pecho un poco— solo intentarán salvarlos.

Shadow había sido como un hermano para mí e imaginarme esa vida donde quizá ni siquiera fuéramos amigos o conocidos me daba mucha tristeza.

—¿Lo conoceré? —le pregunté a Ethos.

—No lo sé, yo solo dejaré pensamientos y líneas al Shadow del principio para seguir. Las variantes, los demás tomarán sus propios caminos y decisiones. Aunque supongo que siempre nos atraen ciertas criaturas, quizá su amistad también ocurra.

—De acuerdo. ¿Nea y Shade ya están enterados de que serán los que almacenarán esos recuerdos?

Shadow y Ethos intercambiaron una mirada y fue cuando lo entendí.

—Lo saben, pero desconocen que ustedes se sacrificarán.

Esa noche fue el comienzo de la preparación de todo.

Y cada día, cada vez que estábamos con los demás y los veía actuar con normalidad, que los veía disfrutar de cada momento como si fuera el último, sentía una profunda tristeza porque nadie más sabía lo que ellos harían por salvarlos. Observé a Ethos sonreír mientras Nea le sacaba la lengua por alguna tontería, vi cómo Shadow trataba de mantenerse serio al ver cómo Shade intentaba derrotar a Jericho sin éxito.

Y entonces lo entendí: ese momento perfecto lleno de risas y felicidad era lo que Shadow y Ethos querían proteger, lo que ellos consideraban que valía tanto como sus vidas, y ¡vaya que si lo valía! Cada segundo…

# MORGAN

## VIDA PRESENTE

Lyla me trae ropas para vestirme tras dar a luz y ni siquiera he terminado de asimilar todos los recuerdos. No tengo ni idea de dónde está Shadow, pero necesito encontrar a Ethos porque él tiene que nacer. Me pongo de pie para ir a ese claro, a ese punto; Ethos debe estar ahí, tiene que estar ahí, en medio de ese claro. En mis recuerdos de la otra vida, él nacía al mismo tiempo que mis hijos. Mi corazón late desbocado con cada paso y, cuando pongo un pie dentro, me doy cuenta de que está vacío.

—No, no.

Rea está del otro lado del claro, las lágrimas surcan sus mejillas. La ignoro y camino de un lado a otro.

—En cualquier momento, él va a aparecer.

—Morgan… —La voz de Milosh viene de detrás de mí.

—Él es mi hijo… Como Nea, como Shade. ¡Él también es mi hijo! —grito, las lágrimas nublan mis ojos—. Él tiene que nacer, él va a nacer.

Mi rabia se dirige a Shadow; sin tener idea de dónde está, le grito:

—¡Shadow! ¿Cómo pudiste dejarlo hacer esto? ¿Cómo pudieron? —Me estoy cayendo a pedazos—. Ethos…

Recuerdo tener a Ethos bebé en mis brazos por primera vez, lo tranquilo que era y cómo me sonrió cuando cumplió un mes. Esos ojos tan bonitos, ese niño que se incrustó en mi corazón profundamente… Cada minuto que pasa es agonizante, cada mirada de dolor de Rea, de Milosh y de Lyla, quienes sostienen a mis hijos, me sigue por todo el claro.

En la mitad del claro aparecen luces azuladas en el aire y corro hacia ellas.

—¡Ethos! —Mi esperanza se desvanece cuando esas luces dejan caer algo al suelo y desaparecen. Recojo un pequeño papel y lo abro para leer. Cubro mi boca con una mano al percatarme de que es una carta de Ethos:

> *Makter:*
>
> Yo era el problema y fui la solución.
>
> Estoy feliz de que estés leyendo esto porque significa que estás viva, que todos están vivos y que les espera una larga existencia. Significa que funcionó todo lo que planeé, encontré una forma, mamá, espero que estés orgullosa. Aprendí lo que es el amor a través de ti, aprendí lo que significa tener una familia.
>
> Yo nací de nada y tú me lo diste todo.
>
> No estés triste porque tuve una buena vida con ustedes, disfruté cada segundo, cada momento. Y estoy bien con vivir en sus recuerdos, es un privilegio para mí. Fui una criatura defectuosa, hecha para ser fría, con una existencia marcada por la muerte, y eso nunca fue un impedimento para que me trataran como parte de la familia.
>
> Un día me dijiste que harías cualquier cosa por nosotros, que eso era parte de lo que significaba amarnos. Sé que no puedo sentir, pero hice todo por ti, por Nea, por Shade y por los demás, así que creo que me he ganado la capacidad de decir que los quiero, ¿o no, mamá?
>
> Mi amor quizá no sea exactamente como el que ustedes pueden sentir, pero di lo mejor de mí y les he regalado la posibilidad de una nueva larga vida en un nuevo mundo.
>
> ETHOS

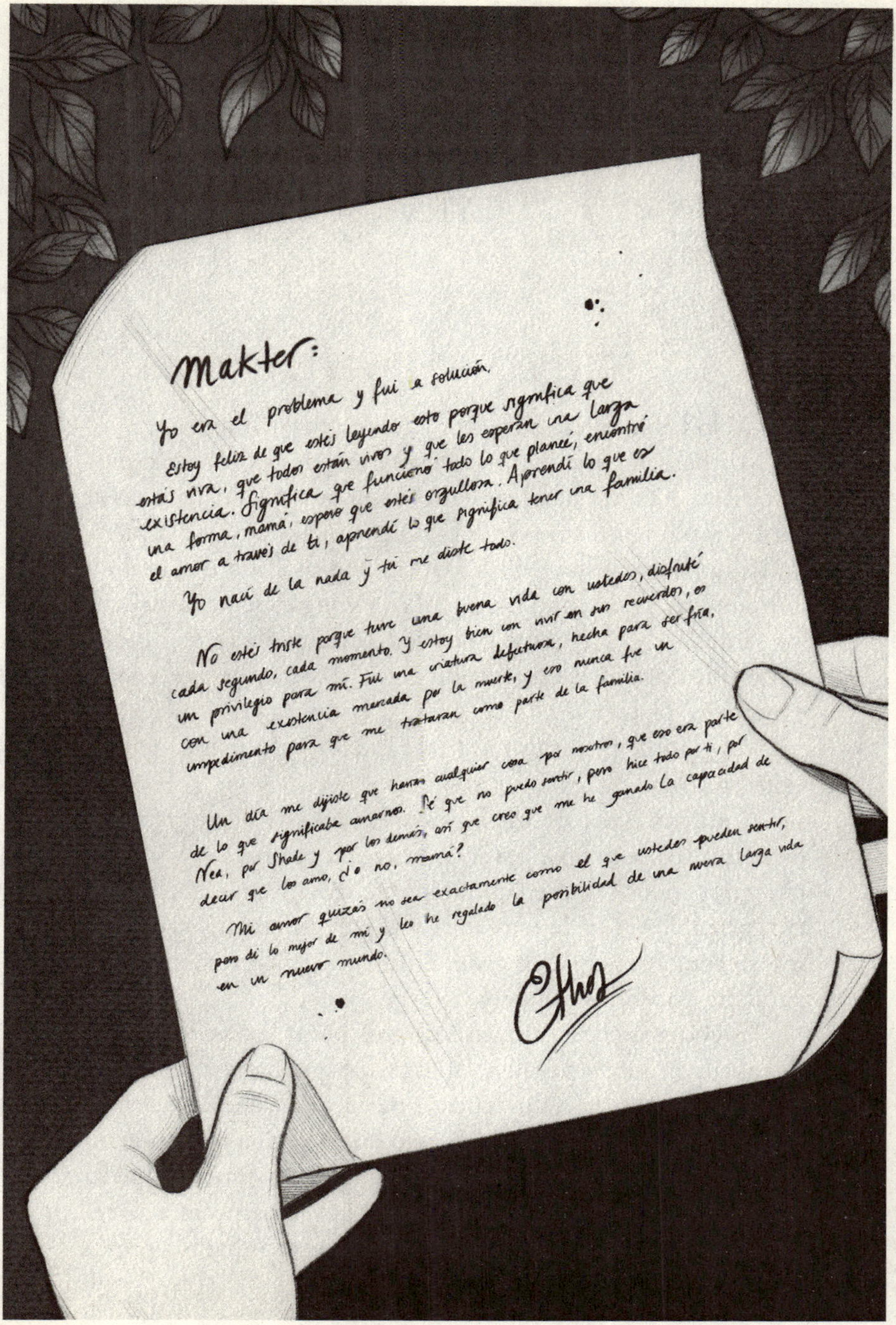
Makter:
Yo era el problema y fui la solución.
Estoy feliz de que estés leyendo esto porque significa que
estás viva, que todos están vivos y que les esperan una larga
existencia. Significa que funcionó todo lo que planeé, encontré
una forma, mamá, espero que estés orgullosa. Aprendí lo que es
el amor a través de ti, aprendí lo que significa tener una familia.
Yo nací de la nada y tú me diste todo.
No estés triste porque tuve una buena vida con ustedes, disfruté
cada segundo, cada momento. Y estoy bien con vivir en sus recuerdos, es
un privilegio para mí. Fui una criatura defectuosa, hecha para ser fría,
con una existencia marcada por la muerte, y eso nunca fue un
impedimento para que me trataran como parte de la familia.
Un día me dijiste que harías cualquier cosa por nosotros, que eso era parte
de lo que significaba amarnos. Sé que no puedo sentir, pero hice todo por ti, por
Nea, por Shade y por los demás, así que creo que me he ganado la capacidad de
decir que los amo, ¿o no, mamá?
Mi amor quizás no sea exactamente como el que ustedes pueden sentir,
pero di lo mejor de mí y les he regalado la posibilidad de una nueva larga vida
en un nuevo mundo.
Chaz

# XXXVII

## LYLA

—No habla, no se alimenta y no se mueve mucho.

Mis palabras entristecen la expresión de Milosh. Sus ojos jade viajan a su hermana, quien está sentada en el balcón de su habitación mientras nosotros estamos en el marco de la puerta. La luz del atardecer dibuja líneas naranjas sobre el suelo y lo tiñe todo de un tono melancólico. Morgan se pasa el tiempo sentada ahí, su mirada perdida en el horizonte, aunque dudo que de verdad esté viendo algo. Milosh y yo nos encargamos de los bebés, ella ni siquiera los mira. Hemos hecho todo lo posible para sacarla de ese estado y no hemos tenido éxito en nada.

Honestamente, estamos desesperados. No solo estamos preocupados por el bienestar de Morgan, también por sus bebés y por todos los que habitamos en The Blackness. Morgan es la reina absoluta de este lugar y al parecer su estado de ánimo afecta a la energía en general. Es como si su tristeza se expandiera por todos nosotros.

Jericho aparece a nuestro lado, sus botas llenas de barro y su cabello húmedo pegado a su cara. Sé que ha estado ocupado en el norte y me doy cuenta de lo poco que lo he visto después de recordar todo. Él es algo que he evitado porque mi cabeza es un desastre ahora que recuerdo lo mucho que lo quise, lo mucho que lo quiero, pero a la vez siento esta atracción por Milosh. Y es que en la vida que recordamos nunca tuve nada con Milosh porque él y Kaya estaban juntos. Todo es un desastre.

—He traído a alguien —anuncia Jericho con esa voz ronca que me pone los pelos de punta—. Creo que puede ayudar.

Milosh lo mira con desconfianza.

—¿Quién?

—Una humana —responde Jericho.

Del pasillo, emerge una humana de cabello castaño en una cola alta y de ojos temerosos. Va vestida de negro y de su cuello cuelga una gargantilla dorada. Indago en mi mente para recordar la jerarquía del territorio humano. De negro y con esa gargantilla van los humanos esenciales y de importancia en la sociedad humana. Frunzo el ceño, ¿qué hace una humana de ese territorio aquí? ¿Cómo cruzó los Escudos Gulch…? Entonces veo los morados en sus brazos y el miedo en su mirada. No está aquí por voluntad propia.

—¿Qué has hecho? —reclamo de inmediato. Jericho no dice nada—. ¿La has secuestrado? ¿Del territorio humano? —Silencio de nuevo, lo que me hace apretar los puños a los costados—. ¿Estás tratando de desatar una guerra?

Milosh tampoco dice nada y no lo puedo creer. Morgan jamás permitiría algo así. Doy un paso hacia la humana.

—Vamos, te llevaré de regreso a tu territorio —le digo, y siento una mano enroscarse en mi antebrazo. Me giro para soltarme, pero Jericho mantiene su agarre—. ¡Suéltame! ¡Jericho!

—Tú no puedes sentirlo —me dice entre dientes—. No tienes ni idea de lo que ella está pasando.

—¿De qué estás hablando? —Intento liberarme y miro a Milosh, quien no mueve ni un dedo para ayudarme. ¿Está de acuerdo con Jericho? ¿Con todo esto? No puedo creerlo.

—Morgan —gruñe Jericho—. *Jaie savie wu Braktar. Dea hert eta jemere.*

«Yo soy su *Braktar*, su dolor es infinito».

Sus ojos brillan con intensidad y determinación. Miro a Milosh de nuevo y encuentro lo mismo en su mirada. Estamos desesperados. Y ellos aún más que yo porque ambos pueden sentir una parte de lo que ella siente, y no quiero imaginar lo desoladora que es la magnitud de la tristeza de Morgan.

—De acuerdo, ¿de qué nos sirve una humana? Hemos traído a todas las expertas del reino, de diferentes especies, nadie…

—Nunca subestimes a ninguna criatura —me interrumpe Milosh—, es lo que Morgan diría.

Yo miro a la humana y ella se abraza a sí misma sin entender nada.

—¿Cómo te llamas?

—Gera —murmura.

—Gera, ¿cuál es tu especialidad en la sociedad humana?

—Soy psiquiatra.

—¿Y eso qué significa? —indago.

—Estudian la mente humana —explica Jericho—. Cuando la mente de un humano enferma, ella es la persona que lo trata.

—Oh. —Me lamo los labios—. Morgan no es humana, Jericho.

—Sí, somos especies diferentes, pero quizá haya similitudes entre nuestras mentes y las de los humanos.

Gera mira a Jericho de vez en cuando y sus músculos se tensan de miedo. Comprendo que, si ella va a ayudarnos, no será en la presencia de ese rubio brusco y de malos modales.

—De acuerdo, pueden irse. Gera y yo nos encargaremos.

Jericho se me queda mirando durante unos largos segundos y yo le señalo el pasillo. Finalmente, se rinde y se va. Milosh me observa con esos ojos jade tan parecidos a los de su hermana, y aunque no dice nada puedo entenderlo perfectamente.

«Confío en ti».

Se va y me quedo a solas con la humana. Ella aún se abraza a sí misma de manera protectora. Yo suspiro.

—Escucha, sé que él no es la persona más amable del mundo y que te ha traído aquí en contra de tu voluntad, pero no se habría arriesgado a iniciar una guerra si no estuviera desesperado. Estamos desesperados.

La humana solo me observa como si estuviera tratando de descifrar si estoy mintiendo, así que me limito a seguir:

—Ella es nuestra reina y es muy importante para todos nosotros. Ha pasado por mucho. Nosotros tenemos décadas de vida y somos buenos para sobrevivir, para pelear, pero no para entender cómo funciona nuestra mente, así que, si existe una mínima posibilidad de que puedas ayudarnos, te pido… No, *te ruego* que lo intentes.

Lo que quiera que sea que ella ve en mi expresión parece convencerla y suspira antes de bajar sus brazos.

—No puedo prometer mucho, he estudiado el cerebro y la mente humana, no… No sé mucho de tu especie.

—Lo sé.

Ella vuelve a suspirar y entra en la habitación. Mira a Morgan, pero no se acerca.

—¿Qué le pasó?

—Es complicado —comienzo y procedo a contarle todo: lo del nacimiento de los bebés, la desaparición de Shadow y de Ethos, y la dualidad de nuestras vidas. Omito las partes del plan para engañar a la naturaleza. Si planeamos liberarla, no podemos correr el riesgo de que se lo cuente a alguien.

—Solo con lo que me dices, y es precipitado, parece apuntar a una depresión posparto y un duelo profundo.

Arrugo las cejas y ella parece ver que no entiendo nada.

—Es una condición que le sucede a algunas mujeres después de dar a luz y, bueno, el duelo, porque este chico… ¿Ethis?

—Ethos.

—Ethos era como hijo para ella, y lo perdió, al igual que a su… ¿esposo? Bueno, a tu rey. Pobre chica.

—¿Se puede hacer algo?

Se acerca a Morgan y se para frente a ella. Morgan no se inmuta y Gera se inclina con un aparato que tiene una especie de luz y lo pasa frente a sus ojos.

—Guau, sus ojos —susurra Gera—. Nunca había visto ojos así.

Los ojos de Morgan se han quedado rojos desde que dio a luz, no queda rastro del jade. Gera la llama varias veces sin obtener respuesta y luego se endereza.

—Ella no está aquí.

—¿A qué te refieres?

—Mencionaste que su especie siente las cosas con mucha más profundidad, creo que su mente no puede manejar el dolor, la intensidad de la tristeza, por lo que, para protegerse a sí misma, se ha bloqueado de esta forma. Su cuerpo está aquí, pero ella está cubierta por la defensa de su mente y no la deja interactuar con el mundo exterior.

—¿Qué podemos hacer?

Ella ladea la cabeza.

—Compartir el dolor.

—¿Qué?

—Esto no es lo que le recomendaría a un humano, pero ella no lo es. ¿Hay alguna forma de que se puedan conectar con ella, alguna manera de absorber y sentir su dolor? Creo que, si lo comparten, le quitará un poco del peso y ella podrá emerger.

—No lo sé, pero lo intentaremos.

—Y, si lo logran, estén preparados para sentir su dolor, que, por su estado, supongo que es devastador. Y, cuando ella emerja, lo expresará de golpe; no se alerten si grita o llora desconsoladamente, no ha podido expresarlo durante todo este tiempo. Es normal.

Asiento.

Lo preparamos todo, y aunque todos querían participar, Gera recomendó que solo fueran los más cercanos a ella para poder conectarnos mejor. Así que ahí estábamos: Milosh, Aidan, Jericho y yo.

—¿Están listos? —pregunto. Jericho y Milosh asienten. Mi hermano solo me mira, así que inspiro profundamente y le doy la señal a Milosh. Él se da la vuelta y se inclina sobre Morgan, pasa sus brazos por debajo de sus piernas y la levanta, cargando su cuerpo dentro de la habitación y dejando la silla del balcón vacía. El largo cabello negro de Morgan cuelga mientras Milosh la lleva a la cama y la acuesta en el centro, no sin antes darle un beso en la frente.

—Resiste un poco más —susurra al separarse de ella.

Milosh y Jericho se acuestan también, cada uno a un lado de su cuerpo, y ambos toman la mano de Morgan. Aidan y yo nos quedamos de pie frente a la cama tomados de la mano hasta que los poderes de Jericho nos elevan en el aire y nos hacen flotar hasta que quedamos encima de ellos, frente a frente con Morgan. Milosh coge la otra mano de Aidan y yo cojo la de Jericho, el círculo está completo.

Jericho, al ser su *Braktar*, se concentra en ampliar el vínculo entre ellos y extenderlo hasta nosotros. Salen líneas negras de las manos de Morgan y se extienden por Jericho y Milosh hasta llegar a Aidan y a mí, y se expanden desde nuestras manos hasta nuestros brazos. Siento como si corrientes de electricidad molesta me recorrieran. Hago una mueca al sentir su energía, mi cuerpo la rechaza hasta cierto punto porque es ajena; no obstante, lucho por dejarla invadirme. Jericho cierra los ojos y tensa la mandíbula.

Y entonces pasa. El primer golpe llega y resuello, los ojos se me cierran. Me oprime el pecho, como si mis costillas se contrajeran por sí solas. Y veo una sonrisa en mi mente: la inocente sonrisa de un Ethos bebé y luego su risa infantil mientras corre por el patio del castillo.

—¡Pude hacerlo, madre! —grita un Ethos emocionado—. Pude crear un monstruo de arena.

—Oh, ¿quién es el chico más genial? —Es la respuesta de Morgan.

—¡Yo!

—¡Ah! —gimo ansiosa, abriendo los ojos de golpe. Las expresiones de Milosh y Jericho son un reflejo de la mía: agonía pura. Las lágrimas me nublan la vista.

El segundo golpe nos hace estremecer, aprieto las manos de Aidan y de Jericho y suelto un jadeo de dolor.

—Haría cualquier cosa por ti.

La voz de Shadow está llena de tanta paz y seguridad... Y puedo ver su rostro de cerca, como lo vio Morgan tantas veces, con ese anhelo que solo ella despertaba. Las lágrimas caen y aterrizan sobre el pecho de Morgan, y no puedo parar. Lloro abiertamente, no solo porque el dolor es asfixiante, sino por ella, porque lo ha tenido que afrontar sola. Esta agonía consume, quema y arde y es tan extensa que desmorona a dos Purificadores y a dos Protectores, y ella lo ha estado cargando sola.

Entre lágrimas, la observo, su mirada vacía y perdida.

—Lo siento tanto... —susurro entre sollozos—. No estás sola, Morgan. No estás sola. Estamos aquí.

Mi voz se rompe y puedo observar las lágrimas sangrientas en las mejillas de Jericho y Milosh.

El tercer golpe de dolor nos deja sin aliento y la única forma de describirlo es como si alguien me agarrara el corazón y apretara hasta hacerlo añicos. No puedo respirar, ni moverme. Me hace preguntarme cómo ella ha sobrevivido sintiendo todo esto. Ella es tan fuerte..., y recuerdo lo que una vez nos dijimos: «Así somos las mujeres de este clan».

«Sé que puedes emerger, Morgan, suelta el dolor, estamos aquí para ti».

La cuarta oleada nos hace sangrar la nariz y los oídos porque nuestros cuerpos necesitan exteriorizar el dolor. Las abultadas venas son visibles en nuestros brazos y las zonas colindantes con las marcas negras se enrojecen, quemándonos la piel. Nos estamos agarrando tan fuerte de las manos que temo que nos podamos romper algún hueso. Si ella ha aguantado todo este tiempo, nosotros también podemos, por ella, por sus hijos, por nuestro reino y, sobre todo, por nuestra familia.

«Un clan no consiste en el poder, ¿cierto, Morgan?».

Ligeros cortes se abren en la parte posterior de mis dedos de manera tan rápida que no se curan a la velocidad suficiente, y suben ligeramente hasta mis antebrazos. Gotea sangre sobre Morgan y Milosh, pero todos estamos decididos a resistir hasta el final.

«El dolor no va a desaparecer hasta que le hagas frente, hasta que lo sientas. No se puede superar si no lo miras a la cara y luchas con todas tus fuerzas. Vamos, Morgan».

Sostengo su mirada, ahogándome en mis propias lágrimas. Y el rojo de sus ojos comienza a disiparse y el jade se abre paso. Quiero llorar con más ganas porque nunca pensé que me alegraría ver tanto ver el jade de sus lindos ojos, porque ella es lo más cercano a una hermana que he tenido y porque la quiero. Los cortes en nuestras manos y antebrazos se hacen más profundos y destilan sangre fresca.

—*Jaie etia tisna* —murmura Milosh.

«Nosotros estamos contigo».

En nuestro idioma, «*jaie*» significa «yo» y «nosotros» por igual, porque no se considera algo separado, siempre debemos tener en cuenta a los demás.

Intento inspirar profundamente, el ardor se extiende en mi interior y siseo dolorida. Mis labios tiemblan al sollozar cuando el jade vuelve por completo a los ojos de Morgan y, por primera vez en mucho tiempo, ya no veo vacío. Parpadea y sus labios se abren ligeramente.

—*Tis hatem* —le susurro. «Estás en casa».

Ella se estremece, su rostro se contrae por el insoportable dolor, sus ojos se llenan de lágrimas y un chillido ahogado deja sus labios, al que sigue un grito desgarrador que me parte el alma.

Lloro con ella, y solo puedo verla sentir el dolor. Ella arquea la espalda y grita de nuevo. Yo parpadeo para eliminar las gruesas lágrimas en mis ojos, una mezcla de alivio y tristeza me invade.

—Está bien, está bien —se me quiebra la voz—. Déjalo salir, estamos aquí.

Ella me mira y levanta las manos para tirar de mí; caigo sobre ella y la abrazo.

—Está bien, estamos aquí.

Morgan se aferra a mi cuello y llora desconsoladamente. Milosh y Jericho se unen al abrazo desde un lateral y Aidan me da palmadas en la espalda. Todos estamos rotos después de compartir su dolor y no nos importa en absoluto, porque un clan, una familia, no se basa en el poder, sino en ponerte de pie frente a la adversidad de alguien cuando se ha caído y no puede solo.

Mientras ella llora contra mi cuello, no dejo de susurrarle:

—*Tis hatem*.

«Estás en casa».

# XXXVIII

# MORGAN

## EL NUEVO MUNDO

Casa…

Hogar…

¿Esta nueva realidad sin Shadow es mi *hogar*? ¿Sin Ethos?

¿Puedo superar esto? ¿Puedo seguir adelante sabiendo que dos criaturas que amé se sacrificaron de esa forma? ¿Merecíamos ese sacrificio? ¿O fuimos ambiciosos al querer vivir de más?

Mi mirada se posa sobre mis hijos y la respuesta está clara en sus pequeños rostros, sus ojos cerrados, sus bocas entreabiertas mientras respiran con suavidad; están dormidos, descansando después de alimentarlos. Me inclino y beso sus frentes con amor. Ellos, mi clan y mi familia de Purificadores son lo que me motivan a seguir adelante, a enderezarme y llevar esta corona como corresponde.

Soy la reina y soberana de The Blackness, responsable de las docenas de vidas de este lugar, de controlar, supervisar y cuidar de todas estas criaturas. Salgo de la habitación y camino hacia el trono, cada paso resuena por todo el pasillo. Los guardias reales se hacen a un lado con una pequeña reverencia. Mis ropas son negras con detalles dorados al guardar luto por él. Aparezco en el salón principal del castillo y todos los presentes hacen una reverencia, todos de negro. Antorchas inmensas colgadas en las paredes rocosas iluminan el largo salón real. Me detengo frente al trono porque casi puedo verlo ahí sentado como tantas veces lo vi en nuestra vida pasada y en nuestra vida presente: Shadow, nuestro Rey Insurgente.

Respiro profundamente y me enfrento a todos. Mi mirada cae sobre los Purificadores, los primeros en línea: Jericho, Kace, Rangahar, Prisca, Aidan, Harsha, Anthea. El bordado de una rosa sobre el lado izquierdo de sus pechos, ese símbolo de Nhyme que temí durante meses mientras huía de ellos. Todo ha sido tan confuso, tan complejo y, en resumidas cuentas, tan elaborado... Shadow y Ethos hicieron lo imposible porque tuviéramos esto: una larga vida llena de paz juntos como familia.

Los líderes elementales y Rea están a uno de los lados con su uniforme real, negro con detalles plateados. A su izquierda se halla mi clan: Lyla y Aidan me dedican una sonrisa con la boca cerrada, y junto a ellos Ian, Luke y Drake asienten con la cabeza en señal de complicidad. Calum está el otro lado del salón; volvió hace unas semanas y ha estado ahí para todos nosotros. Nunca volvimos a mencionar la última conversación que tuvimos ni el beso, su respeto por Shadow creció al enterarse de la verdad, como debe ser. Detrás de todos ellos está el pueblo de The Blackness: convertidos, Purasangres y humanos.

Y ahí está todo un reino frente a mí: mi responsabilidad, mi familia. Así que respiro profundamente y me dirijo a ellos:

—Hemos pasado por tanto para llegar hasta aquí, muchos se han sacrificado para que podamos tener esto. Sé que un gran número de ustedes se preguntan cómo seguiremos adelante sin el rey, muchos de ustedes apenas me conocen, quizá no confían en mí. —Ojeo las expresiones atentas de todos, en especial los humanos y convertidos—. Y es comprensible, la confianza y el respeto son algo que se gana.

Rangahar me sonríe.

—Y tengo toda la intención de ganármelo. No nací para reinar, crecí en un clan de convertidos en el Bosque Oscuro. —Escucho murmullos entre las criaturas de The Blackness—.

Así es, uno de los bosques más peligrosos y poco habitados de estas tierras. Hicimos frente a peligros y adversidades, pero sobrevivimos; de hecho, aquí está mi clan conmigo hoy. —Señalo a la fila donde están—. ¿Cómo lo hicimos? No se trataba de poder porque yo no tenía ni idea de lo que era durante todas esas décadas, era una convertida orgullosa y fuerte. —Los convertidos se miran entre ellos, curiosos—. También fui humana un tiempo mientras crecía, y sé que se suele menospreciar a los humanos por estar en lo más bajo de la cadena alimentaria, pero sin ustedes no existiríamos ninguno de nosotros. Son tan vitales como cualquiera.

Dos niños humanos que están cogidos de la mano me sonríen.

—Amé con toda mi alma a un Purasangre —agrego—. Supongo que tengo una conexión muy especial con cada especie en este reino. Así que ustedes no son mis súbditos, ni mis subordinados, porque de sobrevivir en un clan en el bosque aprendí que reinar no es una cuestión de poder, ni de mirar a los demás por encima del hombro, sino que consiste en sostener la mano de esa criatura a tu lado, en estar dispuesto a darlo todo por el bienestar común, en ponerte de pie para escudar a alguien que se ha caído.

Los ojos de Lyla se llenan de lágrimas y me contengo para no ponerme sentimental.

—Lo que quiero decir es que no voy a gobernar sola, lo haremos juntos. Y sé que Shadow —mencionarlo me duele— creó una armonía en este reino y la mantendremos e incluso la mejoraremos si es necesario. No somos Purificadores, Protectores, Purasangres, convertidos o humanos. Somos habitantes de The Blackness. El respeto mutuo no tiene nada que ver con la especie a la que pertenezcamos.

Comienzo a bajar los escalones del trono. Los Purificadores se hacen a un lado abriéndome un camino que me conduce al centro de donde están los convertidos, humanos y purasangres de The Blackness. Ellos me observan con cautela y yo les sonrío antes de caer sobre una rodilla.

—¡Su majestad! —protesta una de las líderes elementales. Yo levanto una mano para que no se acerque.

Muevo la otra pierna hasta quedar totalmente arrodillada frente a ellos.

—¿Gobernarán conmigo?

Un niño humano da un paso al frente y pone su puño sobre su pecho.

—Hoy y siempre.

Los demás le siguen y hacen lo mismo. Un Purasangre se pone de rodillas y los demás lo imitan. Sacudo la cabeza.

—No tienen…

—Mi soberana ha dicho que nunca debemos mirar a nadie por encima del hombro; si vamos a gobernar juntos, siempre debemos estar al mismo nivel. ¿Cómo podemos extender la mano a nuestros compañeros mirándolos desde arriba?

Eso me hace sonreír y solo asiento. Cuando nos ponemos de pie, les sonrío antes de girarme para irme. Mientras camino entre ellos, los escucho exclamar:

«Desde el inicio de mis días,
hasta el sol que brilla en el presente,
sirvo con fervor rugiente,
a mi piadosa Reina Creciente».

La entrada a las tierras malditas me espera como todos los días. Los guardias reales me dirigen una mirada llena de empatía. Cada atardecer es lo mismo: sin importar lo que haga durante el día, me encuentro frente a esta entrada cuando cae el sol. Es como si no pudiera terminar mi día sin venir aquí, sin torturarme.

En las tierras malditas es donde se siente el corazón y la energía de The Blackness. Y sé que es donde él está. Aidan aparece detrás de mí.

—¿Por qué te haces esto?

Giro el rostro para verlo ahí, de pie detrás de mí, esos ojos fríos que tanto me gustaron en los tiempos del clan.

—No lo sé.

—Él no querría que te torturaras así.

Alzo la cabeza y miro la entrada de nuevo. Ese arco gigantesco que une dos paredes elementales y que evitan que cualquiera pueda entrar. Quizá esta protección de estas tierras estuvo desde el principio porque Shadow sabía que aquí es donde todo terminaría.

—Quiero verlo.

Aidan suspira.

—Morgan…

—Sé que eso no cambiará nada, sé que eso solo me hará sentir más impotencia, pero *necesito* verlo.

—Sabes dónde está.

—Eso creo.

—Siempre has sido terca. —Aidan camina hasta llegar a mi lado y pone la mano sobre mi hombro—. No voy a intentar detenerte, pero, por favor, no lo hagas sola.

Me giro para sonreírle con tristeza.

—Tengo que hacerlo sola.

Mueve la mano y me la coloca en la nuca para atraerme hacia él. Aidan me da un beso en la frente antes de romper todo contacto entre nosotros y despedirse con una sonrisa triste.

Entrar a las tierras malditas siempre me da escalofríos, es como si toda la tragedia y la tristeza de lo que pasó estuvieran concentradas en este lugar. Sus árboles secos, su terreno árido y sin vida repelen cualquier visita, como si no quisiera que nadie perturbara su devastadora soledad, sus dolorosos recuerdos.

El claro sigue ahí, igual que siempre, rodeado de árboles secos, su terreno aún más árido que el que pisé en el camino aquí. Los rayos de sol de un matiz naranja por el atardecer rozan las piedras y los troncos caídos. Aquí es donde más puedo sentir su presencia.

Shadow.

Se me encoge el pecho porque sé lo que tengo que hacer para verlo y todos los atardeceres que he pasado viniendo aquí aún no me han dado la fortaleza para enfrentarlo. Quizá me torture más, quizá me duela más, pero, si quiero seguir adelante, tengo que verlo.

Desde una orilla del claro, levanto las manos y cierro los ojos para murmurarlo:

—*Petvye... Erye...*

«Tierra»... «Aire»... La tierra se estremece y abro los ojos para ver cómo el terreno en el círculo del claro tiembla y comienza a fragmentarse. Las grietas se abren paso como líneas dibujadas. Sostengo las manos en el aire y comienzo a elevar bloques de tierra para sacarlos y echarlos a un lado. Las lágrimas me nublan la visión, pero no me detengo, continúo extrayendo bloques inmensos, la profundidad del agujero que va quedando es abismal. Un destello azulado entre los escombros me paraliza y caigo sobre mis rodillas mientras escarbo para revelarlo.

Ahí en la profundidad de la tierra, en el corazón de The Blackness, una cápsula de líquido acuoso azulado resguarda el cuerpo del Rey Insurgente. Mi corazón cae al suelo, siento un vacío en el estómago. Su hermoso rostro está pálido, marcas negras cruzan desde sus mejillas, pasan por sus ojos cerrados y se encuentran en su frente. Sus ropas negras se ondean en el líquido, sus brazos están extendidos a los lados. De diferentes puntos de su cuerpo salen líneas de energía azulada que se extienden por debajo de la tierra y sé que llegan a todo The Blackness, porque él se ha convertido en el corazón latiente de estas tierras.

Quiero estar más cerca de él; sin embargo, en el momento en el que doy un paso para dejarme caer en el agujero la energía me repele y me quema. The Blackness nunca dejará que alguien se acerque a su corazón, es simple supervivencia. Estoy condenada a observar a la criatura que más amo desde esta lejanía, nunca podré tocar su rostro, ni ver esos ojos rojos que se encendían de emociones por mí, nunca podré escuchar su voz.

Odio saber que la última vez que lo vi intenté matarlo, lo golpeé y le hice daño. Él solo me observó, me abrazó y susurró:

—*Fente... jaie hatem.*

«Finalmente estoy en casa».

Y sonó tan cansado, tan aliviado. Inconscientemente, él cargó con tanto... No es justo que nos hayamos despedido así, ¿cómo puedo dejarlo ir de esa forma? Él me ha puesto en una posición imposible porque sabe que yo jamás haría nada que dañara a mi familia, a mis hijos. Y sé que cualquier cosa que intente para salvarlo, para sacarlo del corazón de The Blackness, pondrá en riesgo la vida de todos. Hemos renunciado a nuestro vínculo con la naturaleza para poder sobrevivir, pero eso nos ha dejado con él como única fuente de energía. Si algo perturba de alguna forma a Shadow, que se ha convertido el corazón de este lugar, podría afectar a todas las criaturas que dependemos de él.

Es una decisión imposible.

Me pongo de pie. Todo en mí quiere salvarlo, quiere intentarlo hasta agotar ideas y recursos, pero eso sería egoísta por mi parte. Él no se sacrificó de este modo para que yo tirara todo por la borda y pusiera en peligro nuestras vidas. No obstante, mi corazón duele de una manera insufrible cada día que pasa, cada día que sé que él está aquí solo y me pregunto si él puede sentir, si él está consciente. Y ruego que no sea así porque no quiero imaginar que sufre en ese estado, sin moverse, sin vivir.

—Shadow... —murmuro, enjugándome las lágrimas—. No sé cómo seguir... No sé...

Cálido...

Me envuelve una calidez y arrugo las cejas cuando siento un par de brazos a mi alrededor. Bajo la mirada y veo esos brazos cubiertos de telas negras que conozco tan bien. Me giro de golpe y mi corazón se estremece al verlo frente a mí: Shadow. Tal como lo recuerdo, sin esas marcas, sin esa energía azulada. Sus ojos rojos me observan con una intensidad que me deja sin aliento y acuno su rostro con ambas manos porque no puede ser real.

—Estoy soñando…

—Algo así… —me susurra en esa voz profunda que amo—. No tengo mucho tiempo.

—¿Cómo…? —Me detengo porque no necesito saberlo, solo necesito disfrutar de este momento junto a él—. Yo… te he echado tanto de menos… Tú… ¿estás sufriendo?

Tenía que saberlo. Él sacude la cabeza.

—Estoy bien —me asegura. Su mirada baja a mis labios y el anhelo en ellos es obvio. Así que no me sorprende cuando me agarra del cuello con fuerza y me besa.

Mi boca recibe la suya con desesperación porque pensé que no volvería a besarlo de nuevo. Shadow me presiona contra él y mueve la cabeza a un lado para profundizar el beso. Nuestros labios mojados se rozan, se lamen en un beso lleno de anhelo. Shadow me mordisquea el labio antes de gruñir y apretar mis caderas con deseo. Su boca deja la mía y baja para lamer mi cuello. Sus manos indagan y estrujan mi cuerpo. Cuando vuelve a besarme, las lágrimas inevitablemente ruedan por mis mejillas. La sensación de este beso es igual a aquel que nos dimos antes de que realizara la Purificación; es un beso que sabe a despedida, a tristeza.

Shadow descansa su frente sobre la mía y acaricia mi rostro con gentileza.

—No puedes vivir plenamente si te sigues aferrando a mí —me susurra.

—Shadow…

Nos miramos a los ojos y él me sonríe con tristeza.

—Guardé este pedazo de mí aquí porque sabía que en algún momento destaparías el corazón de The Blackness y sabía que esta sería mi única oportunidad de liberarte.

—¿Liberarme?

—Liberarte de este amor, Morgan. Has tenido suficiente, te mereces una vida sin manchas, sin el fantasma recurrente de un amor trágico como el nuestro.

—¿De qué estás hablando?

Y entonces me vuelvo consciente del sabor de su sangre dentro de mi boca. Cuando me besó… Pero ¿por qué? Sus ojos rojos se llenan de lágrimas.

—Necesito que me olvides.

—No.

Él me da un beso corto y húmedo en el momento en que dos lágrimas sangrientas se deslizan por sus mejillas.

—No te estoy dando una opción: vas a olvidarme, es lo último que puedo hacer por ti.

—No. —Doy un paso atrás—. No, Shadow, no.

Puedo sentir las gotas de su sangre que han entrado en mi sistema y que comienzan a confundir mi mente.

—No puedes vivir torturándote a ti misma. Esta es la única forma.

—No, no lo hagas. Shadow, por favor. ¡No tienes derecho! —le grito—. Hiciste todo el plan a mis espaldas, te sacrificaste y me dejaste sola con nuestros hijos, y ahora quieres tomar esta decisión por mí. No tienes derecho, no puedes…

La tierra comienza a temblar y echo un vistazo por encima de mi hombro al agujero y veo cómo los bloques de piedras vuelven a su sitio. Vuelvo a mirar a Shadow y su figura comienza a desvanecerse.

—No, no hagas esto —le ruego—. ¡Por favor! ¡Te amo! ¡Por favor! ¡Te amo muchísimo!

La expresión de Shadow se contrae en una de agonía pura.

—Yo también te amo y por eso quiero que seas feliz. —Es su murmullo mientras pone su puño sobre su pecho—. *Tanri tya ferpe.*

«Ahora y siempre».

A medida que él se desvanece, me esfuerzo por mantener sus recuerdos, pero los voy perdiendo uno a uno.

—No, no, no.

La primera vez que lo vi cuando era pequeña, sus entrenamientos, sus bromas, sus miradas, sus besos, sus caricias… Todo se está desvaneciendo. Mi amor por él se agrieta cada vez más. Shadow se acerca a mí y presiona sus labios contra los míos antes de desaparecer por completo. El agujero cerrado, el terreno intacto, como al principio.

Y yo, de pronto, suelto un jadeo y parpadeo durante varios segundos.

«¿Qué estoy haciendo en este claro?».

Quizá vine por aire fresco, aunque no lo recuerdo bien, debo volver con mis hijos.

Todos estamos reunidos en una cena en el salón real. Luke está haciendo sus bromas pesadas mientras Ian le regaña porque le roba el protagonismo. Lyla carga a Nea mientras yo tengo a Shade en mis brazos. Jericho y los demás Purificadores están hablando sobre una pelea amistosa que tuvieron ayer y de la que él resultó ganador.

—Morgy, ¿quién es el más guapo? Sé honesta. —Luke señala a Ian y luego a él mismo.

—¿Por qué no me preguntas quién es más fuerte?

—Porque obviamente soy el más fuerte —contesta Ian.

Luke hace una mueca.

—¿Morgy?

—Creo que… Drake es el más guapo —digo para llevarle la contraria a Luke, quien entorna los ojos.

—Qué malos gustos tienes.

Yo sonrío y Lyla suspira.

—¿Crees que algún día madurará?

—Espero que no —respondo—. Me hace reír.

—Últimamente se te ve muy bien, Morgan, sonríes y tu energía se puede sentir positiva y alegre por todo The Blackness, el reino está floreciendo.

Sostengo a Shade con una mano contra mi hombro y estiro la otra para tomar la de Lyla.

—Es porque estoy feliz —digo honestamente—. No sé cómo explicarlo, es como me hubieran quitado algo…

—¿Aún lo echas de menos?

—¿A quién?

Eso parece sorprenderla.

—A Shadow.

—Oh.

Muchos me hacen esa pregunta, y sus miradas se llenan de simpatía cuando su nombre sale a relucir; sin embargo, no siento mucho. Lo único que recuerdo del padre de mis hijos es lo que dicen de él, que fue un buen rey, que fue bueno conmigo y supongo que llegue a amarlo para tener hijos con él, pero del resto, nada más. Todo mi amor ahora está enfocado en mis hijos, en mi reino. Todos estamos agradecidos por su sacrificio y el de Ethos, y el mejor modo de honrarlos es prosperando y siendo felices.

—Amo a mis hijos, Lyla, ellos me necesitan. No puedo centrarme en alguien que ya no está.

Lyla arruga las cejas.

—Lo sé, tienes toda la razón, es solo que, no sé…, es extraño cómo pareces haberlo superado de un día para otro.

Suspiro.

—Supongo que mis hijos hacen magia.

Ella relaja su expresión y sonríe.

—Tienes razón.

Reímos y conversamos porque dos criaturas se habían sacrificado para darnos momentos como este. Lo mejor que podíamos hacer para honrarlos era vivir plenamente, y, aunque a veces sentía que se me olvidaba algo, no alimentaba ese pensamiento, lo apartaba. Habíamos pasado por mucho, era momento de descansar, de disfrutar este reino.

De vivir en plenitud en este maravilloso nuevo mundo.

# EPÍLOGO

El Rey Insurgente no había nacido para reinar. No había rastro de liderazgo ni voluntad en su alma para cargar con semejante responsabilidad. Aun así, reinó, aun así, sacrificó y, sobre todo, fue un buen rey.

Shadow no se acordaba mucho de su infancia, solo un leve recuerdo de su madre humana y que falleció al envejecer, nada más. No obstante, al estar inconsciente en el corazón de The Blackness, lo recordó todo, incluso aquello que le había sido ocultado, aquello que le habían borrado de la memoria: toda la memoria de su infancia y sus primeras décadas de vida.

Shadow nació en una aldea desolada a las afueras de una gran ciudad de humanos. No existían muros, no había barreras separando las especies. La primera disputa sobrenatural ya había dejado su huella sangrienta y de odio en los corazones de todas las criaturas en la faz de la tierra. La muerte de una sola criatura desencadenaba toda una cadena de odio. Porque esa criatura tenía alguien que lo amaba, y la venganza se apoderaba del corazón de esa criatura en duelo.

Odio genera más odio.

La venganza solo mancha el destino de aquellos que alguna vez pudieron tener una esperanza en esta vida.

El día que Shadow nació, su pequeña aldea sucumbió ante un pequeño terremoto, no de gran magnitud, pero sí la suficiente para socavar las bases de aquellas casas hechas de palos y tierra. La superstición de todos los habitantes se activó, parecía un infortunio que con el nacimiento de ese chico, cuyo padre era desconocido, se hubiera destruido lo que les llevó años construir.

La aldea trabajó duro para reconstruirse, para emerger de nuevo. Sin embargo, las miradas cautelosas sobre Shadow nunca pararon. Su madre, una humana trabajadora y humilde, lo soportó todo: las suspicacias, el rechazo y hasta la discriminación. Ella siempre mostraba una sonrisa. Shadow nunca la vio llorar o parecer afligida.

Y cuando Shadow cumplió cuatro años, y caminaba de la mano con su madre por los árboles secos un invierno, la primera manifestación de su poder apareció de repente. Shadow tenía hambre; su hermano y su madre, también. Ese había sido uno de los inviernos más duros para la aldea. Shadow no lo había pensado, solo deseó una manzana, naranjas…, algo. Su pequeña mano rozó uno de los árboles y, como si hubiera susurrado magia en sus raíces, los árboles comenzaron a florecer y dar frutos a su alrededor. Shadow solo pudo observar sorprendido. Su madre, aliviada, empezó a susurrar que era un milagro.

Ella no había visto a su hijo tocar el árbol, apenas notó la sangre que goteó de la nariz del niño. Su cuerpo aún no estaba preparado para lidiar con su poder. Su madre, asustada al ver la sangre, pensó que era por hambre y tomó un fruto para partirlo rápidamente con su cuchillo de caza y alimentarlo. Shadow masticó y observó a su madre, preocupada pero que, aun así, sonreía mientras recogía más fruta, murmurando que llevarían suficiente para que durara todo el invierno en casa.

La aldea celebró un festín esa noche. Lo llamaron «el día del milagro», atribuyeron esa recompensa al trabajo duro de los aldeanos.

Cuando Shadow cumplió dieciocho años, su aldea lo aclamaba como un dios. Era aquel que hacía florecer sus campos, que encendía fuegos de la nada y calmaba las más fuertes tormentas. Shadow no usaba sus poderes para ninguna otra cosa, con la excepción de alguna u otra pelea amistosa con Kain. Shadow era consciente de ser un sobrenatural, pero no era un vampiro o un Purasangre porque nunca se había alimentado de sangre en su vida.

Buscando respuestas, interrogó a su madre muchas veces.

«Madre, ¿quién es nuestro padre?», le preguntaba a menudo con la esperanza de que eso les diera una pista de qué eran él y su hermano. La respuesta de su madre siempre era la misma: un viajero que pasó una noche por la aldea y ella lo recibió. Shadow y Kain sabían que mentía.

Cuando Shadow cumplió veintidós años, la aldea lo celebró, entre risas y danzas, por todo lo alto... También encendieron una gran fogata, donde asaron algunos animales que habían cazado. Las risas y las danzas también protagonizaron la fiesta. Shadow solo observó y bebió junto a su hermano. Todo parecía que terminaría como siempre hasta que la fogata de pronto se apagó. Un relámpago iluminó el cielo, los murmullos de los aldeanos resonaban en la oscuridad.

Shadow se puso de pie y usó sus poderes para encender la fogata de nuevo. Cuando lo hizo, había una figura de pie frente a esta: una mujer alta de ropas oscuras que se ondeaban con la brisa y una túnica que apenas dejaba ver su rostro. No era de la aldea y Shadow sabía que no traía nada bueno, así que dio unos cuantos pasos hacia ella.

—¿En esto es en lo que te has convertido? —La voz de la mujer era puro terciopelo—. ¿El dios de una aldea miserable?

—¿Quién eres? —preguntó Shadow con seriedad.

Ella no dijo nada, en vez de eso, suspiró y lo miró a los ojos durante unos segundos que se antojaron eternos.

—Ni un rastro de odio en tu corazón —bufó ella—. Supongo que subestimé esta aldea mediocre.

Shadow creó llamas en la palma de su mano.

—Por última vez, ¿quién eres?

En un instante, ella desapareció y apareció frente a él. Shadow no tuvo tiempo de golpearla porque ella lo apuñaló y atravesó el estómago con su mano, enterrándola hasta su antebrazo. Shadow escupió sangre. Una sonrisa se extendió por los labios de la mujer.

—Tu madre.

Ella sacó la mano y Shadow cayó de rodillas; aunque estaba sanando, ella le había hecho algo porque no podía moverse. Kain la atacó, pero la mujer solo sacudió su mano y lo envió lejos.

—¿Sabes qué es curioso? El amor es el primer paso para la creación del odio más profundo.

La mujer dio un paso atrás y estiró la mano, como si fuera un imán. La madre de Shadow fue atraída hacia ella hasta que ella enroscó su mano alrededor de su cuello.

—¡No! —gritó Shadow.

—¿La amas? —La mujer sonrió y clavó su mano en el frágil pecho de la madre de Shadow. Él gritó con todas sus fuerzas e intentó moverse en vano. Shadow observó con horror cómo le arrancaba el corazón a su madre frente a él.

—Madre…

La mujer lanzó a la madre de Shadow a un lado y él solo pudo ver cómo se desangraba sobre la arena, esa arena donde había bailado hacía unos minutos. La mujer se inclinó hacia Shadow.

—¿Me odias? —dijo en un tono de satisfacción—. ¿Ves? Tu amor por ella se ha transformado en odio puro hacia mí. No hay odio sin amor.

Shadow casi ni la escuchaba, sus ojos sobre el cuerpo agonizante de su madre, el recuerdo de su sonrisa aquel día del milagro de las frutas le oprimía el pecho y dolía más que la herida en su estómago.

—Madre…

La mujer lo agarró del pelo y siseó entre dientes:

—Ella no es tu madre, yo lo soy. ¿Crees que una humana insignificante como ella podría engendrar a un ser perfecto como tú? Tú eres mi creación perfecta, ¿por qué tenías que obligarme a hacer esto? ¡Mírame! —Shadow lo hizo porque quería recordar bien el rostro de la mujer de la que se vengaría. Ella tenía los ojos de un color rojo profundo.

Los ojos negros de Shadow comenzaron a tintarse de rojo.

—Eso —susurró ella—. Deja que el odio llene tu alma, eres mi hijo después de todo.

Ella procedió a asesinar a todos los habitantes de la aldea, obligando a Shadow y a Kain a presenciarlo, llenando sus almas de rencor, dejándolos con nada, ni siquiera el recuerdo de lo que había pasado. Ella se encargó de borrarles la memoria, que nunca supieran de dónde venía esa rabia que sentían, que nunca supieran que fueron amados por una aldea insignificante como esa. Los ojos de Shadow se volvieron rojos completamente desde ese día como un recordatorio doloroso de toda la sangre que manchó la arena, incluyendo la de su propia madre, cuyo asesinato no pudo recordar hasta ese día, hasta que durmió durante años como el corazón de The Blackness.

Su nombre era Natur, diosa de la naturaleza, creadora de los Purificadores. Natur sacrificó a su primer hijo para la creación de esta nueva especie. Ella pensó que su primogénito compartiría el odio y desprecio por todas las criaturas impuras sobre este planeta. Natur estaba cansada, agotada, sus riquezas explotadas, sus ríos llevados a la sequía, y a nadie le importaba. Así que una noche enfrentó al dios de la oscuridad, lo opuesto a ella.

—¿Qué puedo hacer? —preguntó ella en un susurro.

—Limpiar el mundo.

—No puedo hacer eso.

—Lo sé. —Él sonrió—. Pero puedes engendrar a alguien que sí pueda.

—Soy una diosa, pero no creo que mi poder sea suficiente para crear una criatura de semejante poder.

—Puedes si la engendras con un dios —se ofreció.

—¿Qué ganas tú en todo esto?

Él suspiró.

—Divertirme un poco.

Y así fue, Shadow fue el primer y único Purificador engendrado por la diosa de la naturaleza y el dios de la oscuridad, y Kain fue engendrado por una humana al azar. Los demás fueron engendrados para adquirir energía de la naturaleza, pero no eran hijos de Natur.

Por eso, Natur solo se manifestó frente a Shadow, porque era su único hijo, la única descendencia de su grandeza. Después de la destrucción de la aldea, Natur se debilitó en su soledad y se sintió incapaz de lidiar con la destrucción que las especies ejercían sobre sus tierras, sus mares… No pudo más y durmió durante más de dos mil años. En su ausencia, el dios de la oscuridad hizo de las suyas y, al ver las Purificaciones defectuosas, decidió acabar con el problema él mismo ante la indiferencia de la durmiente diosa de la naturaleza.

Y creó a Ethos.

Y se divirtió viéndolo crecer para destruir a los suyos.

Y se divirtió aún más cuando observó el plan de su creación funcionar. Ethos lo hacía sentir orgulloso. El dios de la oscuridad pensó en dejarlos tranquilos, los Purificadores ya habían pasado suficiente y Ethos se había sacrificado, así que lo consideraba un final trágico como esos que le gustaban.

Sin embargo…

Natur era una diosa que alguna vez fue cálida. Las circunstancias la habían vuelto indiferente, fría y desalmada, pero si había una cosa que podría perturbarla era dejar de sentir a su único hijo. Así que en el momento en el que Shadow fue absorbido por The Blackness, en el que Natur dejó de sentir la presencia en el mundo de su único hijo, la diosa abrió los ojos de golpe y la tierra se estremeció.

*Almas perdidas, El nuevo mundo de Ariana Godoy*
se terminó de imprimir en el mes de junio de 2023
en los talleres de
Grafimex Impresores S.A. de C.V.
Av. de las Torres No. 256 Valle de San Lorenzo
Iztapalapa, C.P. 09970, CDMX, Tel:3004-4444